Encouragé par André Castelot, **Martial Debriffe** *a publié plusieurs biographies sur les femmes de l'histoire de France. Déjà auteur de son quatrième roman aux éditions De Borée, il conjugue ses deux passions, l'écriture et la scène, en transposant ses ouvrages au théâtre. Il a obtenu, pour son implication à promouvoir la culture française dans le monde, la médaille d'or de l'Alliance française en 2006 et le prix de la Société des écrivains d'Alsace et de Lorraine pour l'ensemble de son œuvre.*

La Fleur de l'ombre

Du même auteur

Aux éditions De Borée

Conte-moi l'Alsace, document
Le Secret de la villa Marianne, roman
Le Serment de la Saint-Jean, roman
Les Peyrie, roman

Autres éditeurs

Charlotte Corday, biographie
Étonnantes histoires d'Alsace, document
L'Étonnante Histoire de l'Alsace, document
L'Étonnante Histoire de la Bretagne, document
La Duchesse du Maine, biographie
La Malédiction des Freudeneck, prix de la Société des écrivains d'Alsace et de Lorraine, roman
Les Adieux à Carola, roman
Madame de Pompadour, biographie
Madame Élisabeth, biographie
Marie-Adélaïde de Savoie, biographie
Ninon de Lenclos, biographie
Rois et reines de France, livre pour enfants

www.martialdebriffe.com
Retrouvez également l'auteur sur sa page Facebook.

Martial Debriffe

La Fleur de l'ombre

De Borée

À Élisabeth Mangeolle.

Les astres émaillaient le ciel profond et sombre ;
le croissant fin et clair parmi ces fleurs de l'ombre.

Victor HUGO

I

LE CHIRURGIEN A-T-IL QUITTÉ LE BLOC pendant qu'elle était au guichet d'information ? Inquiète, Estelle presse le pas. Il y a foule dans les immenses couloirs de l'hôpital *Stadliches Klinikum* de Karlsruhe. Des familles angoissées, des futurs papas nerveux, des enfants insouciants… On boit des cafés pour faire passer le temps. Cependant, il semble à Estelle que les infirmières la scrutent à la dérobée. Sans doute sortent-elles de la salle d'opération ? Pour elles, il s'agit d'une intervention comme les autres. Elles se moquent pas mal de savoir que sa mère, Charlotte, est en train de lutter contre un cancer entre les mains du plus grand professeur de la ville. Estelle ne s'est-elle pas trompée de chemin en pensant revenir à son point de départ ? Non, voici Margaretha, la vieille amie de Charlotte, assise sur une chaise qui borde le passage. Elle lui sourit de loin. Elle a l'air indifférente aux mouvements qui l'entourent, au rapport du médecin qui les attend bientôt. Mais pourquoi a-t-elle tenu à mettre un chapeau mou pour venir dans un établissement hospitalier ? On n'est pas dans une église tout de même. C'est fou ce qu'elle fait province avec son bibi en feutre beige et son sac à main à boucle.

– Alors ? demande Estelle en se rasseyant auprès d'elle.

– Toujours rien, dit Margaretha.

– Le Pr Ott n'est pas revenu ?

– Non. Il doit encore être en train d'opérer Charlotte.

Estelle baisse la tête, accablée.

– C'est bien long, soupire-t-elle.

– Tu exagères, il y a à peine trois quarts d'heure que ta maman est en salle.

– Une heure cinq exactement, rectifie Estelle.

– Eh bien, tu as entendu le chirurgien ? Ça peut durer trois ou quatre heures…

– Plus c'est long, plus c'est mauvais signe.

– Mais non, mais non, tu verras, tout ira bien, murmure Margaretha, compatissante en lui tapotant la main.

Estelle la retire brusquement. Le calme de la vieille dame semble une insulte à sa propre angoisse. Il ne témoigne pas d'une sécheresse de cœur mais de la fatalité. Margaretha sait que demain peut être son tour. Mais après avoir vécu la Seconde Guerre mondiale, l'humiliante séparation de l'Allemagne en deux parties distinctes le 12 août 1961, après les privations et les jours heureux, le principal n'est-il pas de s'en aller sereinement ? Estelle a dû batailler pour que Margaretha accepte de quitter son intérieur douillet et venir soutenir Charlotte dans son épreuve. Soudain, après avoir méprisé l'étroitesse de ses vues, Estelle l'envie d'être si détachée. On souffre moins quand on restreint le champ de ses intérêts et de ses amours. Proches par l'âge, Margaretha et Charlotte ne le sont plus par les sentiments depuis quelques années déjà. Elles se tolèrent en évitant de s'affronter. Comme si un événement du passé était revenu à la surface sans qu'aucune des deux femmes ne désire en parler. Pourtant, Margaretha avait rendu de grands services quand Charlotte avait perdu son mari lors du débarquement de Normandie en juin 1944. Seule avec

Estelle alors âgée de quelques mois, Charlotte avait affronté l'adversité grâce à une Margaretha dévouée. Aujourd'hui en 1979, plus de trente-cinq ans plus tard, Estelle aimerait bien comprendre ce qui a bien pu les froisser sans véritablement les séparer. Mais ce n'est pas dans le couloir de cet hôpital qu'elle trouvera une réponse.

La période d'après-guerre avait été épouvantable pour Estelle. Dans le quartier, on ne parlait que du procès de Nuremberg, le monde entier plaignait la population allemande avec des mines faussement compréhensives, on affirmait complaisamment que le peuple payait bien cher la folie d'un seul homme. « Les enfants de la guerre ne s'en relèveront jamais », affirmait-on dans la presse de l'époque. Or ils se sont tous relevés. Chacun à sa manière. Estelle en niant un passé qu'elle exécrait et en épousant, avant ses dix-huit ans, un homme qui avait le double de son âge mais qui avait l'avantage d'être d'origine française. Elle avait troqué son nom d'Estella Furdmann contre celui d'Estelle Desprez, tellement plus estimable à ses yeux. Trois ans plus tard, elle divorçait à Paris et recouvrait sa liberté. De temps en temps, elle rentrait à Karlsruhe pour revoir sa mère et Margaretha.

Estelle avait fait sa vie à Paris où elle avait gravi peu à peu les échelons dans une maison d'édition. Une autodidacte du milieu littéraire. Elle avait même pris des cours du soir pour prétendre à la place si convoitée de directrice de collection. Charlotte en était fière. Sa fille parvenait au summum. La distance n'effaçait pas la moindre once d'amour filial qu'elles se vouaient.

Désormais, tout dépend de ce chirurgien qui s'est montré si affable avant de partir au bloc. Mais mesure-t-il l'importance de guérir Charlotte, l'unique famille d'Estelle ? Il est effrayant de penser que la vie d'une personne se retrouve entre les mains d'un seul homme qui demain aura oublié jusqu'à son identité. Une fois de plus, Estelle regarde sa montre-bracelet en forme de cœur : un cadeau de Charlotte pour ses trente-cinq ans.

– J'ai des fourmis dans les jambes ! s'exclame Margaretha. Je vais aller au petit coin.

Et elle s'éloigne d'une démarche lourde. Cette expression de « petit coin » rejette Estelle dans son enfance à Karlsruhe. Un vieil immeuble coiffé de tuiles rouges et d'une cheminée en brique. À l'intérieur de l'appartement, le papier peint décollé, les petites pièces, quelques jouets en bois offerts par des voisins bienveillants. À l'école, les petites filles de son âge avaient, pour la plupart, des papas qui s'absentaient pour le travail mais qui rentraient toujours avec une attention. Estelle revoit cette période bouleversée. Pourtant, elle était si heureuse à l'époque. Mille fois, Charlotte lui avait expliqué que son père était mort à la guerre et qu'elle ne possédait plus de lui que des souvenirs heureux. Pas une lettre. Malheureusement. Estelle a passé son adolescence à se le représenter. À quinze ans, en songe, elle admirait cet homme qui lui avait donné le jour, au point de rentrer en conflit avec sa mère, jusqu'à son départ pour la France. La séparation leur a permis de mieux se retrouver. Mais, aujourd'hui encore, elle continue à subir son vague charme jusqu'à croire qu'un mort lui susurre tendrement à l'oreille. N'est-ce pas pour cette raison qu'elle avait épousé un homme bien plus âgé qu'elle ? L'explication classique du géniteur fantôme retrouvé dans les bras d'un homme mûr. Elle aurait aimé s'en expliquer avec quelqu'un de sensible, d'intelligent… Mais Margaretha est incapable de comprendre ses états d'âme. Lorsque cette dernière revient des toilettes, Estelle renonce à lui faire part des idées folles qui l'ont traversée. Elle observe la vieille dame se rasseyant et tirant sa jupe sur ses genoux, soulagée.

– Tu vois, ça n'a pas été long.

– Il est presque 11 heures maintenant ! remarque Estelle. Et maman est toujours en salle d'opération.

Au même instant, elle aperçoit une infirmière qui s'avance vers elle d'un pas pesant, un dossier sous le bras. Incapable de se contenir, Estelle bondit à sa rencontre.

– Vous avez du nouveau ?

– Pas encore, répond la soignante. Mais j'ai eu une conversation avec votre mère avant qu'on l'endorme. Elle était très inquiète de ne pas se réveiller et de ne pas vous avoir parlé avant. Je l'ai rassurée. Et soyez sans crainte, elle se réveillera bientôt.

Margaretha s'est rapprochée des deux femmes.

– Qu'est-ce que je te disais, Estelle, aie confiance !

– C'est certain, le corps médical soigne tous les jours des milliers de personnes. Bon, ne voulez-vous pas venir boire un verre à la cafétéria ?

– Et si le docteur Ott venait pendant notre absence ?

L'infirmière la rassure. Finalement, elle a tout prévu.

– Ne craignez rien. J'ai prévenu que je vous emmenais prendre un peu de réconfort. On viendra nous chercher.

Prenant Estelle par un bras, elle l'entraîne. Margaretha leur emboîte le pas. L'éditrice marche comme une somnambule à côté de cette infirmière qui, depuis quelques instants, décide à sa place. Cette sujétion est à la fois reposante et irritante.

Peu après, les trois femmes sont toutes trois attablées dans le brouhaha d'un réfectoire immense, devant des cafés fumants. Sur le guéridon voisin, l'infirmière avise une assiette sur laquelle trône un morceau de forêt-noire avec une montagne de chantilly. Irrésistiblement, Estelle repense à celle de sa mère, au parfum de schnaps de cerises. Charlotte prétendait que cette pâtisserie du dimanche gardait les gens en bonne santé tout au long de la semaine. Margaretha déguste son breuvage avec componction. Elle a un visage lourd, raviné, aux yeux minuscules et au nez impertinent. Sa laideur n'est pas déplaisante. Elle s'accorde avec l'apparence surannée de sa personne. L'infirmière met en avant la confiance qu'elle a envers le chirurgien, et que quand il dit quelque chose, c'est toujours vérifié. Plongée dans ses pensées, Estelle n'a pas touché à sa tasse. Elle repousse la soucoupe et de nouveau lorgne sa montre.

– Vous ne finissez pas votre tasse ? demande l'infirmière.

– Non, non, balbutie-t-elle. Je crois qu'il est temps d'y aller.

– On a bien cinq minutes ! proteste Margaretha. Je prendrais bien un autre café.

Elle rit. Et ajoute aussitôt :

– Mais non, je te taquine, ma chérie.

Comment peut-elle plaisanter un jour pareil ? Estelle glisse un regard interrogateur à la soignante qui n'a pas bronché. Enfin, cette dernière se lève. C'est le signal. Toutes trois retournent dans le grand couloir du service de médecine II. Après quoi, l'infirmière disparaît derrière une porte.

Estelle est à nouveau saisie d'angoisse. Il lui semble que le nombre de gens qui attendent dans les couloirs a sensiblement diminué. Chassée par l'heure tardive, la majorité a dû rentrer à la maison. Ne demeurent sur place que les proches des cas les plus graves. Passant d'un souci à l'autre, Estelle pense à Lucie, la voisine de sa mère, qui est restée cloîtrée dans son appartement parce que, à son âge et dans son état psychique, elle s'estime incapable de supporter l'épreuve de l'hôpital. Sans doute attend-elle, assise dans un fauteuil auprès du téléphone, l'appel d'Estelle ou de Margaretha pour être fixée.

– Dès qu'on saura, on téléphonera à Lucie, prévient Estelle en se penchant vers Margaretha. Elle doit être à demi morte d'inquiétude, la pauvre !

Au lieu de répondre, Margaretha se dresse brusquement et s'exclame :

– Je crois que c'est le moment !

– Qu'est-ce qui te fait dire ça ?

– J'ai vu la tête d'un homme à travers cette vitre. Je pense que c'est le docteur Ott.

Effectivement, il passe la porte tout en boutonnant une blouse propre. Le cœur défaillant, Estelle se lève à son tour et s'appuie instinctivement contre l'épaule de Margaretha. Les deux femmes se mettent en mouvement. Estelle retrouve la sensation de froide solennité qu'elle a ressentie en parlant la première fois au chirurgien le matin même. Le tout est englobé dans un univers hostile : des dimensions grandioses, une hauteur de plafond imposante, les teintes jaunes de l'immense mur crépi et jusqu'à la sévérité des tenues, tout ici transpire une inflexible rigueur. Derrière le chirurgien, l'infirmière. Estelle n'a pas l'impression qu'elle est là pour sa mère. Cependant, dès qu'elle entend le nom de Furdmann, elle ne pense plus qu'à Charlotte. Elle doit être encore en salle de réveil, si frêle, si pâle, si misérable. Le temps est suspendu. Estelle écarquille les yeux. Ses genoux faiblissent. Elle craint de s'évanouir. Avant qu'elle ait pu reprendre ses esprits, le chirurgien s'exclame :

– Vous avez attendu tout ce temps ! Vous êtes courageuse !

Sa voix est forte, son maintien hiératique, son masque impénétrable lorsqu'il dit :

– J'ai tout essayé. On ne peut rien faire… Je suis désolé… Elle ne rentrera plus chez elle… Je fais le nécessaire pour qu'elle ne souffre pas… Cancer généralisé avec des métastases.

Le mot sonne comme une explosion. Estelle regarde le chirurgien droit dans les yeux.

– Combien de temps ?

– À ce stade, très peu. Je suis navré, mais c'est tout le corps qui est ravagé par la maladie. J'ai vraiment tout essayé. Elle est en salle de réveil depuis deux heures. On n'a pas forcé sur la dose d'anesthésiant. Vous pourrez la voir dès demain.

Silence.

– Docteur ?

– Oui ?

– Je peux la ramener à la maison ?

– Non. Car si vous voulez qu'elle parte doucement, elle a besoin de soins palliatifs, délivrés uniquement en milieu hospitalier. Je suis navré.

– Je comprends… Je… je vais m'asseoir quelques instants.

– Oui, bien sûr. On va vous apporter un verre d'eau.

Le médecin se retourne vers l'infirmière qui s'affaire immédiatement.

– Ça fait longtemps que vous êtes ici. Vous devriez rentrer chez vous.

– Oui, continue Margaretha, et on a le temps d'aller manger un morceau.

Estelle foudroie la vieille dame du regard, mais le chirurgien acquiesce :

– C'est une très bonne idée.

Après avoir repris ses esprits, Estelle s'engage dans un escalier raide et obscur. Soudain, la fraîcheur de novembre l'enveloppe. Ses oreilles s'emplissent de la sourde rumeur de la ville. Karlsruhe l'entoure, l'adopte et l'étourdit. Elle respire l'air à pleins poumons, comme elle n'a encore jamais respiré.

Les quelques pas qui séparent les deux femmes du parking sont interminables. À peine assise dans l'auto, Estelle craque.

– Ça y est… Tout est perdu…

Un cri d'oiseau blessé lui répond :

– Mieux vaut-il qu'elle s'en aille rapidement, tu sais.

– Je ne peux pas concevoir…

La voix d'Estelle s'étrangle dans sa gorge. Elle ne parvient pas à achever sa phrase. Margaretha essuie du doigt les larmes sur la joue de sa protégée. Visiblement, elle est aussi émue qu'elle. Pour se donner une contenance, Estelle met la voiture en marche.

– Tu es certaine que tu peux conduire ? demande Margaretha.

– Mais oui…

Elles avancent dans des rues animées et grises. En lorgnant toutes ces façades aux portes et aux fenêtres closes, Estelle songe que dans toutes les familles la mort a déjà frappé. Pourquoi échapperait-elle à l'éternel mouvement de la vie ? Elle s'arrête dans un bistrot pour acheter des bretzels et téléphoner à Lucie. En fait, Margaretha aurait préféré quelque chose de plus substantiel que ces minuscules en-cas. Mais la voisine va leur préparer un vrai repas. Aisément convaincue, Margaretha se contente de son léger goûter. Estelle conduit avec lenteur. Devant ses yeux, le quartier de son enfance. Des murs en béton s'allongent à perte de vue.

Estelle gare la voiture devant l'immeuble gris où habite sa mère. Lucie l'attend à l'extérieur. Elle la prend par le bras et l'entraîne dans l'escalier.

– Je vous ai préparé des *knödel* et du chou rouge à toutes les deux. Vous avez besoin de reprendre des forces.

Parvenue dans l'appartement douillet de la vieille dame, Estelle s'assoit. Lucie lui pose une main sur l'épaule et murmure :

– Ma pauvre petite ! Comment te sens-tu ? Hein ?

Estelle tourne la tête vers Lucie. Dans la pénombre de la pièce, elle distingue à peine l'expression de son visage.

– J'espère juste maintenant que pour ta pauvre mère ça ira vite. Pour toi, le cauchemar passera, lance Lucie.

Estelle ne bouge pas. Elle murmure seulement :

– Eh bien, moi, j'ai juste l'impression qu'il ne fait que commencer.

* *
*

Tout au long de la nuit, Estelle revit dans la fièvre l'annonce du chirurgien. Tantôt en rêve, tantôt au cours de ses insomnies, elle tente de faire le point sur une situation dont les conséquences sont inéluctables. Que fera-t-elle de cet appartement à la mort de sa mère ? Elle n'a plus d'attaches en Allemagne. Hier, pendant le repas, elle a été frappée par le détachement de Margaretha. Que s'est-il passé entre les deux femmes pour qu'une relation amicale de plus de trente ans se délite à ce point sur les derniers jours d'une vie ? Si Lucie n'avait pas été là, Estelle aurait sans doute essayé de percer le mystère. Mais la voisine a su meubler les silences avec habileté, évoquant des cas inespérés qui avaient trouvé une issue miraculeuse. Quelle faconde, quelle santé, quelle diversité de talents chez ce personnage déroutant, en qui Estelle n'a jamais vu qu'une voisine gentille et un peu empotée ! Tout en parlant, elle mangeait d'un bon appétit les délicieux *knödel*. Margaretha lui en avait fait compliment. De toute évidence, elle avait l'esprit ailleurs. Après le dessert, un monstrueux bavarois arrosé, Estelle s'était déclarée trop fatiguée et avait annoncé sa volonté de se retirer seule chez sa mère. Enfin plongée dans le cadre de son enfance, elle s'était sentie désemparée. Elle n'avait pas envie de s'allonger et ne savait pas à quoi s'employer. Pour combattre cette impression bizarre de désœuvrement et de solitude, elle avait décidé de ne penser qu'à sa mère… Elle y repense encore ce matin, en se renfonçant frileusement sous les couvertures. Une vision ne la quitte pas. Le visage de Margaretha, tantôt songeur, tantôt absent. Ses idées s'emballent. Quand Charlotte ne sera plus, la vieille dame ne va-t-elle pas vouloir gagner la maison de retraite mixte du quartier où les esseulés unissent avec délice leurs rhumatismes, leurs jeux de cartes ou de dames et leur dentier ? Horrifiée, Estelle allume sa lampe de chevet et saute hors du lit. Elle doit aller à l'hôpital ce matin.

Il est 6 heures. L'appartement est un monde de silence et d'immobilité alors que, derrière les fenêtres, les éboueurs vident déjà les poubelles. Estelle enfile un peignoir et se glisse dans le long corridor. La chambre de sa mère est tout au fond, à côté de la salle de bains. Elle n'a pas osé y rentrer hier, comme si, en poussant la porte, elle aurait retrouvé le fantôme de Charlotte. Autant la voir en vrai… Estelle traîne un peu, déjeune, s'habille et prend le chemin de la clinique. Elle sait que les visites ne sont pas permises le matin ; elle s'en moque pas mal. Parvenue chambre 405, elle entrebâille la porte avec une précaution de voleuse et s'avance. Charlotte repose sur le dos. La tête renversée, la bouche ouverte, elle semble dormir. Soudain elle bouge, sa respiration s'accélère. En la voyant crisper ses doigts sur le bord de la couverture, Estelle appréhende alors qu'elle ne s'éveille et ne la surprenne dans son tendre espionnage. Lentement, elle revient sur ses pas.

– Estelle ? Reste.

– Maman ! Comment sais-tu que je suis là sans ouvrir les yeux ?

– Ton parfum, ma belle, reconnaissable entre tous.

Estelle s'installe à côté de sa mère et la dévisage avec un sourire indulgent d'infirmière. Tout à coup, c'est elle la raisonnable, la donneuse de leçons :

– Bon, eh bien, il va falloir te requinquer un peu, maman. Et tout va bien se passer.

Charlotte lève les yeux au plafond pour y chercher la force de répondre et s'exclame :

– Le chirurgien est venu me voir deux heures après mon réveil hier soir. Il a eu pour ainsi dire les mêmes mots que toi. Estelle… Je sais que je ne vais pas bien… Je le sens. Je lui ai demandé de m'avouer la vérité. Il a résisté, le bougre, puis, devant mon insistance, il a lâché le morceau. Et je suis heureuse aujourd'hui que tu sois là… J'avais peur que tu doives rentrer à Paris. Et que je m'en aille entre-temps.

– Maman…

– Laisse-moi finir.

Charlotte fronce les sourcils pour marquer son mécontentement. Puis reprend :

– Tu devrais te remarier, ma fille.

– Avec qui, grand Dieu ? interroge Estelle dans un éclat de rire.

– Regarde autour de toi, cherche. Tu es jolie comme tout. La blondeur de tes cheveux, ton visage fin, ces yeux en amande doivent en faire craquer plus d'un. Bon, tu es un peu trop maigre. Les hommes aiment les formes.

Estelle n'ose lui dire qu'elle ne voudrait, pour rien au monde, un bonheur de femme banale.

Revenant à son obstination, Charlotte reproche maintenant à sa fille d'être trop sérieuse :

– Tu ne penses qu'à ton travail. Tu raisonnes tellement sur les grandes choses que tu en oublies les petites qui font pourtant les meilleures joies d'une vie… À trente-cinq ans, tu te comportes comme si tu en avais quarante-cinq. Tu es trop mûre pour ton âge. Tu n'as pas eu de véritable jeunesse… C'est ça qui te manque.

– Maman, je viens te voir après ton opération et c'est tout ce que tu trouves à me dire ? Tu fais mon procès ?

– Mais non, Estelle, je ne veux que ton bien. Et puis j'ai encore autre chose à te confesser.

– On fait une pause, si tu veux bien, je fais un tour et je reviens.

Estelle se lève, pique un baiser sur le nez de sa mère et s'éclipse. En fait, si elle a quitté la chambre, c'est qu'elle éprouve le besoin de se regarder dans une glace. Est-elle vraiment jolie comme le prétend Charlotte ? Mince, vive, des yeux bleus, les lèvres fines, elle rappelle d'assez près la photo de sa mère sous la lampe du salon. Cette dernière avait dû avoir beaucoup de succès avec les hommes. Trop sans doute. Mais, dans ses yeux, il y avait un pétillant moqueur, une invitation à l'aventure qui faisait tout son charme. Estelle a sans doute les mêmes traits, seulement la lumière qui émane d'elle n'a rien d'engageant. Elle est grave, exigeante dans le travail comme avec elle-même. Peut-on ressembler à un être par le visage et si peu par le caractère ? Cette interrogation la poursuit tandis qu'elle se lave les mains. Ce matin, elle a choisi un ensemble couleur bleu azur qui avive l'éclat de ses cheveux. Puis elle retourne à la chambre 405.

Charlotte attend Estelle avec impatience.

– Te voilà. Viens, assieds-toi à côté de moi.

Estelle s'exécute.

– Bien. Ce que j'ai à te dire est délicat. Mais je suis heureuse aujourd'hui de me délivrer de ce poids.

Le visage apaisant de Charlotte rassure Estelle qui touche le bout des doigts froids de sa mère. Dans cette pièce, tout devient harmonie. Les pensées les plus tristes prennent de la hauteur face aux ultimes échanges.

– Je t'ai menti. Je t'ai dit que je ne possédais rien de ton père… C'est faux. Il n'était pas le soldat en permission connu au cinéma du quartier comme je te l'ai affirmé… Il s'appelait Karl Hartmann, je l'ai aimé toute ma vie. Tu trouveras à l'appartement une clef dans le petit vase chinois à côté de la commode. Le secrétaire renferme un tiroir secret, au fond, à droite. Ouvre-le. Tu trouveras une photo, des lettres et un bijou qui lui a appartenu.

Le visage ravagé, les yeux ardents, Estelle semble tétanisée par ce qu'elle vient d'entendre. Comme si, après de tortueux combats intérieurs, elle trouvait enfin une route droite. Elle se lève et tourne le dos à sa mère.

– Pourquoi ? Pourquoi ne m'as-tu pas dit la vérité ?

– Je ne sais pas. J'ai eu peur. Et puis, de toute façon, il est mort. Qu'est-ce que cela pouvait t'apporter de connaître son visage ?

Estelle ne trouve rien à répliquer. Elle piétine en plein marasme, auprès de sa mère mourante qui vit tous les événements à l'envers. Un tremblement la parcourt. Peut-être Charlotte a-t-elle raison ? Estelle est en plein désarroi : sa mère s'en va, son père ressuscite. Elle retourne auprès de la malade. Livide, cette dernière flotte sur le lit. Estelle constate que Charlotte respire avec difficulté... Un halètement d'animal pris au piège, un battement spasmodique de l'air dans une bouche expirante. Elle ne peut l'entendre sans avoir mal. Charlotte demande dans un murmure de la remonter sur ses oreillers. Estelle soulève, par les aisselles, cette légère ossature. Elle a peur de la briser en la touchant. Friable, essoufflée, Charlotte se laisse aller en arrière et dit à regret :

– Je suis trop haut, redescends-moi.

Estelle l'aide à retrouver sa position initiale.

– Est-ce mieux ainsi ?

– Oui... Je crois... Je ne sais plus... Tu... tu ne m'en veux pas, dis ?

La jeune femme respire pour se donner la force de mentir.

– Bien sûr que non, maman, qu'est-ce que ça change au fond ? Je reviendrai te voir rapidement.

Charlotte lui sourit à travers un halo de fatigue. La drogue fait son effet après l'ultime effort. Estelle quitte la chambre sur la pointe des pieds et se dirige en automate vers la sortie. Elle grimpe dans un taxi et se fait déposer à l'appartement. À l'idée de découvrir le visage de son père, elle éprouve un mélange de peur et de joie. Le chauffeur la dévisage dans le rétroviseur. Elle pourrait lui détourner la tête. À quoi bon ? Sa mère a sans doute raison. « Si mon père est aussi beau que dans mes rêves, je ne peux qu'être séduisante finalement. »

Avec défi, elle affronte le regard de l'homme dans le petit miroir du rétroviseur. Il a une bonne bouille et cligne de l'œil en signe de connivence. Elle lui sourit et décide de le remercier par un généreux pourboire.

* *
*

En apparence, rien n'a changé dans l'appartement, et pourtant, plus rien n'est pareil. Estelle est plantée devant le secrétaire style Biedermeier, les mains moites et le cœur qui s'emballe. Dans ce meuble, l'esprit de son père. Elle avance, ouvre le battant d'un geste qu'elle aurait voulu léger mais que son angoisse alourdit. Un tiroir secret. Il fallait y penser. Elle le trouve rapidement et en extrait une lourde enveloppe. Elle la caresse doucement avec crainte et circonspection. Puis, avec des doigts impatients, Estelle arrache les bords. Elle renverse le contenu sur le meuble. D'abord le cliché. L'émotion envahit sa gorge comme un ruisseau prend possession de son lit. Estelle a le souffle court. Elle éprouve le même malaise que s'il fallait sauter en parachute dans un vide absorbant. Elle croit qu'elle va défaillir, mais la seule idée d'apercevoir pour la première fois son père la ranime. Ses paupières clignent rapidement, photographiant chaque détail comme des instants immortels. Comme des envies d'encore ! Estelle aimerait voir son père s'animer, exister. Un instant, elle le voit devant elle lui caresser le visage de ses doigts rassurants. De toutes ses forces, elle tente de rester à la surface d'elle-même pour se préserver de rêves fantasmagoriques.

Elle regarde intensément la figure ronde et lisse, des dents blanches bien alignées avec un sourire séduisant, la chevelure légèrement dégarnie sur le côté. Elle cherche de ses yeux les traits de ressemblance. Ce cliché en noir et blanc ne laisse pas deviner la couleur des cheveux. Karl Hartmann, son géniteur. Était-il un être léger, impulsif et vain ou un homme de poids, solide et carré ? Quels étaient ses goûts, ses envies, ses défauts ? Quel âge d'ailleurs a-t-il sur la photo ?

Estelle s'assoit et saisit quelques feuillets rédigés à l'encre noire. Karl avait une belle écriture et ne faisait aucune faute. Il s'agit de lettres envoyées de France à Charlotte. La première raconte le quotidien du militaire qui promet de revenir rapidement. Tout en lisant, Estelle s'amuse du style enjoué de son père. Puis un deuxième écrit dans lequel il parle du bébé… Le futur père parle de sa joie de bercer son enfant, de le combler à la fin de la guerre. Estelle ferme les yeux. Sa respiration s'accélère. Karl savait… Il savait qu'il allait être papa. Cette nouvelle, pourtant anodine, perturbe Estelle. Elle était attendue. La mort de Karl est un rendez-vous manqué. Elle accuse le choc d'un imperceptible raidissement. Une moue de surprise et de tristesse crispe ses lèvres et la transporte dans son passé.

Enfant, elle prenait son petit déjeuner et son dîner avec sa mère. Et l'heure du coucher les rassemblait encore dans un long bavardage rituel. Estelle attendait ces discussions, à voix basse en tête à tête, comme la secrète récompense de sa journée. Soir après soir, elle racontait à Charlotte les menus événements de sa vie de fillette. Assise à son chevet, sa mère feignait d'être captivée par ces histoires banales de cafardage, de rivalités qui lui rappelaient sans doute ses propres jeunes années. De temps en temps, elle en profitait pour glisser dans la conversation une information sur l'histoire, la géographie, les mathématiques, susceptible d'enrichir les connaissances de la gamine. Estelle happait ces informations au vol avec une avidité gourmande. Elle s'en rappelle encore. Charlotte s'attribuait volontiers le mérite de cet éveil. Rien ne lui était plus doux que de voir, pendant qu'elle parlait, le regard lumineux et chaud de l'enfant fixé sur elle avec une confiance exclusive. Elle était le guide unique, le recours permanent. Puis les paupières d'Estelle battaient, sa tête retombait mollement sur l'oreiller, ses membres déliés s'abandonnaient au sommeil. Or, ce que Charlotte ne voyait pas, c'était le désespoir de la petite de ne pas avoir de père. Certes, tous les soirs, la petite fille souriait à sa mère. Mais dans ses prunelles, larges et lumineuses, il y avait un tel désespoir et un tel manque... Savoir aujourd'hui que Karl aurait pu être présent à son chevet, pour la consoler et lui raconter des histoires, plonge Estelle dans un malaise incommensurable. Une sorte d'écœurement moral. Longtemps, elle demeure là, sans bouger, attentive au silence de l'appartement qu'accentue le bourdonnement du sang dans ses oreilles. À l'idée d'avoir été désirée et privée des meilleurs instants de sa vie, Estelle se sent à la fois protégée et emprisonnée par quelque chose de muet, d'opaque qui interdit toute échappée vers la liberté. Son âme s'étiole dans un gouffre, comme dans un étouffoir. Une impression de froid la pénètre. Elle s'approche de la cheminée. Une bûche et du petit bois sont disposés dans l'âtre. Elle les allume et s'assoit dans un fauteuil, devant le foyer. Elle saisit la photo, les lettres et un bijou en or qu'elle n'a pas encore regardé... Une chaîne avec un pendentif en forme d'étoile de mer, dont deux branches sont abîmées. À l'idée que ce métal ait touché le torse de son père, Estelle frissonne. Elle le caresse. Puis elle reprend la photo entre ses doigts tandis que les flammes dansent dans ses yeux. Il y a un tel accord entre ce feu captif, ce silence lourd, ces vestiges d'antan, ces preuves d'une passion passée dont Estelle est le fruit que, le temps d'un battement de cœur, il lui semble avoir quitté la vie superficielle de tous les jours et flotter, légère comme une volute, auprès de son père souriant. Puis, pour faire diversion aux mauvais tours de son esprit, elle remue les bûches avec un tisonnier. Le décor incandescent s'écroule et se recompose. Et Estelle ne pense finalement qu'à prolonger cette contemplation heureuse entre la photo de son père et le crépitement du feu.

* *
*

Pourtant, au petit jour, Estelle se sent si opprimée qu'elle se lève, s'habille et sort pour aller marcher dans les rues de Karlsruhe. Elle se rend jusqu'à l'université dont les murs sont revêtus d'affiches. Elle marche ensuite jusqu'à l'hôtel de ville, ancienne Kommandantur pendant la guerre, là où les nazis avaient pensé régner en maîtres pour le Troisième Reich de mille ans. Puis elle revient vers la place principale, contourne le grand magasin *Kaufhaus Schneider* du centre, pénètre dans l'église. Un prêtre, avec aube et chasuble, récite une messe de l'aurore. Estelle n'ose pas s'avancer. Elle n'entend plus rien du reste de la cérémonie.

Le trajet de retour est pénible. Karlsruhe lui paraît lugubre, cent fois plus triste que Paris. Seul le logement de son enfance semble sourire un peu quand elle y entre. Elle se met en robe de chambre, regarde sa montre et s'apprête à prendre un petit déjeuner avant de rejoindre l'hôpital. Soudain, le téléphone retentit dans un bruit assourdissant.

– Allô !

– Madame Furdmann ?

– Oui.

– C'est l'hôpital. Votre mère… Je suis désolée… Son cœur a lâché à 2 heures du matin… Elle est visible à la morgue. Toutes nos condoléances…

Estelle raccroche et se laisse choir dans le fauteuil. Elle se demande si la chaleur qui la pénètre est celle de l'enfer ou de l'amour. Ce n'est qu'à ce moment que toutes les tensions lui oppressent le cœur. Elle commence par verser une larme discrète. Une deuxième suit. La digue de son chagrin s'ouvre enfin et de minuscules canaux se forment sur sa joue, coulent ensuite sur sa poitrine.

II

ENCORE UN. Il a envoyé son manuscrit il y a à peine dix jours, et il est déjà là à quémander une réponse car persuadé d'avoir écrit le chef-d'œuvre du siècle ! Estelle lui répond poliment mais fermement. Les éditions La Martingale publient selon un catalogue précis et il faut du temps pour étudier les propositions, les envoyer à des comités de lecture et enfin prendre une décision. L'interlocuteur écoute l'explication sans mot dire. Estelle suppose que ce doit être un débutant. Elle raccroche et trie la montagne d'enveloppes. Gagné. Frédéric Marcarole, premier roman.

Ce soir, Estelle tiendra le stand de l'éditeur au Salon du livre des Invalides. Une corvée. En attendant, dans son bureau de directrice de collection, elle rédige la quatrième de couverture du prochain roman d'un auteur maison, Hector Caillon. Un clavier crépite derrière la cloison. Aux murs pendent des calendriers éditoriaux et des photos d'auteurs aux sourires surfaits.

17 heures. C'est le moment de gagner le salon du livre. Estelle enfile un manteau et parvient au stand en moins de trente minutes de bouchon. Les visiteurs sont au rendez-vous.

Ils sont las et lents. Ils semblent surgir d'un océan de grisaille et d'ennui. Et tout au long de la soirée, des auteurs plus ou moins talentueux lui font la cour. L'un propose un roman sans intérêt, un autre lui offre de publier un « véritable bijou » sur la vie de sa grand-mère dans les marais du Nord, un troisième lui présente un roman historique, plus historique que romanesque. Le dernier visiteur, Estelle le connaît bien. Il se nomme Patrick Chipon, collaborateur fidèle des éditions La Martingale. Un ancien éditeur lui aussi, qui a perdu son poste après restructuration et qui s'est recyclé dans le métier de correcteur. Un auteur raté. Un coincé surtout, aux mains nouées de grosses veines et aux yeux mornes. Sa chemise noire est boutonnée jusqu'au col. Ses pantalons sont à la mode des années 1960. Il porte toujours un bouquet de crayons dans sa veste.

– Vous savez que je suis toujours à votre disposition.

Il a une haleine aigre.

– Oui, je sais. Mais le problème, Patrick, c'est que vous êtes en permanence en retard sur vos rendus.

– Je… je sais.

– Ceci dit, je vais avoir besoin de vous dans les prochains temps. L'éditrice du secteur histoire est en congé maternité. Je récupère la collection. Je ne peux pas tout faire. Par conséquent, je veux bien que vous passiez me voir au bureau.

Chipon la remercie avec un sourire de pitre malchanceux. Et elle le regarde quitter le stand, à petits pas. Elle songe à l'existence de cet homme fatigué. Il a eu des ambitions de jeunesse, des flambées de désirs, des explosions de projets, et tout doucement, de refus en refus, il en est arrivé à sa déchéance présente. Tel qu'il est, il n'espère plus rien. Il corrige les phrases un peu fades des écrivains à succès. Il gagne sa croûte. Il attend la retraite. Et ils sont des centaines comme lui dans le milieu de l'édition à végéter… Depuis la mort de sa mère, voici quasiment un an, Estelle se défend de leur ressembler. Elle va, elle vient, elle mange, elle boit et elle travaille. Mais elle ne s'habitue pas à cette vie de rien où elle s'enlise avec les odeurs, la morale, la tristesse et la résignation des autres. Ah non ! Pas dans la médiocrité. Estelle tressaille à l'idée d'être un jour quelque Chipon crachotant et besogneux, obligé de proposer sa copie de porte en porte et de multiplier les courbettes. Tout plutôt que cela !

Quelques instants plus tard, le directeur des éditions La Martingale fait irruption au salon et soumet à Estelle une date de réunion pour le planning de la collection « histoire ». Il s'appelle Chaumont. Une sorte de gorille mafflu et velu dont tout le personnel redoute les colères. Un contrôleur de gestion surtout qui ne communique qu'avec des chiffres. Estelle qui d'habitude s'efforce de parler à cette brute sur un ton de courtoisie surveillée, voici qu'elle l'écoute à peine et lui répond avec sévérité. Il paraît surpris de son impertinence, pourtant il évite de se fâcher :

– C'est bon, c'est bon, vous aurez de l'aide... On vous donnera les moyens... Profitez-en pour penser à relooker les couvertures... Le cadre rouge est une sottise... Le bandeau du titre ne tiendra pas auprès de cette couleur-là...

Il parle. Il parle. En même temps, Estelle le sent qui l'observe avec curiosité.

– Par ailleurs, je vous présenterai fin de semaine prochaine Josserand Le Thuilier. Il publiera chez nous un document exceptionnel : *France, ma nouvelle patrie.*

* *
*

Après les quotidiens, ce sont les magazines qui s'emparent des critiques de l'auteur phare des éditions La Martingale,

Pétrus Lagarde. Estelle l'a découvert au détour d'une signature dans une librairie poussiéreuse du 15e arrondissement. Après l'avoir lu, elle a immédiatement senti le potentiel et insisté pour l'intégrer au plus vite à son catalogue. Un drôle de bonhomme que cet auteur. Il décrit dans des scénarios passionnants la nature humaine, dépeint les sentiments et séduit chaque année plus de quarante mille lecteurs. Simple à gérer, il n'a qu'une seule exigence : être tenu à l'écart du bruit qui entoure sa personne. Il refuse de prendre connaissance de l'abondant courrier qui arrive chaque matin au siège des éditions La Martingale. C'est Estelle qui lit les lettres et dicte les réponses par dictaphone à la secrétaire. Cette dernière signe et joint une photo de l'auteur aussi souriant qu'un employé des pompes funèbres. Pétrus Lagarde refuse toutes les émissions de télévision. Est-ce sa part à un excès de modestie ou une condescendance à l'ensemble de son lectorat ? Estelle n'a jamais réussi à répondre à cette question ; une chose est certaine : la rareté de ses interventions, notamment en librairie, façonne une image proche de l'icône.

Ravie d'être à l'origine de la découverte de cet auteur innovant, Estelle ne se lasse pas de lire les articles dithyrambiques de la presse. Aux éditions La Martingale, la directrice littéraire est respectée pour son flair. Elle mesure sa popularité aux sourires qui fleurissent sur son passage. Au bureau, Estelle s'est fait une légitimité. Qu'elle le veuille ou non, à sa manière, dans le cocon bien fermé de la littérature, elle est quelqu'un. Et cela simplement parce qu'elle a découvert Pétrus Lagarde. Elle a si bien pris goût à la vague de sympathie du milieu qu'elle appréhende le jour où, balayée par un collègue talentueux, elle suscitera moins d'intérêt. Et ce n'est pas avec la collection « histoire » qu'elle pourra briller sur la place parisienne. À ce sujet, Chaumont lui rend des visites quasi quotidiennes. Elle acquiesce des décisions et revient à ses préoccupations. Sauf que cet après-midi, elle reçoit Josserand Le Thuilier, le protégé du patron. Elle a pris connaissance du dossier, jeté un coup d'œil professionnel à l'écriture, à la table des matières. Un livre sur le débarquement de Normandie. Quelques instants avant l'arrivée de l'auteur, Chaumont demande à Estelle de le convaincre de l'utilité et de l'urgence de la parution. Le Thuilier est un homme fragile qui n'a pas confiance en lui.

Estelle regarde son patron avec surprise. Pourquoi perdre son temps avec un livre qui se vendra au grand maximum à trois mille exemplaires ?

– Vous avez quand même conscience que ce livre ne sera pas le succès du siècle ?

– Je sais, Le Thuilier n'est pas Pétrus Lagarde ; son ouvrage sort de l'ordinaire, donne un nouvel éclairage. S'il revoit sa copie et si on en fait un bel objet, on peut tenter le 20 heures.

Estelle lui décoche un regard agacé. Non parce qu'il lui parle de son auteur, mais parce qu'elle n'aime pas en lui cette cupidité mesquine subitement relevée, cette fixation sur un sujet désuet, cette passion pour le document alors que l'essentiel des ventes en librairie est réalisé par le roman. Pourquoi doit-elle perdre son temps à convaincre un chercheur alors que mille romanciers rêvent d'être édités ? Au moment où elle se pose cette question, on annonce la présence de Josserand Le Thuilier à l'accueil.

– Je vais le saluer, dit Chaumont, puis je vous le confie.

Et il s'éclipse. Dix minutes plus tard, Estelle voit arriver un homme d'une cinquantaine d'années d'apparence timide, moustachu, les cheveux à peine grisonnants, le genre soixante-huitard rangé. Un court sur pattes à l'œil brillant qui semble analyser chaque mouvement comme des arrêts sur image.

– Bonjour monsieur Le Thuilier. Prenez place, je vous en prie.

L'écrivain s'installe en face d'Estelle et un silence prélude leur conversation. Elle propose d'emblée un calendrier de publication. Il a beau protester qu'il n'est pas un « littéraire », elle l'assure que le style n'est pour rien dans une œuvre de ce genre, que seule une documentation sérieuse et bien triée, une bonne pertinence des archives choisies, des détails et anecdotes donnés comptent vraiment.

Ému par son enthousiasme, il hésite cependant à se lancer. Josserand Le Thuilier a réalisé son étude par passion et n'avait pas l'intention de la publier. L'insistance de Chaumont a fait le reste.

– J'ai regardé votre travail, continue Estelle. J'aimerais vous parler de la quatrième partie qui me semble un peu légère. Et c'est pourtant la plus importante.

– Celle qui traite des soldats allemands faits prisonniers sur les plages du débarquement ?

– Incroyable, cette destinée… Ils ont dû travailler dans des fermes normandes comme manouvriers avant de regagner leur pays.

– Certains sont restés en France et y ont fondé leur famille.

– Aujourd'hui, bien peu de gens connaissent cette particularité de l'histoire. Vous n'en parlez que trop peu. Il faut développer les témoignages des personnes que vous avez interviewées, apporter une touche sur la vie quotidienne de ces hommes dans notre pays après guerre. Bref, faire de ce chapitre le point central de votre livre. Le débarquement c'est bien, mais je peux en remplir un rayon complet…

En habile femme d'affaires, Estelle explique qu'il faut profiter de l'actualité. Dans un an s'ouvre en Hollande le procès d'un ancien nazi, responsable de la déportation de milliers de Juifs. Sans aucun doute, les maisons d'édition vont faire tourner les rotatives sur les plus grandes figures criminelles de guerre. Et les éditions La Martingale, elles, expliqueront, grâce au livre de Josserand Le Thuilier, ce que sont devenus les simples soldats allemands…

– Plus on attend, plus on risque de louper le coche, lance Estelle.

Josserand semble s'amuser de son impatience.

– Vous parlez comme si j'avais déjà accepté, insinue-t-il.

– Mais vous ne pouvez pas refuser.

– Pourquoi ?

– Parce que si vous m'écoutez, on peut avoir un tirage honorable. Le récit que je vous suggère de faire rassemblera l'essentiel sur le débarquement et le maximum sur la vie de ces soldats allemands prisonniers oubliés de l'histoire. Vous l'écrirez tout naturellement… Au besoin, on travaillera, vous et moi, au fur et à mesure. Mais il faut faire vite, très vite.

Elle a un visage tourmenté qui exprime à la fois l'imploration et l'exigence. La beauté de ses traits est sublimée par la ferveur de son regard. On dirait qu'elle lui demande un cadeau alors qu'il lui en offre un. Assis en face d'elle, dans cette pièce banale au décor moderne, avec ses chaises d'acajou rangées autour du bureau agrémenté d'une lampe style Biedermeier, Josserand s'efforce en vain de clarifier ses idées. L'éditrice a raison. Mettre en lumière les soldats allemands, condamnés aux travaux forcés en Normandie, constitue une idée aussi intéressante qu'innovante. Elle ne le quitte pas des yeux. Et plus elle le regarde, moins il sait ce qu'il va lui répondre. Pour le décider, elle reprend :

– En ce qui concerne votre contrat, je m'en occupe…

– Les conditions, c'est secondaire, balbutie-t-il.

Il songe un instant.

– La seule chose qui m'importe, c'est de savoir si je serai à la hauteur de la tâche, vous comprenez ?... C'est tellement nouveau pour moi.

– Monsieur Chaumont ne vous aurait jamais proposé de publier cet ouvrage s'il n'avait pas lu vos articles dans les journaux, écouté vos interventions à la radio... Pour moi, vous êtes tout à fait capable de vous en tirer avec les honneurs.

– Si vous le dites.

– Avez-vous des photos, des documents que l'on pourrait reproduire ?

– Oui. Des centaines, je ne peux pas tous vous les apporter !

– Surtout, ne vous inquiétez pas, Josserand, je viendrai les consulter à votre bureau ou à votre domicile, si vous le voulez bien.

Subitement, il s'aperçoit qu'il est heureux de s'avouer vaincu par cette femme dont l'audace va au-devant de ses rêves les plus intimes : publier, être reconnu. Estelle saisit son agenda.

– Quand peut-on prendre rendez-vous ?

– Demain.

– Non. C'est trop chargé... Enfin... quoique. Vous n'habitez pas bien loin d'ici ?

– Rue des Tournelles.

– Oui, je crois l'avoir noté sur votre fiche auteur.

– Numéro 30.

– Eh bien, disons, demain 18 heures. Et nous allons nous atteler à faire de « notre » livre un ouvrage de référence inégalé...

Il remarque la dernière formulation. Elle a bien dit « notre livre », en appuyant sur le premier mot. Il acquiesce d'un mouvement du menton. Une poignée de main sur le pas de la porte et Josserand Le Thuilier s'en retourne à son ouvrage.

Estelle décroche le téléphone :

– Monsieur Chaumont ?

– Oui, Estelle.

– C'est fait. On signe : néanmoins, vous me laissez les mains libres pour le travail d'écriture et de documentation.

– Évidemment. Sinon, je ne vous aurais pas choisie.

* *
*

– C'est exactement ce que je souhaitais ! s'écrie Estelle. Continuez et vous gagnerez la partie.

Soulagé, Josserand Le Thuilier range dans son sac le premier chapitre remanié et répond :

– Ce n'est qu'un début ! Le plus dur reste à faire. Nous ne sommes finalement qu'à l'introduction.

– Ce sera aussi la meilleure partie. Personne aujourd'hui ne peut concevoir qu'il y ait eu des Allemands prisonniers des Français en Normandie après guerre. Que sont-ils devenus ? Le sujet est passionnant.

– Nous allons boire un verre pour fêter le coup d'envoi de notre travail.

– Maintenant, nous allons voir comment on peut illustrer le texte… Au fait, le titre proposé n'est pas bon. Il faut y réfléchir.

– Que pensez-vous de « La Vérité sur les rescapés du débarquement » ?

– Trop sévère.

– Je crois que le livre sera sévère.

– Je ne le crois pas.

Josserand Le Thuilier ouvre le battant du buffet en noyer.

– Porto, xérès, whisky ?

Elle répond « Porto ! » au hasard et jette un regard autour d'elle. Le salon de Josserand Le Thuilier. Une pièce fourre-tout, avec des tables basses encombrées de bouquins et de paperasses entassées jusque sur les fauteuils. N'a-t-il pas assez de son bureau pour y caser ses multiples dossiers ? Visiblement, il ne se soucie guère de son intérieur. Pour peu qu'il ait de quoi s'asseoir, écrire, dormir, le reste ne l'intéresse pas. Néanmoins, il y a au mur un grand et beau tableau, représentant des livres empilés, une bouteille de vin à demi remplie, une miche de pain. Cette nature morte aux volumes lourds la fascine. S'il l'a choisie et suspendue à cet endroit, c'est qu'elle correspond à la rude simplicité de son caractère. Elle remarque aussi, sur un délicat guéridon de marqueterie Louis XV égaré au milieu du capharnaüm, la photographie d'une jeune femme blonde, à l'air évaporé, qui sourit dans un cadre de métal. Il suit son regard et explique sans le moindre embarras :

– J'avais vingt ans lorsque je l'ai épousée. Elle est morte à mes côtés. C'était moi qui conduisais. Je m'en suis tiré sans aucune égratignure. Sa famille, ses amis m'ont accusé d'avoir pris le volant alors que j'avais trop bu… J'ai eu beau leur jurer qu'il n'en était rien, ils ne m'ont pas cru. Or j'étais parfaitement à jeun ce soir-là ! C'est parce qu'une voiture que j'allais doubler a brusquement déboîté devant moi que j'ai dû faire une embardée…

Silence.

– Oh, et puis à quoi bon remuer ces vieilles histoires ?… Je ne me suis pas remarié. J'ai travaillé comme un dingue pour oublier. J'ai fait une belle carrière d'historien, donné des conférences dans le monde entier, découvert des gens formidables.

– Est-ce en pensant aux reproches injustifiés qui ont pesé sur vous après la mort accidentelle de votre femme que vous avez travaillé sur ces soldats allemands faits prisonniers et exploités par les Français, après guerre ?

Interloqué par la question, il se concentre une seconde et répond posément :

– Peut-être. Je n'y ai jamais réfléchi… Il est possible qu'il y ait ainsi dans notre cerveau des attractions, des répulsions, toute une alchimie secrète qui, à notre insu, nous pousse à agir ou nous retient… En tout cas, ce que je puis affirmer, c'est qu'aucune étude ne m'a jamais autant passionné. Au point de la publier.

Josserand repense à toutes les démarches qu'il a dû entreprendre pour obtenir la documentation, les témoignages, les photos. Il en a suivi, pendant des mois, des péripéties, passant par des hauts et des bas, courant des archives aux interviews, relisant dix fois des lettres écrites par des soldats à leur famille, tâchant d'étayer sa documentation en compulsant des ouvrages de référence dans les deux langues. Fort heureusement, il sait parler l'allemand.

Mais, à chaque fois, les spécialistes trop désireux de surfer sur la vague de l'histoire bien-pensante se dressaient devant lui comme une autorité aveugle. Il avait l'impression d'affronter un rocher de granit avec un sabre en carton. Judicieusement, il maintenait le cap contre vents et marées. Et voici que la récompense de tant d'efforts est venue, éclatante et définitive.

– Vous pouvez me montrer quelques illustrations intéressantes pour le premier chapitre du livre ? demande soudain Estelle.

Josserand recouvre ses esprits.

– Oui, bien entendu.

Ils se mettent tous deux à feuilleter des clichés divers du débarquement. Les chars, les soldats, les avions, les plages de Normandie défilent devant les yeux d'Estelle. Josserand fait quelques commentaires sur chacune des photos qui illustrent son propos. Puis il montre quelques journaux de l'époque. À longueur de colonne, ce ne sont que fulminations contre les ennemis et remerciements héroïques envers de Gaulle.

À la vue d'un jeune soldat insignifiant, photographié à côté d'un de ses amis, le visage d'Estelle paraît se durcir. Ses prunelles brillent entre deux traits charbonneux qui bordent ses paupières. Un frisson la parcourt comme si elle l'avait déjà vu. Ce n'est pourtant pas Karl, son père. Mais un point commun les rapproche : le collier en forme d'étoile de mer pendu autour du cou. Le même qu'elle a tenu dans ses mains, la veille du décès de sa mère. Elle ne se contrôle plus. Elle va et vient à travers la pièce dans un grand mouvement nerveux. Josserand la suit humblement des yeux et cherche à capter son regard. Mais Estelle n'a même plus l'air de remarquer sa présence. Son angoisse se précise. « Ce détail ne peut être une coïncidence. » Tout à coup, le silence. Un trou énorme, où Estelle, en perte d'équilibre, flotte confusément. Plus âme qui vive dans la pièce. Longtemps, elle demeure immobile, anéantie. Puis elle relève le front : très loin, des cloches sonnent, irréelles. Ce sont celles de l'église Saint-Étienne de Karlsruhe. Celles de son enfance. Le glas ! Elle soupire et regarde à nouveau la photo du journal. Le papier est là, cependant la seule vue du collier brouille tout dans sa tête : les idées et les mots.

III

COURTES VACANCES À CAEN, dans un petit hôtel tout neuf, non loin de l'abbaye aux Dames, luisant de peinture fraîche, odorant, astiqué et grêle comme une coquille. La maison en crépi est enlisée dans un gravier gris clair et les feuillages du lierre. Au-delà de la route, une pente d'herbes sauvages s'incline et se fond dans cette ville presque entièrement reconstruite après la guerre. Une ville qui reflète la dureté des mauvais moments, une ville où sont enterrés tant de soldats, une ville martyre et une ville d'espoir aussi. Dans le ciel, un nuage insolent de blancheur s'arrête et ravit les yeux d'Estelle. Elle est heureuse, d'un bonheur simple, innocent, matinal. La semaine précédente, elle a reçu le deuxième chapitre du livre de Josserand Le Thuilier. Elle corrige les feuilles avec piété. Assise dans le petit salon de correspondance, elle lit, relit, médite, rature et surcharge ce texte dense, analytique, dérangeant dont elle se sent de jour en jour de plus en plus impliquée. Parfois, une phrase l'arrête, la surprend : « Pourquoi l'a-t-il pensé ? Pourquoi a-t-il écrit ça ? » Elle tente de modifier la formule initiale. Elle change un adjectif, déplace un verbe. Et, tout à coup, elle a peur de son audace. Ne va-t-elle pas tout gâcher en élaguant ce jardin sauvage ? Ne va-t-elle pas trahir la pensée de Le Thuilier en essayant de l'interpréter à son goût ? Par moments, elle a l'impression qu'elle agit avec l'assentiment de Josserand, qu'un accord secret la lie à lui, qu'elle peut exprimer ce que lui n'a pas pu vivre… Comme si ce livre était aussi un peu le sien.

Après ces moments studieux, Estelle se fait conduire en taxi à l'adresse qu'on lui a indiquée à la préfecture. C'est là où sont répertoriés tous les noms des soldats morts sur les plages du débarquement. Pendant les quelques minutes passées dans la voiture, elle commente dans sa tête les événements qui ont marqué sa vie, de son départ de Karlsruhe à sa présence ici même à Caen, où sans doute elle trouvera le nom de son père sur une tombe. Quand elle a enfin déroulé les pans de sa vie, le taxi la dépose devant une devanture austère et imposante.

Le fonctionnaire chargé de l'accueil la reçoit, affalé de toute sa graisse sur une chaise. Un gilet marron tricoté pur laine l'enveloppe dans toute sa largeur. Dans son visage blafard et adipeux, de petits yeux brillent, telles des escarboucles serties dans un bloc de saindoux. D'entrée, il fait remplir à Estelle un formulaire et contrôle son identité.

– Bureau 108, premier étage sur votre droite.

– Merci.

Estelle ne peut maîtriser une forte émotion en pénétrant dans la pièce. Elle attend tant des informations qui vont lui être communiquées. Elle sait que son interlocuteur se nomme Paul Duerty. Quelques instants plus tard, elle se retrouve devant lui. Svelte, la taille haute, le visage aux traits réguliers, encadré d'une barbe bien taillée, l'œil bleu et tendre, le fonctionnaire lui paraît superbe d'aisance dans son rôle de dénicheur et de gardien de sépultures.

– Bonjour madame, prenez place.

Ils s'assoient dans un face-à-face conventionnel.

– Vous allez trouver ma démarche plutôt curieuse. Mais j'ai su voilà un an que mon père, soldat allemand, est mort sur les plages de Normandie. Et j'aimerais savoir où il est enterré. Il s'appelait Karl Hartmann.

Silence. Duerty et Estelle se consultent du regard.

– Possédez-vous un acte de naissance ? demande le fonctionnaire.

– Non. Ma mère m'a communiqué l'identité de mon père juste avant de mourir.

– Il me faudra un minimum de renseignements, mais je vais tenter de vous aider.

Estelle se confond en remerciements ; son angoisse ne se dissipe pas. Elle a l'impression que la route sera semée d'embûches. Elle conçoit la bizarrerie de sa requête face à un fonctionnaire français. Mais il faut qu'elle voie le nom de son père sur une tombe pour comprendre. De toutes ses forces, elle veut croire que le sacrifice de tous ces soldats, alliés, français et allemands, n'a pas été vain et que l'enfer d'hier a préparé la paix de demain. Finalement, elle se dit qu'en politique les hommes d'idéal sont plus redoutables que les hommes de calcul car, persuadés d'avoir raison, ils n'hésitent pas à envoyer les combattants à la boucherie. Hitler et ses acolytes n'étaient-ils pas sûrs d'agir pour le salut du peuple allemand ? Sans doute Karl s'est-il posé la question ? Fallait-il suivre et servir l'idéologie nazie ? Hitler, le « génie » issu des basses couches de la société ne donnait-il pas l'image d'un homme qui s'acharnait à vouloir régénérer l'Europe selon des conceptions utopiques ? À toutes ces questions, Estelle n'aura qu'une seule réponse : un nom inscrit sur une tombe.

– Je vais d'abord recenser les Karl Hartmann, dit Duerty. Il y en a peut-être plusieurs. Si c'est le cas, il me faudra un certificat de naissance. Je ne pourrai pas vous aider sans.

– Il y a quand même peu de chance qu'il y en ait plusieurs.

– Détrompez-vous ! Au cimetière allemand de La Cambe, 21 222 hommes sont enterrés.

– 21 222 ?

– Oui. Le cimetière a été inauguré en 1961. Vous pouvez vous y rendre, il n'est pas bien loin.

– Je n'y tiens pas pour l'instant. Tant que…

– Je comprends.

– 21 222 soldats, je n'en reviens pas. C'est énorme !

– Le cimetière a une superficie de sept hectares. Initialement, les Américains ont enterré durant l'été 1944 sur deux terrains adjacents des soldats américains et allemands à La Cambe. Les deux tiers des corps américains ont été rapatriés aux États-Unis à la demande de leur famille, le tiers restant étant transféré dans le cimetière américain de Colleville-sur-Mer à quelques kilomètres d'ici. En 1954, à la suite de l'accord franco-allemand sur les tombes de guerre, il a été décidé de faire du site de La Cambe l'un des six cimetières de Normandie. Furent ainsi regroupés par les services de la commission allemande plus de 12 000 morts dont les corps étaient disséminés dans des cimetières provisoires sur tout le Calvados et l'Orne.

– Il n'y a donc pas beaucoup d'espoir de trouver mon père…

– Détrompez-vous. Les administrations françaises et allemandes font un merveilleux travail, chacune de son côté. Il ne reste pas plus de 200 cadavres non identifiés. Mon seul souci demeure l'homonymie… Je vous tiendrai au courant, madame. Laissez-moi vos coordonnées.

– Je vous remercie pour votre gentillesse, dit Estelle doucement.

Duerty la considère avec un étonnement amusé et répond :

– Ne vous inquiétez pas, madame. Vous n'êtes pas responsable des agissements de votre père. Quarante ans après, les plaies sont enfin refermées. Votre démarche est compréhensible et courageuse.

Estelle entend la voix de la sagesse. À quoi bon se culpabiliser, alors même que Karl était emporté inexorablement avec toute une nation vers son cruel destin ?

* *
*

Toujours rien. Il y a quinze jours qu'Estelle a rencontré Duerty et elle attend encore la lettre qui la délivrera de son anxiété. Le soir, au retour de son travail, elle trie fiévreusement les enveloppes de son courrier. Elle sait que les administrations sont noyées sous des tonnes de paperasses, que les commis attitrés sont sur plusieurs dossiers en même temps. Toutefois, elle trouve l'attente interminable. Sans doute Duerty n'a pas trouvé la trace de Karl.

La nuit suivante, un orage vient déranger Estelle dans son sommeil. Les éclairs glissent comme des grandes gifles blanches dans le miroir de la chambre. À chaque hoquet de lumière, le visage de Karl jaillit hors de l'ombre, comme un masque de pierre lunaire. Elle voit à sa droite une figure pathétique, saisissante d'exactitude, insupportable de perfection, tirée de l'abîme et ravalée par l'abîme, l'espace d'une seconde. Et dans tout le noir revenu, Estelle remonte la couverture sur ses épaules. La pluie s'est mise à tomber, grosse, drue, avec des accès de violence.

* *
*

Les exposés des auteurs commencent toujours après le déjeuner que les convives dégustent tous ensemble au restaurant indien *Gandhi.* À peine ont-ils le temps d'avaler un succulent *palak panir* accompagné d'un vin rouge qu'il faut se rendre dans une autre pièce pour y prendre la parole. D'après le programme établi par les services commerciaux des éditions La Martingale, le discours de Pétrus Lagarde doit clôturer la réunion « en beauté ». Son intervention est prévue après celle de cinq autres romanciers de moindre importance, dont les ouvrages figurent, comme le sien, dans la première mise en vente de septembre 1981. Par une savante mise en scène, les écrivains apparaissent un à un face à l'assemblée des représentants sans qu'aucun des orateurs soit tenu d'assister à la performance verbale d'un confrère. On se succède devant des « examinateurs » tels des candidats à l'oral du bac. Ce rappel d'un passé studieux agace profondément Pétrus Lagarde, comme une punition anachronique. Assis avec Estelle dans un minuscule salon attenant à la salle de conférences, il se crispe en attendant son tour de scène. Ils mettent du temps, les « jeunes camarades », à vanter leur marchandise ! Comment font-ils pour dégoiser pendant plus d'un quart d'heure sur leur dernier-né ? Lui se demande toujours ce qu'il va pouvoir dire à un auditoire qui a les oreilles rebattues d'arguments de vente. Enfin, le directeur commercial, Lucien Breysens, vient le chercher, mystérieux et l'œil émerillonné.

– C'est à vous ! On vous attend avec beaucoup d'impatience ! Ils sont chauffés à blanc ! Vite, vite…

Immédiatement, les quelques phrases qu'il a préparées s'envolent de sa mémoire. Il suit les yeux d'Estelle qui s'est installée sur le côté, dans un état d'absence léthargique. Une salve d'applaudissements courtois l'accueille. Dès qu'il prononce les premiers mots de son allocution, les inquiétudes de Pétrus Lagarde disparaissent. Au vrai, il a une grande habitude de ce genre d'exhibitions. Tout en les détestant, par principe, il reconnaît leur utilité et s'amuse même, parfois, de la surprise que sa faconde, assez peu académique, suscite parmi les auditeurs. Sans trop s'embrouiller dans le résumé des aventures de son héros et après en avoir extrait le suc en dix minutes de commentaires, il se tait avec l'impression d'avoir prêché dans le vide. Les bravos du public le rassurent ; le sourire appuyé de Breysens lui prouve qu'il ne s'est pas trop mal comporté dans cet exercice d'autosatisfaction ; mais c'est surtout Estelle qui, en abaissant et en relevant par trois fois les paupières, le délivre de son appréhension chronique. C'est le signal convenu entre eux. Puisqu'elle estime, elle aussi, qu'il a gagné sa partie, il peut redresser la tête.

Déjà, selon la règle, les représentants qui ont écouté sans broncher les gloses de Pétrus Lagarde sur son dernier roman, *La Perle du nord*, se hasardent à poser des questions. Il y a parmi eux une douzaine de femmes. Elles sont plus acharnées que les hommes à décortiquer la pensée de l'auteur. Pétrus Lagarde s'impose de répondre aussi bien à celle qui veut savoir ce qu'il y a d'autobiographique dans le personnage central parti à la recherche de sa maîtresse en Algérie qu'à celle qui le soupçonne d'avoir imaginé cette fable pour dénoncer, sans en avoir l'air, les doctrines racistes de la société. Parmi les hommes, d'aucuns avouent carrément ne pas aimer le titre, trop abscons à leurs yeux.

Quand l'auteur a assouvi la curiosité de ces messieurs et de ces dames du « commercial », Pétrus se demande à quoi rime cette messe de l'édition en vase clos. Alors qu'il regrette d'être venu, toute la compagnie est invitée, par Chaumont, à prendre le verre de l'amitié au bar du restaurant. Pas question de refuser. Pétrus aurait aimé faire un tour dans Paris pour s'aérer la cervelle et se dégourdir les jambes, mais il doit suivre le mouvement d'une salle à l'autre. D'ailleurs, il pleut à verse sur la ville. On est tout de même mieux à l'intérieur, dans la pénombre et la sourde quiétude de ce temple de la cuisine indienne. En un clin d'œil, la salle de restaurant, réservée par l'édition pour l'occasion, se voit envahie par les auteurs, les représentants et les éditeurs. Une musiquette langoureuse s'efforce de maintenir en ce lieu l'ambiance des confidences sentimentales. D'autorité, Chaumont la fait arrêter. À partir de cet instant, la voix des consommateurs s'amplifie et se confond avec la sonorité d'une marée montante.

Dans le brouhaha des conversations, Pétrus constate que ses confrères, tous moins renommés que lui et qui, comme lui, ont subi l'épreuve du face-à-face avec les représentants, se sont regroupés dans un coin par affinité. Il ne connaît personnellement aucun des écrivains conviés à ces festivités mi-littéraires, mi-commerciales. Heureusement, Estelle est là. Elle le protège des caquetages inutiles. Elle s'occupe à la fois de *La Perle du nord* et d'un deuxième roman d'un jeune écrivain de moyenne importance dont on parle aimablement dans les journaux, mais que Pétrus n'a encore jamais rencontré : Jean-Baptiste Orsénia.

– Son prochain livre, intitulé *La Fin d'un règne*, est, dit Estelle de son auteur, un petit chef-d'œuvre d'impertinence et de loufoquerie.

Pendant qu'elle commente ce récit, un homme grand, maigre, le regard hardi, la lèvre souriante au milieu d'une courte barbe brune, s'approche de la table. Il peut avoir la quarantaine. Le verre à la main, il se penche vers Estelle. Levant les yeux, elle s'écrie :

– Justement, on parlait de vous !

Et elle présente Jean-Baptiste Orsénia à Pétrus Lagarde, qui, par pure civilité, invite le nouveau venu à s'asseoir. Pétrus aurait préféré s'isoler avec Estelle pour lui demander ce qu'elle pensait de son petit laïus aux représentants. Mais il lui semble qu'elle a déjà oublié le caractère bassement utilitaire de la conférence. À croire que personne n'est venu ici pour s'occuper de la vente des livres.

Avec une flamme de sincérité dans les yeux, Jean-Baptiste Orsénia s'exclame :

– Vous ne pouvez pas savoir, monsieur, ce que cette rencontre représente pour moi ! C'est un rêve qui se réalise ! J'ai lu tous vos livres. Bon nombre d'entre eux m'ont fait passer des nuits blanches.

Et il éclate de rire. Ses dents de carnassier luisent dans un buisson de poils drus et bruns. Il tourne son verre entre ses doigts. Flatté plus qu'il ne l'aurait voulu, Pétrus se contente d'esquiver une moue dubitative.

– Ce ne sont pourtant que de simples romans populaires. Le suspense n'est pas si tenu que dans les romans noirs qui se publient en pagaille aujourd'hui.

– Ne croyez pas cela ! J'ai relu le livre dernièrement ! Je vous jure que ça tient le coup !

– Vous m'étonnez.

Pétrus avoue ne pas avoir lu du Orsénia mais qu'il se souvient de quelques comptes rendus élogieux dans les journaux.

– Oui, ça a pas mal marché ! reconnaît Jean-Baptiste.

– Et le prochain ?

– *La Fin d'un règne* ? Les gens d'ici l'aiment bien… Moi, je ne sais plus… Dès que j'aurai les exemplaires de presse, je vous en enverrai un… Vous me direz ce que vous en pensez, à l'occasion… Je tiens beaucoup à votre opinion !

– Vous avez tort ! plaisante Pétrus. Je suis un mauvais critique, puisque je suis de la partie. Un écrivain juge les livres en écrivain et non en lecteur, alors que c'est l'avis du lecteur qui devrait toujours l'emporter !

Et en parlant ainsi, il a soudain le sentiment de rejoindre les rangs des représentants professionnels qui l'ont questionné tout à l'heure. Cette médiocre dérobade lui paraît indigne de sa notoriété. En examinant plus attentivement son interlocuteur, il lui trouve un visage ouvert, sympathique et se promet de lire son roman avec tout l'intérêt que mérite un débutant plein d'ambitions et de promesses. Estelle, qui jusque-là a gardé le silence, intervient avec enjouement :

– Pétrus est modeste. La plupart de ses lecteurs ne respirent plus avant d'avoir fini la dernière page.

Pour donner plus de poids à la remarque de son éditrice, l'auteur phare des éditions La Martingale explique le rôle qu'Estelle joue dans sa carrière :

– C'est ma première lectrice, ma conseillère la plus sûre, ma correctrice la plus exigeante !… Et, en plus, vous me rejoindrez sur ce point, c'est une très jolie femme.

Estelle rougit. « Qu'est-ce qui lui prend ? Il se lâche… » Elle proteste :

– Vous exagérez Pétrus, vous allez me faire passer pour une maniaque.

– Je lui dois beaucoup, beaucoup ! insiste Pétrus avec une émotion qu'il ne contrôle plus. Sans elle, je me demande si j'écrirais encore.

– On a tous raison de faire confiance à Estelle, tranche Jean-Baptiste Orsénia. Elle est d'une sincérité impitoyable. Si elle n'aime pas, elle sacque !

Comme Estelle, gênée, se tait, qu'il est déjà 6 heures et demie du soir, Pétrus suggère à son éditrice de la ramener chez elle. Elle accepte bien volontiers.

Pendant le trajet de retour en voiture, elle entretient son auteur d'un article qui sortira le lendemain dans *Le Figaro*. Pétrus ne répond pas. Il rayonne. Il n'en peut plus d'avoir cette belle femme, qu'il considère comme sa muse, à ses côtés. Il aimerait la posséder, lui pétrir les fesses. Ses désirs le hantent depuis si longtemps. Cette réunion des représentants était une excuse pour la revoir. Quelques heures. Quelques minutes. Évidemment, elle ne se doute pas un instant de ses sentiments. Le regard dirigé vers la route de pénombre, elle émet quelques remarques sur son prochain manuscrit, avec une habile douceur. Bien qu'elle n'ait jamais rien écrit elle-même, il l'écoute avec docilité et admiration, pensant que c'est lui l'auteur consacré et qu'à ses côtés elle n'est que l'adorable et indispensable mouche du coche. Est-ce le caractère résolu d'Estelle qui lui en impose ou la froideur d'une femme en apparence inaccessible ? Tout à coup, il marmonne :

– Je ferai ce que vous me demandez, Estelle… Vous avez toujours été de bon conseil pour moi.

Sait-elle dès le début qu'il lui cédera ? Quelques minutes plus tard, elle lui adresse un sourire de connivence. Il se sent compris, encouragé… Investi d'une mission.

À 7 heures, ils parviennent devant l'appartement d'Estelle. Pétrus coupe le moteur.

– Ne vous inquiétez pas, je ne suis plus une jeune fille, je peux gagner ma porte d'entrée toute seule.

Soudain, une forte mâchoire, une bouche ouverte et deux prunelles, posées toutes rondes sur la chair de son visage, flambent de désir et de joie. Horrifiée et faible, Estelle comprend les desseins de son auteur. Elle le sent passer au-dessus du levier de vitesse. Ses pieds rentrent dans ses pieds.

La figure de Pétrus Lagarde est indissociable de la sienne. Elle ne parvient pas à s'en défaire, pousse un cri étouffé, les mains repoussant la tête de ce monstre. Elle parvient enfin à le mordre si fort qu'il relâche sa proie. Vite. Ouvrir la portière et courir à toute allure vers son appartement.

– Estelle ?... Estelle ? Revenez !... crie Pétrus, c'est un malentendu...

Elle est déjà loin. Elle entend la voiture s'éloigner derrière elle. Au moment où l'éditrice franchit le seuil de son trois pièces, elle sent la tête lui tourner. Son cœur remonte à sa bouche. Les murs ondulent autour d'elle comme voiles au vent. Elle s'assoit sur le banc près du téléphone. Un passage à vide. Pétrus Lagarde, ce coincé timide, à l'assaut d'un plan sexuel d'un soir. Elle se pince l'oreille. Elle ne rêve pas. Pétrus Lagarde... l'auteur populaire à succès... Pétrus Lagarde, de la lignée de Roger Martin du Gard... Pétrus Lagarde... Pétrus Lagarde. Ce nom lui emplit la tête et le cœur. Elle l'a hissé si haut dans la félicité qu'il a envie maintenant de la mettre dans son lit. Pour la remercier sans doute ? Cet auteur qu'elle a sorti de nulle part est devenu un orgueilleux puant. Il se croit exceptionnel, unique, infaillible.

Estelle se calme. Le silence de l'appartement l'aide à se relever. Elle tente d'imaginer le scandale que provoquerait un dépôt de plainte. Elle passe en revue tous ceux qu'elle connaît. La tête du patron, de ses collègues qui oscilleraient entre dégoût et indignation ; les employés la regarderaient aussi avec tristesse. Car entre un auteur qui pèse plusieurs dizaines de milliers de francs et une salariée de la maison, le choix est vite fait. Estelle n'aura aucune autre solution que de se taire.

Après un bain chaud, elle se met en robe de chambre et se rend à la cuisine pour tenter d'avaler quelque chose. Sur la table, le courrier monté par la femme de ménage. Une enveloppe postée de Caen est au-dessus de la pile. Estelle reste sur place, la respiration coupée et les larmes aux yeux, de peur que son père lui échappe une seconde fois.

IV

DANS LA SOLITUDE DE SA CHAMBRE, Estelle essaie de trier les impressions qui troublent son esprit. Étrange : il y a des jours où l'idée d'avoir un père nazi la hante, et d'autres où elle oublie tout à fait. Hier, elle était enfermée dans une sorte de culpabilité inexplicable, aujourd'hui, elle se sent libre. Elle a d'ailleurs assez de caractère pour admettre cette vérité avec tout ce qu'elle comporte de tiraillements intérieurs, de trucages et de mauvaises pensées. Comme lui a dit M. Duerty, elle n'a lésé personne, et personne ne peut lui reprocher d'avoir envie d'aller à la rencontre de son géniteur. C'est une affaire entre Karl et elle. Une affaire entre un mort et une vivante. Autrement dit, une affaire de conscience. Elle saura s'arranger avec sa conscience, d'autant plus qu'en ce moment son travail l'accapare. Elle a rendez-vous à 10 heures en ce 4 juillet 1981 avec Josserand Le Thuilier. Et pas question de le ménager.

Pendant trois semaines, il n'avait pas donné de nouvelles. Puis soudain, dans l'abondant courrier d'Estelle, une grosse enveloppe avec, en haut à gauche, le nom de l'expéditeur. Pas de prénom. Se prenait-il déjà pour un grand ? Elle eut la curiosité de découvrir une trentaine de pages sur les prisonniers allemands d'après guerre. Avec une phrase sur un bristol blanc : *Merci de me dire ce que vous en pensez.* Estelle s'était dit qu'elle prendrait connaissance du texte un petit peu plus tard. Car quatre manuscrits d'une extrême urgence attendaient leur tour sur un coin de table. Des auteurs maison prolifiques à qui le succès donne des ailes. Mais, piquée d'une curiosité subite, le soir même, elle se plonge dans le récit et en oublie de dîner.

L'impression qu'elle en retire est flottante. Bien qu'elle ait appris des choses, elle n'est pas satisfaite. Non seulement l'auteur s'est permis de sortir du cadre du cahier des charges mais en plus il a un style acrobatique et facétieux qui alourdit l'ensemble. Le ton aigre et persifleur de l'écrit la dérange dans son amour de la correction. Elle y voit un pied de nez à sa propre conception du document. Une basse invitation au jugement. Évidemment, rien n'est écrit de façon claire, mais susurré, finement amené de telle sorte que le lecteur soit poussé dans le jugement : les méchants allemands ont mérité leur sort. Comment Josserand Le Thuilier peut-il à la fois être diplômé en histoire et pondre un texte pareil ? Pour clarifier ses idées, elle attend le rendez-vous fixé chez l'auteur avec impatience. Une fois devant lui, il l'interroge directement :

– Alors, Estelle, avez-vous aimé le chapitre que je vous ai envoyé ?

Elle se trouble.

– Je l'aime sans l'aimer. Je trouve qu'il y a là-dedans beaucoup de verve, et aussi beaucoup de point de vue personnel, de clins d'œil aux historiens bien-pensants, et d'énormes clichés qui n'apportent rien à l'ensemble. Par moments, on dirait une bande dessinée sans les dessins !

Cette formule caustique déstabilise Josserand Le Thuilier. Il estime que l'éditrice a du mordant.

– Bref, ça ne vous plaît pas ?

– Ça n'a pas à me plaire ou à me déplaire. Un document est fait pour apprendre, et si vous pouvez échanger votre humour de bas étage contre des anecdotes qui font sourire, c'est mieux. Ceci dit, même si vous me sentez réticente, je suis réticente en bien.

– Ça veut dire quoi ?

– Que vous avez du talent et que vous en auriez bien plus si vous arrêtiez vos pirouettes d'artiste de cirque.

– Vous vous trompez peut-être. Après tout, n'est-ce pas précisément ces pirouettes comme vous dites qui amusent le public ?

– J'ai envie de vous demander lesquelles ?

En écoutant Estelle, Josserand se sent inexorablement amoindri. Le sol devient mou sous ses pieds.

– Chaque jour, je passe devant les bouquinistes des quais de Seine, continue-t-elle, et j'ai l'impression de visiter un cimetière. Leurs boîtes bourrées d'épaves sont les tombeaux de toutes les illusions. Si un jour vous désirez qu'on mette votre livre en avant comme un classique du genre, que cette illusion soit un plaisir pour vous plutôt qu'une torture, travaillez et changez de direction. Un véritable auteur, c'est comme un malade : il doit gratter les moindres bobos d'écrivain pour mieux apprécier ensuite le baume du succès.

Ce qu'elle lui conseille en cet instant, il se l'est répété cent fois dans la solitude de son bureau, sans jamais réussir à se convaincre. Et il suffit que cette évidence soit énoncée par elle pour qu'il lui accorde un crédit absolu. Il sait bien qu'étant auteur de documents il ne doit pas diriger son lecteur. Son bonheur doit être de raconter l'histoire, en se désintéressant absolument de ses propres opinions. Il a pu le faire de multiples fois dans sa carrière. Pourquoi n'y parvient-il pas avec ce sujet ? Du haut de son titre d'« historien », il critiquait hier encore ses confrères plus jeunes, prêts à tout pour se distinguer en dirigeant leurs recherches dans des directions destinées à manipuler le public, il se moquait de ceux qui écrivaient dans les journaux spécialisés, destinés aux passionnés incapables de faire la différence entre la Régence de Philippe d'Orléans et la fin du règne de Louis XV. Il s'enorgueillissait même de traiter par le mépris cette bousculade de confrères opportunistes. Il remerciait Dieu de lui avoir accordé un tel détachement qui lui permettait de faire correctement son métier dans l'impartialité. Et aujourd'hui, il tombe dans le piège.

– Votre ouvrage, Josserand, doit être mi-classique, mi-révolutionnaire et doit allier l'audace du sujet à l'élégance du style. Je sais que vous en êtes capable, alors débrouillez-vous et revoyez votre copie.

Josserand aurait voulu la remercier chaleureusement de lui avoir ouvert les yeux, mais il lui semble avoir une arête dans le gosier. Bien que minuscule et indolore, cette arête gêne sa respiration.

Comme pour lui redonner confiance, Estelle veut inviter Josserand à déjeuner dans un restaurant du quartier réputé pour sa cuisine « à l'ancienne ». Il refuse et au cours du repas, copieux et amical qu'il a lui même fait livrer, Josserand interroge discrètement Estelle sur les fluctuations du marché du livre. Aussitôt, le visage de son interlocutrice s'assombrit. Elle se plaint que toute la profession du livre est atteinte de morosité ambiante, invoque la menace, tant pour les éditeurs que pour les écrivains, des progrès de l'informatique, fait même une allusion aux redoutables conséquences culturelles des ouvrages qui pourraient un jour se retrouver sur les écrans et finit par reconnaître que, pour l'instant, seuls les bons bouquins ont une place dans les rayons. Josserand l'écoute avec un sourire narquois et résigné. Puis ils parlent d'autre chose.

Bien entendu, Estelle lui prêche la sagesse du travail bien fait, la nécessité de respecter les délais. Elle met une émouvante conviction dans sa voix, dans son regard, quand elle affirme qu'un écrivain de l'envergure de Josserand doit poursuivre son œuvre sans se soucier des hauts et des bas, de son opinion personnelle et de l'opinion publique tout court. Peut-être le pense-t-elle vraiment ?

Devant Estelle qui s'efforce, face à ses propos, de garder une expression à la fois intéressée, plaisante et correcte, il loue les écrivains qui bousculent la tradition et apportent une bouffée d'air frais dans l'atmosphère confinée de la littérature française. Elle lui répond que le principal est de faire ce que l'on aime du mieux que l'on peut. L'aisance d'Estelle est stupéfiante. Un homme d'affaires ayant préparé son entretien maintes fois n'aurait pas été plus naturel. Son expression demeure la plus professionnelle possible : passant tantôt à la méditation, tantôt à la franchise d'une femme dont le métier est de faire réfléchir ses auteurs et de les guider, elle se montre à la fois prophète et confiante. Ne parle-t-elle pas de lui à plusieurs reprises de « valeur à exploiter » ?... Estelle est certaine de son affaire. Sans en avoir l'air, c'est elle la meneuse de jeu. Désormais assis en face d'elle dans un des fauteuils, Josserand triture un mouchoir entre ses doigts. Difficile pour Estelle de deviner les idées qui trottent dans sa tête : rancune envers son éditrice qui l'a littéralement dégommé ou estime pour une professionnelle qui connaît le métier et qui, surtout, n'a pas peur de dire les choses ? Soudain, elle demande :

– Au fait, Josserand, vous lisez beaucoup ?

– Très peu, répond-il avec désinvolture. J'ai beaucoup de travail.

– Des classiques ?

– Oui, bien sûr.
– Lesquels ?
– Stendhal, Proust, Balzac, Zola et surtout Maupassant, mon préféré.
– Et parmi les contemporains ?
– Il m'arrive aussi d'en lire.
– Qui par exemple ?

L'œil de Josserand étincelle sous ses sourcils épais. D'une forte voix, il annonce :

– Pétrus Lagarde.

En entendant ce nom, Estelle a un pincement au cœur. Elle regarde Josserand. Elle a les lèvres entrouvertes, comme si elle en était surprise. Elle s'étonne :

– Pourquoi Lagarde ? Vous aimez ses livres ?
– Oui.
– Même le dernier ?
– Surtout le dernier !
– Que trouvez-vous à *La Perle du nord* ? Ce n'est pourtant pas un ouvrage dans vos cordes !
– Justement, réplique Josserand, c'est mieux que ça. Un mélange de réalisme et de rêverie débridée. D'ailleurs, j'aime tout de lui…
– Josserand Le Thuilier, admirateur d'un romancier spécialisé dans les ménagères de plus de cinquante ans.

Josserand hausse les épaules et néglige de répondre à la plaisanterie.

– On se met au travail ? demande soudain Estelle.
– D'accord.

Ils passent dans un bureau calfeutré qu'Estelle n'avait pas vu la dernière fois. Les murs sont bardés de livres, les guéridons encombrés de paperasses, et les doubles fenêtres assourdissent les rumeurs des rues parisiennes. Un verre de whisky à la main, ils bavardent comme s'ils étaient des amis de longue date. Elle l'impressionne. Comment peut-elle réfléchir aussi vite ? Il y a de la noblesse dans ses gestes. Tout en écoutant l'éditrice commenter les divers passages de son livre, il ne peut s'empêcher de noter au vol, de temps à autre, un défaut de langage dans le récit de son invitée. Cependant, elle sait l'essentiel : comment réussir une percée. Elle connaît parfaitement le chemin de la victoire, quels journalistes influents méritent d'être caressés dans le sens du poil et ce que ses auteurs doivent écrire pour rester au firmament ? En cette minute même, tandis que Josserand évoque sur le ton de la bonhomie les rapports qu'il a eus avec différents concurrents avant de signer le contrat avec les éditions La Martingale, il ressent en face de lui une impression de fausseté joviale, de gentillesse intéressée.

Parvenu à ce point de ses réflexions, il fait le bilan de la visite d'Estelle. Elle est là, comme elle l'a promis, en cette fin de matinée, et, après l'avoir vilipendé, elle le fait avancer dans son travail avec un air amical. Faux peut-être. Cependant agréable. Il ne s'explique pas comment elle a le don de mettre du liant dans les entretiens les plus sérieux. Dès que l'on parle du livre, le visage d'Estelle s'éclaire, les propos pétillent. Lorgnant son éditrice à la dérobée, il apprécie sa féminité : une coiffure droite, un maquillage discret, une robe simple, en tissu gris tourterelle avec un liseré couleur cerise à la ceinture et aux poignets. Elle porte au cou un collier en grosses mailles d'or guilloché. Et voici qu'il sourit, justement, les lèvres à peine entrouvertes, les yeux plissés de malice, tandis qu'Estelle fait une critique acerbe de la maison concurrente qui copie les couvertures des éditions La Martingale. Mais si mal que les lecteurs ne s'y trompent pas. Elle est au courant de tout, cette sacrée Estelle, des moindres potins parisiens. On dirait qu'un miraculeux don d'ubiquité la promène aux quatre coins de la capitale dans le même instant. Elle sait quels sont les derniers livres publiés, les derniers ragots de coulisses, les derniers scandales politiques, les dernières coucheries de vedettes, les derniers films en cours de tournage… Ce qu'elle dit est toujours drôle et ne tire jamais à conséquence. Josserand l'écoute avec l'avidité d'un spectateur insatiable. Elle paraît avoir dix ans de moins quand elle s'amuse, ce qui est le cas en ce moment. Estelle vante son aisance d'écriture ; ce compliment lui va droit au cœur et le séduit. C'est vrai qu'il n'a jamais aimé que la littérature. Il a oublié d'exister pour écrire. Ou plutôt, il n'a écrit que pour se prouver qu'il existe vraiment. Il a l'impression à ce moment précis qu'il est un dégustateur exalté et qu'Estelle est une professionnelle prudente. Leur passion se compose de la même matière, mais leur façon de la vivre est aussi dissemblable qu'un voyant et un aveugle. Estelle ouvre les yeux sur le monde pour essayer de tout capter, de jouir de tout ; lui, au contraire, tourne ses regards sur lui-même et se contente d'imaginer ce qu'il ne peut atteindre. Josserand pense qu'ils ne sont pas rivaux pour autant et que si leurs rapports se resserrent encore, ils pourront marcher main dans la main.

Émergeant de cette méditation solitaire, Josserand s'aperçoit qu'Estelle est en train de lui parler. Elle est en train d'éplucher les qualités et les défauts d'un encadré. Elle rappelle au passage qu'il serait bon de citer les sources non pas en bas de chaque page mais à la fin du livre. Estelle lui rappelle que ce document doit être impeccable. Les éditions La Martingale mettront les moyens nécessaires sur la publicité et qu'en aucun cas le titre ne doit desservir le document. Et, à son avis, il faut trouver quelque chose de plus percutant.

Aussitôt, Josserand s'enflamme. Prenant fait et cause pour le directeur des éditions La Martingale, il affirme qu'en appelant son livre *France, ma nouvelle patrie* le patron a obéi à une inspiration géniale, car, en cette seule formule, il a résumé la direction même du document. Estelle réplique en se référant aux avantages de la solution qu'elle a d'abord proposée : donner un titre accrocheur. *France, ma nouvelle patrie* ? Rien de plus plat. Dans la chaleur de la discussion, elle s'adresse à Josserand en le tutoyant. Il ne relève pas, approuvant par son silence le lien de familiarité qui les rapproche.

Puis, le sujet étant épuisé, on passe insensiblement à des considérations politiciennes. Là encore, il semble à Josserand qu'il a trouvé en Estelle une alliée qui partage ses idées de gauche, son enthousiasme pour la récente élection de François Mitterrand à la présidence de la République, il se défend aussi d'être endoctriné. Passionné par le sujet, il raconte comment, adolescent, il a vécu Mai 68. De cette date, il a gardé la haine de l'uniforme, la nostalgie des camaraderies nocturnes, le désir de tout chambouler et la secrète intention de ne le faire qu'en paroles. Estelle raconte qu'elle a vécu l'arrivée de Mitterrand comme une délivrance. Josserand s'amuse des propos généreux sur les libertés intellectuelles, confessionnelles, raciales, sexuelles, sachant fort bien que le président ne pourrait pas tout faire en même temps et que, forcément, les espoirs réservent des désillusions aux naïfs. Tout en la raillant dans son esprit, il l'envie de croire encore à quelque chose. Au vrai, depuis la mort de sa femme peut-être, il se juge en sursis, se vieillit, un pied ici, l'autre ailleurs. Les difficultés lui ont ôté jusqu'à la possibilité d'imaginer un monde meilleur en remplacement de celui dans lequel il vit. Il est désabusé.

– Il faudra commencer à mettre en forme ton livre ! s'exclame Estelle comme pour revenir à la réalité.

Par fidélité à la tradition, Josserand se cramponne à la plume depuis le début et continue à prétendre qu'en passant des brumes fécondes de l'esprit aux touches exactes du clavier le sentiment se refroidit et se fige. Au contraire, quand il trace des mots à la main sur une page vierge, il a la secrète satisfaction de dessiner sa phrase tout en la concevant. Une telle jouissance est irremplaçable. Ce n'est pas maintenant qu'il changerait de technique et d'idéal. Mais pour Estelle, il ferait une exception.

Ils restent jusqu'à 2 heures du matin. Josserand la raccompagne à la porte. Estelle a commandé un taxi. Depuis l'assaut de Pétrus Lagarde, elle s'était promis qu'il ne serait plus question de se faire raccompagner. Par qui que ce soit.

Comme de juste, l'éditrice s'est éclipsée après avoir fait la vaisselle avec son auteur. Le vide, le silence sont revenus dans la maison. En se couchant ce soir-là, Josserand savoure encore le bonheur de ces rapports professionnels qui se transforment doucement en amitié. Pourvu qu'il n'ait pas une de ces insomnies absurdes qui le saisissent parfois, peu avant le lever du jour.

Ça n'a pas manqué. À 5 heures du matin, il est debout et tourne en rond dans ses pièces étouffantes, ne désirant ni lire, ni écrire, ni regarder la télévision. Il pense à Estelle. Quel sacré bout de femme ! Alors il parcourt les journaux, dépouille son courrier, attend l'arrivée de la femme de ménage, avale son petit déjeuner. Et, après avoir dominé si longtemps son impatience, il décroche le téléphone et appelle Estelle. Elle lui répond à la deuxième sonnerie. Il entend avec soulagement dans l'écouteur une voix paisible, à peine réveillée. Il demande à tout hasard :

– Estelle, c'est Josserand, je ne t'ai pas réveillée ?

– Non.

– Tu es rentrée sans encombre, hier soir ?

– Bien sûr ! Merci.

– Tu pars au travail, je suppose.

Elle éclate de rire.

– Il le faut bien, Josserand. Mon patron n'apprécierait pas des absences intempestives.

Il respire un grand coup et marmonne :

– J'ai oublié de te dire hier soir…

– Quoi ?

– Tu m'avais demandé de chercher la signification d'un collier… Un collier sous forme d'étoile.

– Oui, je m'en souviens très bien. Et ?

– Je n'ai rien trouvé de particulier.

Silence. De toute évidence, la réponse ne la satisfait pas. Heureusement que Josserand ne voit pas à cet instant Estelle tomber sur sa chaise, ne pouvant pas essuyer les larmes qui assaillent ses joues. Incapable de contrôler l'immense tristesse qui la submerge soudain après une si belle soirée.

– Estelle ? Estelle ? entend-elle dans le combiné. Tu vas bien ?

– … Très bien.

– Es-tu certaine ?

– Enfin, quelle question !

Mi-inquiet, mi-goguenard, il s'exclame encore :

– Je suppose que pour toi cette étoile était un détail, une vétille d'éditrice.

Mais il ne croit pas un mot de ce qu'il dit.

* *
*

Plusieurs rencontres s'ensuivent. D'un rendez-vous à l'autre, Josserand devient plus perméable à la curiosité d'Estelle. Chaque fois qu'ils se voient, l'éditrice le questionne avec avidité sur ses idées en matière de création livresque, sur son père, sur sa mère, sur son mariage précoce, sur ses travaux, sur ses usages de chercheur. D'abord agacé par ce furetage systématique, Josserand finit par s'y habituer et par y prendre goût. Il attend avec impatience le coup de sonnette de celle qui n'est plus une intruse mais une confidente utile. Il lui plaît d'évoquer, devant cette femme attentive et déférente, le souvenir de ses jeunes années dans la région parisienne, de ses farces et de ses performances d'écolier, de ses courses avec ses copains, de ses essais littéraires publiés sous un pseudonyme dans une feuille de chou locale, de son coup de foudre à un bal de la préfecture devant celle qui allait devenir sa femme, de l'accident et de sa terrible solitude. Estelle l'écoute avec autant d'intérêt que de plaisir. Chatouillé dans son amour-propre, il ne cache rien. Ce qui n'est pas le cas d'Estelle. Il sent chez elle quelque chose qui la retient. Sans doute une pudeur instinctive, une réserve quasi morbide, une modestie mal placée, l'empêchent de livrer le fond de sa pensée, la profondeur de sa mémoire à un homme qu'elle considère d'abord comme un auteur. Et pour éviter de parler d'elle, Estelle recentre les conversations sur Josserand. Le livre de Josserand, le quotidien de Josserand, la promotion de Josserand. Contractuellement, il avait été convenu que l'auteur fournirait les documents officiels, les lettres de correspondance, les photographies en sa possession et que l'éditeur, c'est-à-dire Estelle, travaillerait la préparation de copie, en chassant les répétitions et les phrases bancales. Ravi de cette collaboration, Josserand se régale de chaque visite. En se mettant sous la coupe de son éditrice, il est sûr de favoriser la qualité de l'ouvrage tout en se libérant de ses doutes. Une fois de plus, il constate que le but essentiel de sa vie n'est pas d'avoir du succès et de gagner de l'argent, mais d'écrire les livres qui lui tiennent à cœur. Ce n'est pas l'avis d'Estelle qui désire en vendre un maximum.

Il lui rappelle régulièrement qu'il se moque de cette comptabilité mercantile. Elle le réprimande gentiment en retour, se moque même parfois en prétendant qu'il est encore plus prétentieux de vouloir servir la littérature avec détachement que d'être normalement rémunéré pour un travail fourni. Par un curieux revirement de la pensée, plus il se détache de la carrière commerciale de son livre et plus Estelle s'y intéresse. Ce jeu les maintient dans un contexte purement professionnel et rien ne filtre de leur besogne à huis clos. Rien. Même pas le prochain projet qu'Estelle a en tête.

– Je n'ai pas voulu te l'annoncer plus tôt, mais on compte présenter ton livre au prix Charles de Gaulle. J'ai montré notre travail au président du jury qui est aussi un de nos auteurs. Et je pense...

– Au prix Charles de Gaulle ? Tu crois donc que j'ai quelque chance ?

– Oui. Mais même si tu ne l'obtiens pas, le fait que tu sois sélectionné permettra qu'on en parle dans la presse. Et il est indispensable que ton nom passe le plus souvent possible aux yeux des lecteurs. Affaire de marketing.

Josserand balbutie :

– Je ne sais pas quoi te dire.

– Surtout, ne te monte pas la tête. Le jury du prix Charles de Gaulle est une assemblée de vieux écrivains, passe-moi le mot, aussi poussiéreux que prétentieux. Il est probable que le sujet traité les heurte. Pas courant de parler des soldats allemands faits prisonniers dans les fermes normandes après guerre... Et n'oublie pas qu'ils ont couronné l'année dernière un ouvrage complètement illisible, bien-pensant qui est sur toutes les tables de chevet des anciens combattants. Je te répète qu'une sélection serait d'un effet salutaire pour le lancement du roman. Et je te garantis que tu seras dans la sélection. Ensuite, il faudra se mettre le plus vite possible au travail pour publier un roman sur le même sujet.

– Un roman ?

Josserand n'a pas encore réfléchi à cette question. Pris au dépourvu, il rougit, baisse les yeux et avoue d'une voix faible :

– Je n'y parviendrai jamais.

– Tu es modeste. Tu ne me feras jamais croire qu'il n'y a pas une petite idée qui t'a traversé la cervelle et un petit paquet de notes dans un tiroir ! Un tempérament comme le tien ne peut pas s'endormir après un premier livre. Et, avec un roman, on passera à la seconde vitesse.

Josserand ne sait que répondre. Il murmure :

– Je réfléchirai, d'ici quelque temps, si l'inspiration me vient. Entre un document et un roman, il y a un monde.

– Tu ne vas pas passer ton existence à te nourrir de la vie des autres. Je sens les choses. Tu es capable de réaliser une fiction. Les romanciers qui accompagnent un lecteur d'un bout à l'autre de son existence savent faire oublier les soucis et les laideurs du monde qui l'entourent. Ils s'efforcent de l'intéresser à des sentiments généreux, à des rencontres de lumière. C'est pour ça qu'on les aime et qu'on leur demeure attachés. Mon travail est de sentir le potentiel d'un auteur. Tu sauras allier le document à la fiction et à une belle plume. Aucun doute possible. Ne te fourvoie pas dans une autre direction.

Josserand est ravi par la simplicité et le bon sens de son éditrice. Avec elle, il se sent bien. Il a confiance en lui. Il renaît à la vie.

Elle discute encore de son talent, de sa chance avec une telle chaleur qu'il finit lui-même par le croire. Qui est cette belle blonde au charme étincelant ? Lorsqu'elle parle, il se soumet tout entier à son jugement. D'où lui viennent ces dons de persuasion, cette volonté souriante ? Comment peut-on être à la fois si féminine et aussi sûre de sa raison ? Cet alliage de froid courage et de voluptueuse désinvolture le surprend et l'enchante chaque jour davantage.

Après une heure de discussion amicale et sérieuse, Josserand sort une bouteille de champagne pour fêter cette nouvelle idée. Ils ont ri à l'idée de créer une histoire au sein même d'une maison d'édition. Ils ont parlé des personnages comme de vieux amis à qui on fait confiance. Ils ont dénombré les événements qui doivent les mettre en valeur. Ils se sont souhaité bonne chance, Josserand pour la partie écriture, Estelle pour la partie éditoriale. Et chacun essaie de garder son sang-froid devant un avenir inespéré.

V

– ESTELLE, DANS MON BUREAU.

Elle n'a pas le temps de répondre que Chaumont a déjà raccroché. Contrairement aux autres employés, elle ne tremble pas devant le directeur. Elle saisit son cahier de notes, un stylo, et gagne le secrétariat du patron. Un garçon de bureau, vieux et boiteux, lui accorde un hochement protecteur du menton.

– Il vous attend. Allez-y.

La pièce dans laquelle Estelle pénètre est claire, parfumée au tabac blond et décorée de livres. Une grande table en acajou tient en respect quelques chaises dépareillées. Par la fenêtre arrive une lumière studieuse et calme qui flatte l'œil.

– Ah, Estelle ! Enfin. Prenez place.

Chaumont a un nez aux larges narines renifleuses. Son sang brûle ses joues. Un carreau d'émeraude brille à son doigt. Et tout son long corps graisseux flotte dans un complet gris à texture luxueuse. Estelle croit qu'il veut l'entretenir des prochaines publications, la critiquer ou la louer sans réserve. Tout dépend de la lune. Mais le voici qui lui désigne une chaise, qui s'assoit lui-même avec une pesante satisfaction, qui lui tend une cigarette, un briquet d'argent et un sourire. Et aussitôt Estelle se met sur la défensive. Une attitude si décontractée inspire une méfiance de tous les instants. Chaumont allume une cigarette orientale et semble exhaler son âme à chaque bouffée ronde et bleue qui s'échappe de sa bouche. Il rêve un instant, les paupières baissées, le front lisse jusqu'à l'occiput. Excellente technique pour faire transpirer ses interlocuteurs. Sait-il qu'avec Estelle ces méthodes théâtrales ne fonctionnent pas. Elle sourit. Et tout à coup il parle :

– Vous avez travaillé sur le dernier manuscrit de Pétrus Lagarde. Qu'en pensez-vous ?

Elle s'attendait à tout sauf à cette question. Elle balbutie :

– Il m'a proposé un texte sur lequel nous avons beaucoup travaillé. Le sujet n'est pas banal. Il a parfaitement réussi à incarner les personnages de ces deux femmes. Le jeu de séduction atteint le paroxysme jusqu'au jour où l'amitié se transforme en amour avec toutes les difficultés sociétales que cela comporte : la pression des familles, des collègues, des voisins. Réussiront-elles à surmonter les barrières judéo-chrétiennes qui les empêchent de vivre libres ? Sujet tabou mais remarquablement traité.

– Oui... oui...

Il frappe du plat de la main sur la table et rejette la tête pour la toiser de toute sa taille. L'émeraude brille à son doigt. Il gronde :

– Êtes-vous contente de votre collaboration ?

– Bien sûr, le manuscrit tient la route.

Il se lève, bombe le torse et lui tend la main.

– Topez là, ma chère. C'est le meilleur Lagarde que l'on va publier. Certes, il risque de se faire éreinter par la critique bien-pensante. Mais l'ère Mitterrand va nous aider à porter le sujet. On est en pleine dépénalisation de l'homosexualité.

L'ouvrage colle à l'actualité. Vraiment, Estelle, vous avez plus de flair qu'un chien de chasse.

Estelle sent avec ravissement fondre son cœur. Il est toujours plaisant de se voir complimentée. Pas étonnant puisqu'elle fait tout elle-même. Toute la journée, elle se consacre à ses auteurs et à son quotidien d'éditrice. Alors si le patron est satisfait, que demander de plus ?

– J'ai reçu Lagarde ici même, avant-hier, et je l'ai félicité.

– Quoi ? Vous avez reçu l'auteur sans qu'il ne m'en parle ?

– Il m'avait demandé audience.

– Une audience pour quoi ?

– C'est un peu délicat… Mais je suis certain que vous allez comprendre. Notre écrivain est pétri d'admiration pour vous.

– Je m'en étais aperçue.

– Vous l'avez découvert. Il vous doit tout.

– Le contraire n'est donc pas vrai.

– Ne vous emballez pas, ma chère. Lagarde, c'est du lourd dans le chiffre d'affaires de la maison. On doit manier la chèvre et le chou. Il ne s'agirait pas qu'il se fâche et parte ailleurs.

– Ses contrats sont bien rémunérés.

– Estelle, le poste de directeur adjoint se libère avec le départ en retraite de Mlle Froissard… Il n'en tient qu'à vous, si vous voulez aller plus loin…

– Je dois coucher avec Lagarde ? coupe-t-elle.

– C'est peut-être un délicat moment à passer pour vous mais, après tout, le jeu en vaut la chandelle.

Les yeux embués, la face molle, Estelle respire largement. Elle voudrait sortir de cette pièce, se reposer, ne réfléchir à rien. Mais des images terrifiantes s'attaquent à elle et la harcèlent avec exactitude. C'est Pétrus Lagarde, l'air triomphant et suffisant, qui la chevauche avidement, c'est le visage de la culpabilité du lendemain, l'impossibilité de se regarder dans une glace. Immobile sur sa chaise, elle a une envie folle de gifler Chaumont et de le planter au beau milieu de ses délires salaces.

– J'aime les gens qui ont des tripes, continue-t-il.

En prononçant ces paroles, il fait de la main le geste de soupeser un paquet d'entrailles généreuses.

– Et chez vous, il y a de la tripe, poursuit-il avec férocité. C'est pourquoi je suis certain que vous vous en sortirez très bien. Vous avez monté Lagarde de toutes pièces, vous n'allez pas l'abandonner en si bon chemin. Et puis, pour vous remercier, je vous offre de garder vos primes d'objectifs sur les ventes de votre auteur. Après tout, c'est grâce à vous qu'une dizaine de salariés ont un emploi ici.

Estelle regarde son patron et tout en se levant s'exclame :

– Vous apprendrez, monsieur le directeur, que le métier de pute est reconnu depuis la nuit des temps. Il y a des professionnelles pour assouvir le désir des hommes à l'appétit hors norme. Ne comptez pas sur moi pour satisfaire M. Lagarde et je ne me vendrai pas, même pour le poste de présidente de la République, est-ce bien clair ?

– Je ne pense pas que vous compreniez le sens de ma démarche.

– Ce qui est important, c'est que vous compreniez la mienne.

– Vous refusez ?

– Je vais faire mieux, si vous revenez une seule fois sur le sujet, je démissionne. Mon poste me convient parfaitement et je ne tiens pas à en changer.

– Mais je…

– Je vous informe également que je ne verrai plus M. Lagarde en dehors d'ici qu'en présence d'une tierce personne.

– Estelle, mais enfin, Estelle, vous ne pouvez pas faire ça.

– Et pourquoi pas ?

– Vous êtes énervée. Rentrez chez vous et réfléchissez. Vous reviendrez demain en de meilleures dispositions.

– Je vais prendre quelques jours de repos, le temps d'avaler l'incident qui vient de se passer. Car j'espère qu'il ne s'agit que d'un incident et que nous n'en reparlerons plus jamais.

Chaumont la fixe d'un œil circonspect. Il s'éponge le front avec un mouchoir à carreaux.

– Dieu que vous me donnez chaud, Estelle. J'accorde vos jours.

– Je ne serai pas très longtemps absente, de jeudi à lundi inclus.

– Un long week-end, c'est bien. Vous partez ?

– Oui… En Normandie.

– Encore ! Mon petit doigt me dit que vous vous investissez à fond pour le livre de Le Thuilier.

– En quelque sorte. À la semaine prochaine.

Estelle claque la porte en sortant.

* *
*

La pluie emprisonne la voiture dans un murmure liquide. Les essuie-glaces chassent des gouttelettes sur le fond de la nuit. Dans la lueur des phares bondissent des fantômes d'arbres, des panneaux indicateurs aux lettres géantes. La voiture quitte l'autoroute, grimpe une petite côte, tourne à gauche vers Caen. En abordant les premières maisons de la ville, Estelle ralentit à peine. Un feu rouge l'immobilise. Enfin l'avenue Charlotte-Corday, l'hôtel avec sa barrière levée et sa face d'un jaune brunâtre et grumeleux de nougatine. L'éditrice gare sa voiture dans la cour plantée d'arbres, et se dirige vers le comptoir d'accueil pour prendre ses clefs.

– La 504, cinquième étage. J'ai un télégramme pour vous, madame Desprez.

– Un télégramme ? s'étonne-t-elle.

– Oui. Le voici. Bonne installation.

Elle pénètre dans sa chambre, pose ses bagages et déchire l'enveloppe :

Ma chère Estelle,

J'ai appris par ton patron que tu étais en Normandie. J'ai fait valoir mes talents de chercheur. J'ai appelé tous les hôtels de Caen. Et je t'ai trouvée. Caen ? Serait-ce une coïncidence ? Je me permets de t'embrasser. À très vite.

Josserand

Estelle dépose le télégramme sur le lit et commande au service restauration une omelette au fromage. Quelques minutes plus tard, on frappe à la porte. Un serveur pose un plateau. Elle s'attable, un livre ouvert près de son assiette. Les *Contes de la bécasse* de Maupassant. Elle les connaît par cœur, mais se régale à chaque nouvelle plongée dans cette philosophie lucide, cruelle et pleine d'humour. Une odeur de beurre fondu filtre dans l'air. Mise en appétit, Estelle déplie sa serviette et se verse un verre de vin. À côté, il y a dans un petit pot une rose rouge fraîchement coupée. Cette attention la touche. Comme si c'était Josserand qui la lui avait envoyée. Elle s'empourpre de plaisir tout en se préparant à la nuit.

Estelle allume sa lampe de chevet et jette un regard à la pendulette : 5 heures du matin. Il y a bien une heure qu'elle se retourne dans le noir, rame des jambes, froisse l'oreiller pour s'efforcer de renouer avec le sommeil. Découragée, elle se lève, tire les rideaux, ouvre la fenêtre. La fraîcheur de la nuit baigne son visage et achève de la réveiller. Au-dessus des arbres, le ciel est parsemé d'un tumulte de nuages noirs et chevelus qui défilent tragiquement devant le disque pâle de la lune. Dans cette clarté intermittente, le petit parc de l'hôtel, avec son allée, ses boqueteaux, son rideau de peupliers du côté de la route, prend un aspect théâtral. Aujourd'hui, Estelle a rendez-vous avec son père, localisé par Duerty au cimetière allemand de La Cambe. Elle a l'impression qu'il est déjà là, au milieu de ces arbres. Les formalités ont été assez rapides pour retrouver Karl. L'administration a réalisé un travail minutieux. Estelle a reçu rapidement le plan du cimetière avec la localisation du corps. À l'idée de voir le nom de son père sur une croix, elle se rappelle les mensonges de sa mère et, tout à coup, la nuit lui paraît plus hostile, comme si la clarté ne devait jamais revenir. Plantée devant la fenêtre, elle respire l'odeur de la terre et des graviers, et le passé bouge en elle, comme s'il demandait à ressurgir. Les premiers oiseaux s'éveillent avec des pépiements pointus. Chaque fois, ce chant de l'aube la bouleverse, tel un discret encouragement à surmonter ses regrets et ses craintes. Ah, oui ! Ces derniers temps, les événements se sont bousculés dans sa vie : le charme discret de Josserand Le Thuilier, la tentative de Pétrus Lagarde, la proposition tendancieuse de son patron, ajoutés à sa quête du passé… Elle a l'impression de perdre pied. Elle referme la croisée et revient s'asseoir sur son lit. Sur la table de chevet, la photographie de son père sourit dans un cadre en métal. Elle connaît trop cette image pour ne pas être émue en la regardant. Avec un plaisir malsain, elle va chercher dans sa valise l'album récupéré à la mort de sa mère. Il pourrait bien lui réserver quelques surprises. Mais le parcours est si familier qu'elle peut s'en représenter chaque étape, les yeux fermés. Pourtant un cliché la retient. Elle n'y a guère prêté attention jusqu'à maintenant.

Charlotte et Margaretha assises sur un banc, dans un jardin, et devant elles un bébé qui joue dans l'herbe. Le bébé, c'est Estelle. Margaretha a les yeux fixés sur l'enfant. On sent dans son regard la bienveillance d'une femme frustrée dans son désir de maternité. Décidément, Estelle comprend de moins en moins la froideur de la vieille dame à la mort de Charlotte. Elles avaient partagé tant de moments forts ensemble.

Estelle range l'album de photographies, tourne en rond dans sa chambre, décide qu'il est trop tôt pour se lever, trop tard pour se recoucher, et passe dans la salle de bains. Le ruissellement de l'eau sur son corps chasse les fantasmagories de la nuit. Elle s'étrille avec rage pour devenir une femme neuve, une femme du matin. Puis, satisfaite, elle passe au maquillage. Discret pour l'occasion. Juste relever les yeux de la torpeur de la nuit. Enfin prête, elle retourne dans cette chambre vide. Debout devant la glace, elle a l'impression désagréable d'être abandonnée de tous. Seule face à Karl. Une femme seule dans un monde froid. Après l'effet salutaire de la douche, une angoisse sourde la reprend, une anxiété diffuse précipite les battements de son cœur. Le mal ne se réduit pas par le raisonnement. Il vient de partout. De la lampe de chevet, du reflet de son visage dans la glace, des fenêtres éclairées par une aube maladive, des arbres de l'allée, du silence que hache le tic-tac d'un réveil de voyage. Sûrement, dès qu'elle sera au volant de sa voiture, tout ira mieux. Elle sera dans l'action. Soudain, ses yeux se posent sur le télégramme de Josserand. Après tout, pourquoi ne pas l'appeler ? Elle prend le combiné et forme le numéro comme si elle eût manipulé une bombe. Josserand lui répond :

– Ah ! Estelle, enfin ! Je t'aurais appelée sur les coups de 8 heures, mais je constate que tu es encore plus matinale que moi.

– En effet. Josserand, quelque chose de grave pour me chercher dans tous les hôtels de Caen ?

– Oui. Je m'inquiète pour toi.

En entendant l'expression de Josserand, elle ressent comme un relâchement dans ses entrailles, une piqûre d'apaisement.

– Pourquoi ?

– Tu ne m'avais rien dit de ton voyage à Caen.

– Je ne suis pas obligée de tout te raconter à ce que je sache.

– J'en conviens. Mais je te sens perturbée. Quelque chose ne va pas, Estelle ? Puis-je te venir en aide ?

Un réflexe de défense enjoint à l'éditrice de passer à l'attaque. Elle se jette dans le vide :

– J'ai réfléchi, Josserand. Je vais démissionner des éditions La Martingale. Je t'expliquerai en temps utile. Une sale histoire…

– Enfin, c'est absurde. Tu me convaincs de signer et tu me laisses seul dans les mains d'un inconnu. Ah non !

– Je t'aiderai, ne t'inquiète pas. Je t'accompagnerai dans ton projet.

– Estelle, je serai avec toi ce soir. Je fais un saut à Caen. Il faut que l'on discute.

Estelle secoue la tête négativement.

– Surtout pas ! bredouille-t-elle précipitamment. Je veux simplement que tu acceptes ma décision et je te promets en échange d'être disponible pour toi.

Un goût salé emplit sa bouche.

– J'arrive. Que tu le veuilles ou non. On dîne ensemble tout à l'heure.

Il raccroche.

– Josserand ? Josserand ? Et merde !

Estelle éprouve un sentiment complexe d'agacement et d'agréable déconvenue. Josserand la dérange autant par son insistance que par son agréable attention. Elle descend pour le petit déjeuner. L'odeur du café emplit la salle décorée à l'ancienne. Estelle se sert une belle assiette de fromage, du beurre et une épaisse tranche de pâté. Dans les hôtels de la côte, les directions se sont adaptées à la clientèle britannique. Tout à coup, la pièce au sol de tommettes et au plafond barré de grosses poutres s'anime, se réchauffe. Un groupe d'Anglais se rue sur le buffet. L'idée que Karl ait peut-être tué le père de l'un d'entre eux met Estelle terriblement mal à l'aise. La culpabilité se transmet-elle de génération en génération ? Les enfants des vainqueurs se sentent-ils plus fiers ? La terrine a soudain un parfum entêtant au point qu'Estelle en est écœurée.

Elle monte dans sa voiture et s'engage sur l'avenue. Elle admire l'abbaye aux Dames qui a accueilli neuf années durant la célèbre Charlotte Corday, passe devant l'église Saint-Nicolas. La matinée est fraîche, une forte odeur d'essence et d'asphalte agresse les narines. Le toit des maisons se découpe en carapaces noires sur un ciel brumeux. Peu de passants. Peu de voitures. Des allées tristes. La profonde entaille du port où flottent quelques bateaux de plaisance dans un silence de mer. Enfin, la campagne normande avec ses arbres fruitiers qui la conduit tout droit vers Karl. Une chose est certaine : la présence de Josserand, le soir même, lui donne le courage d'affronter son destin.

VI

– JE T'INVITE À LA BRASSERIE DU PORT, laisse-moi enfiler une autre tenue, lui dit-il encore la valise à la main dans le hall de l'hôtel.

La perspective de l'emmener dans ce restaurant, où il a déjà déjeuné une bonne dizaine de fois, excite Josserand comme une escapade imprévue. Il s'habille rapidement. Pull-over gris à col en V et pantalon de velours noir. Estelle, de son côté, est aussi soigneuse dans sa tenue que débraillée dans ses pensées. Quand il reparaît devant elle, elle s'écrie :

– Quelle élégance !

Ils sortent. Le restaurant est à quelques mètres. Toutes les tables sont occupées. Ils attendent leur tour devant deux bières des Flandres. Il pose sa main sur la sienne, la regarde gravement et dit :

– Écoute, Estelle, je ne sais pas ce qui se passe aux éditions La Martingale, je ne sais pas ce qui se passe dans ta vie, mais je voulais t'assurer que tu peux me considérer en ami. J'ai des oreilles pour écouter et je sais me taire.

Décontenancée, elle marmonne :

– C'est pour m'annoncer cela que tu m'as invitée à dîner ? Tout va bien, tu sais. Je me dirige seulement vers une autre maison, et…

– Tu mens, coupe-t-il. La vérité est ailleurs et je pense avoir le droit de la connaître. Notre relation est, je l'espère, un peu plus construite que des rapports purement professionnels ?

Au lieu de répondre, elle boit sa bière doucement.

– Tu ne veux pas me parler, reprend-il. Tu m'as fait signer un contrat et maintenant tu pars en me jouant le grand jeu : « je ne te laisse pas tomber, je gère », mais tu te moques de moi, Estelle. Il y a quelque chose que tu tais. Que me caches-tu ?

Elle développe devant lui sa théorie du naufrage irrémédiable de la personnalité dans la confrontation quotidienne des ménages. Elle est véhémente. Un serveur les avertit que la table est prête dans la salle du fond. Ils s'y rendent et passent commande. Assis en face d'Estelle, sur une banquette vert bouteille, Josserand renoue avec son air de confidence devant un cervelas rémoulade. Estelle n'a pas pris de hors-d'œuvre. Elle le regarde fixement.

– Les raisons personnelles écartées, j'imagine que tu as des problèmes au travail. Je me demande bien ce que peut être cette « sale histoire » dont tu m'as parlé.

Estelle se sent enfermée. Josserand poursuit :

– Il y a une issue à ce que tu ressens, c'est de me faire confiance et de tout me raconter.

Elle est touchée du fougueux soutien qu'il lui apporte après l'avoir si souvent traité en auteur. Cette chaleur renouvelée compense un peu dans son cœur l'humiliation ressentie hier matin aux éditions La Martingale.

– On ne peut pas se passer d'amis, Estelle, dit-il. Nous péririons d'asphyxie au milieu de l'animosité générale.

Après une courte hésitation, elle raconte l'épisode Pétrus Lagarde. Immédiatement, Josserand compatit mais ne peut croire qu'une femme comme Estelle quitte son travail pour un dérapage. Elle sait très bien se défendre face à un auteur entreprenant et un patron sans scrupule.

– Pour moi, l'important est de fuir La Martingale. Casser les liens. Échapper à la glu des habitudes. Le monde est si vaste. Je peux retrouver un poste où je veux, demain.

Soudain, Josserand se cabre :

– Arrête de me mener en bateau, Estelle. Pourquoi es-tu ici ? Que se passe-t-il ?

Et avec une sorte de fureur qui fait saillir ses yeux et durcir sa mâchoire, elle conclut :

– Ça ne te regarde pas.

Josserand tressaille, comme cinglé par un coup de fouet. Le sang se retire de son visage. Déjà, Estelle regrette sa phrase inconsidérée. Honteuse d'elle-même, elle baisse la tête et marmonne :

– Je te demande pardon, Josserand. Je ne sais plus trop où j'en suis. Je comprends ta surprise…

Après un instant de révolte, Josserand a pitié d'elle. Le fait qu'elle l'ait violemment remis à sa place témoigne de son désarroi. En le sommant de rester à sa place, elle a gâché ses dernières chances de taire ce qui la déstabilise vraiment. Maintenant, sous peine de le perdre vraiment, elle prend le parti de dire la vérité.

– Tu te souviens que je t'ai demandé de tourner ton livre sur les soldats allemands faits prisonniers après guerre par les Français et d'en faire le point central ?

– Oui… bien sûr. On s'est toujours entendus là-dessus.

– J'avais mon intérêt. Je suis née en Allemagne. J'ai découvert l'identité de mon père, voici un an, au décès de ma mère. Il est tombé sur les plages du débarquement. Je suis allée sur sa tombe aujourd'hui au cimetière de La Cambe. Voilà, tu sais tout.

Elle a deux larmes scintillantes au coin des yeux. Sa bouche est gonflée, pulpeuse, comme si elle l'avait longtemps mordillée dans le dépit.

– C'est formidable, Estelle.

– Ah bon ! Tu trouves formidable de connaître son père sur la croix d'un cimetière, de l'avoir attendu des années durant, d'avoir subi les mensonges, l'humiliation et, aujourd'hui, je me dis que j'ai eu un géniteur nazi. C'est juste horrible de ressentir au creux de l'estomac un manque terrible associé à une honte indécrottable.

– Mais tu n'y peux rien, enfin. Je ne vois pas en quoi tu as à avoir honte. Tu as retrouvé ton père ici.

– Ma mère m'a donné une photo. Il était si beau…

– Ça ne m'étonne pas. Les chats ne font pas des chiens. Des dizaines de milliers d'Allemands ou de Français n'ont jamais localisé un parent tué. Toi, au moins, tu pourras venir de temps en temps lui parler, lui conter tes affres et tes aventures.

Elle sourit.

– Maintenant, dis-moi pourquoi tu m'as demandé l'identité du soldat avec le collier ?

– J'ai trois souvenirs de mon père : deux lettres et un bijou, le même que porte le soldat sur le cliché.

– Curieux, en effet. Estelle n'est pas ton vrai prénom ?

– Je l'ai francisé. Je m'appelle Estella.

Et soudain, elle prend conscience. Les lettres de son nom se dédoublent et se croisent devant ses yeux écarquillés. Son cœur bat à tout rompre. Estella vient du latin *stella* qui signifie… « étoile ». Ainsi, son prénom a été choisi par Karl. Il l'a connue, l'a aimée peut-être. Il en portait le symbole sur sa poitrine. Elle sent son cœur se décrocher, tomber dans sa poitrine.

– Je comprends mieux le choix de mon prénom, désormais ! s'exclame-t-elle.

– Voyons, répond Josserand. Réfléchis un peu. Si c'est l'unique relation qu'il y a entre le collier et ton prénom, je ne vois pas pourquoi un autre soldat allemand porterait exactement le même bijou. Il y a autre chose là-dessous, mais quoi ?

– C'est vrai, dit-elle.

Elle paraît désolée, perdue. Soudain, elle se lève.

– Nous y verrons plus clair demain. Je vais me coucher. La journée a été éreintante.

Enfin dans sa chambre, Estelle pense qu'en venant la voir Josserand a jeté sur son aventure une lumière nouvelle. En vérité, elle n'est pas uniquement la fille d'un soldat allemand. C'est son passé, son existence qu'elle a endossés malgré elle. Elle ne le prolonge pas seulement par la chair et le sang, par le corps et la voix, mais par le destin. Elle est ce qui reste de lui sur cette terre. Elle essaie de se raisonner, mais ce collier devient une obsession, comme un messager du passé. Il parle pour le mort. Karl a sans doute voulu lui laisser un message important à travers son prénom. Et elle n'a pas su faire le rapprochement. La pénombre de la chambre lui pèse sur les épaules. Elle entend son sang battre et chanter dans sa chair. Cet homme qui l'a désirée s'est battu en vain pour une idéologie qui n'était peut-être même pas la sienne. Pourquoi lui reprocher ? En ça, Josserand a raison.

Elle n'est pas couchée que des ongles légers tambourinent à la porte. On dirait le tapotement de la grêle sur un toit. Avec une exaltation inquiète, elle ouvre à Josserand. Logé à l'étage inférieur, il a hésité à monter. Ses yeux fixent ceux d'Estelle.

– Je suis fou, je sais, tant pis ! Je t'aime sans réserve. Je t'aiderai à affronter la malignité du monde. Tes soucis te rendent encore plus chère à mon cœur. Chaque affront que tu subis par honte, chaque chagrin que tu vis, te haussent davantage dans mon admiration. Il me plaît de souffrir avec toi. Ce soir, j'ai pris conscience à quel point tu avais besoin de quelqu'un dans ta vie. Je pose ma candidature.

Elle éclate de rire :

– Rentre. Tu vas ameuter tout le monde !

Il s'exécute.

– Estelle, on va chercher la signification de ce collier ensemble. Qu'en dis-tu ?

Elle allait répondre, il la serre très fort, autant pour la contraindre au silence que pour savourer la douce élasticité de ses chairs. Elle ouvre une bouche expirante :

– Tu es terrible ! Tu n'abandonnes jamais.

– Non. Alors… tu me le promets ?

– Je te le promets.

– Sur la mémoire de ton père ?

– Sur la mémoire de mon père, dit-elle avec fermeté.

Aussitôt une crainte superstitieuse se love dans sa poitrine.

– Merci, Josserand.

Et le regard de Josserand se pose sur le visage d'Estelle qui lui apparaît encore plus désirable que d'habitude. À cet instant, toute la sensualité du monde est en elle. Estelle porte une robe bleu nuit moulant des hanches de déesse et laissant entrevoir par l'échancrure une jambe parfaite, gainée dans un bas noir qui perturbe la raison de Josserand. Dominant son désir, il admire la chevelure blonde qui tombe sur la nuque comme un défi. Une chevelure soutenue par un regard enchanteur où ne filtre qu'un seul sentiment : celui de plaire. La bouche aux lèvres charnues savamment dessinée par le pinceau s'entrouvre pour parler. Josserand met son index dessus. Ne rien dire. Ne pas gâcher le charme de cet instant par des paroles banales. Il l'embrasse profondément. Puis il lui prend les mains pour les serrer dans les siennes, tremblantes, et, pendant que leurs yeux ne se regardent plus qu'avec du désir, il déclare avec conviction :

– Je t'aime tellement !

Et ce n'est pas d'aujourd'hui ! Il l'avait aimée presque tout de suite, quand ils s'étaient retrouvés tous deux, côte à côte, à discuter sur le manuscrit. Ses yeux avaient parlé pour lui. À ce moment-là, il n'était encore qu'un auteur comme les autres. Un numéro. Aujourd'hui, il goûte un moment qui, dans son esprit, sera éternel.

– Estelle… Tu me combles de bonheur, lance-t-il d'une voix enrouée.

Estelle qui lui semble plus belle qu'elle ne l'a jamais été. Estelle qui se laisse déshabiller doucement et dont le regard le dévisage avec une voracité qu'il ne lui a jamais connue. Il se sent la proie d'un plaisir étrange, un plaisir qu'il n'a jamais ressenti avec aucune autre femme. Une fois encore, il prend ses lèvres avec volupté… Et elle marque les siennes au rouge.

Estelle a l'impression que le monde entier est à ses pieds parce que Josserand qu'elle croyait inaccessible lui a offert le plus beau cadeau de la vie. A-t-elle oublié que, le matin même, elle était plongée dans l'angoisse ou est-ce le tragique de la situation qui l'a excitée jusqu'à lui faire perdre la tête ? Il ne peut s'agir d'un caprice de volupté, bien d'une promesse de liaison durable, peut-être même d'un grand amour ? Au comble de la félicité, elle se fait la promesse de ne jamais se séparer de lui. Et elle le serre très fort contre elle, comme pour l'imprimer sur l'étendue de son corps, avec ses sillons moelleux. Son haleine légère lui effleure la joue. Ses pieds caressent les siens. Soudain, on frappe à la porte. Estelle quitte les bras de Josserand, se rapproche du battant et crie :

– Qui est-ce ?

– Service, madame. La bouteille d'eau gazeuse que vous avez commandée.

– Revenez demain.

– Bien, madame.

Et elle éteint la lumière, obéissante à son destin.

* *
*

15 décembre 1981. Estelle et Josserand ne déjeunent pas bien loin des éditions La Martingale pour échanger leur point de vue sur le chapitre 5. Le restaurant où il l'a invitée est réputé pour ses fruits de mer. On y déguste notamment des oursins d'une délicatesse rose et iodée. Comme le service est très lent et la chair succulente, les amants quittent l'établissement vers 2 heures et demie pour se rendre au bureau d'Estelle. Ils ont à cœur tous les deux de ne pas éveiller les soupçons sur leurs relations. L'éditrice n'a d'ailleurs rien changé à ses habitudes. Chacun chez soi. On se voit les fins de semaine, dans la discrétion la plus absolue. Lors de son arrivée dans les locaux, Estelle pose son sac à main sur une pile de manuscrits. Un mot est scotché sur le clavier de sa machine à écrire :

Rappeler Margaretha. Urgent.

Une bouffée d'inquiétude monte au visage d'Estelle qui décroche le téléphone dans la seconde. Josserand n'a même pas le temps de la questionner.

– Margaretha ? C'est Estelle. Que se passe-t-il ?

Lucie, que l'éditrice n'a pas revue depuis la mort de Charlotte, est au plus mal. Des crises d'urémie d'une violence terrible. Elle a des étouffements, des vomissements, des diarrhées. Les jambes et les mains sont enflées. Les médecins laissent peu d'espoir. Malgré ses maux de tête, la malheureuse la réclame chaque jour. Estelle pense de temps en temps à Lucie, mais ne l'a jamais appelée. À présent qu'elle la sait en danger, elle saisit enfin ce que Lucie représente. Il lui semble soudain qu'avec la vieille dame disparaîtront les moments les plus rassurants de son adolescence. Quand elle était en conflit avec Charlotte, elle allait souvent chez la voisine pour discuter, manger une pâtisserie et trouver un réconfort. Inconsciemment, Lucie est pour elle un modèle de pureté et de probité inaccessible.

– J'arrive, Margaretha, s'entend-elle dire. Je serai là demain matin au plus tard.

Et elle raccroche.

– Que se passe-t-il ? demande Josserand.

– Je dois partir à Karlsruhe de toute urgence. Une dame que je connais bien est mourante.

Josserand la fixe intensément comme pour la convaincre de répondre par l'affirmative à sa proposition.

– Je viens avec toi, lance-t-il d'un ton assuré.

Étonnée, Estelle reste une seconde sans bouger.

– Josserand, tu plaisantes ? Tu as ton livre à terminer. Le voyage est fatigant. Je fais l'aller-retour et…

– Ne discute pas. Je t'accompagne.

– Et tes rendez-vous ?

– Je les reporterai. Ne cherche pas toutes les excuses pour te débarrasser de moi. C'est inutile. Je fais une valise et je te conduis au chevet de ton amie. On se retrouve chez Sorbier pour manger avant de prendre la route.

Au restaurant, le moindre bruit énerve Estelle. Les Klaxons des voitures sur le boulevard tout près l'agacent. L'odeur des nouilles à la sauce tomate lui porte sur le cœur. Elle a les tempes serrées. Josserand la questionne sur son passé. Elle raconte les liens qui l'unissent à Lucie, l'absolue nécessité de la revoir.

– Crois-tu qu'elle ait connu ton père ? demande Josserand à brûle-pourpoint.

– C'est possible.

– Tu ne veux pas lui demander ?

– Je ne sais pas… J'ai peur.

– De quoi ?

– De casser l'image que je me fais de lui.

– Y en a-t-il une au moins ?

Estelle revoit ce matin d'automne où elle s'était rendue au cimetière La Cambe. Elle n'avait pas eu de mal à trouver la tombe. Une plaque de marbre blanc la marquait, avec une croix en relief, l'inscription rituelle et la date. C'était la première fois qu'elle se retrouvait devant son père. Elle venait le chercher. Cette visite lui était indispensable.

Le ciel était bourré de fumées pâles. Les arbres dénudés se dressaient par traits noirs et oscillaient vers le grand vide. Le vide de la campagne normande pourtant si belle. Le vide de l'absence. Face à son père immobile pour l'éternité, Estelle s'était sentie terriblement seule. Un silence pesant venait de l'alignement propre des tombes. Même dans la mort, l'urbanisme ne perdait pas ses droits. Des édiles funèbres avaient parqué les soldats par avenue, par ruelle, par place, les avaient soumis à l'alignement, aux servitudes de passage, à la logique des visites touristiques. Dans l'immensité des soldats alignés, Estelle s'était retrouvée vivante, comme une intruse.

Elle se tenait sur la margelle et plongeait son regard le plus loin possible dans l'espace où se confondaient le gris perle du ciel et le gris glauque de la mer. Car, dans sa tête, Karl était toujours présent. Sur une plage. Le fusil à la main. Une lumière effaçait les reliefs, tuait les couleurs et disposait l'âme à la mélancolie. Çà et là, sur le fond de brume stagnante, se détachait la silhouette d'un bateau fantôme, aux moteurs vrombissants, aux agrès noirs. Des barques de retrait rampaient, portées par des pattes de mouche, à distance proche. Les bords des plages du débarquement étaient de longs nuages couchés à l'horizon. Exceptionnellement, la mer paraissait plus épaisse que partout ailleurs. Son aspect n'était plus celui d'une masse liquide mais d'un tissu opaque, aux molles moires d'argent. Dans cet univers cauchemardesque, un navire américain taillait sa route vers lui, avec lenteur. Il était parti de New York le 13 mai 1944. Nul doute que la bataille s'annonçait terriblement violente.

Soudain, Estelle voit entrer dans le restaurant un homme d'une cinquantaine d'années, de petite taille, en uniforme beige avec les épaulettes d'officier supérieur. Dans sa face bouffie, blafarde, les yeux noirs, profondément logés sous l'arcade sourcilière, soutiennent un regard figé et dominateur. Un sourire dédaigneux plisse ses lèvres charnues. Ses cheveux clairsemés sont brossés en avant, sur les tempes, à la mode militaire. Estelle remarque les décorations du nouveau venu : médaille d'Afrique du Nord, de la campagne d'Algérie, tous les insignes distinctifs d'un héros national durant la guerre d'Algérie. Un homme envoyé au front et qui a su démontrer sa bravoure. Estelle se demande à cet instant si Karl vivant aurait pu porter avec autant de fierté les preuves de son courage. Sans doute pas. Car, même si des milliers d'hommes se sont battus par obligation pour Hitler, l'ensemble des gradés allemands demeurent des nazis pour la postérité.

Josserand s'aperçoit du malaise d'Estelle.

– Il est temps de prendre la route, dit-il.

Elle ne répond pas. Ses yeux s'emplissent de larmes. Il l'observe attentivement, note le grain régulier de sa peau et se félicite d'être séduit par une femme aussi belle. Sur le mur, une reproduction d'un tableau de Rembrandt le rappelle à la simplicité de la vie et prend fait et cause pour lui. Aller à l'essentiel et pousser Estelle à affronter l'adversité.

– Allons-y ! lance-t-il avec entrain.

Quand la voiture s'ébranle, il connaît de tout son être la satisfaction du devoir accompli.

La tête renversée sur le siège de l'automobile, Estelle regarde la route qui défile comme une voie centrale. Cet engloutissement kilométrique la fascine jusqu'à l'écœurement. Plus le véhicule se rapproche de Karlsruhe, plus elle se sent seule et triste.

– Comment ça va ? demande Josserand.

– Très bien ! dit Estelle en se redressant sur son siège.

– Tu as peur ?

– Non, ça va mieux.

– Quelle femme ! Garde tes forces, tu vas en avoir besoin pour t'expliquer avec Lucie.

– Lucie… murmure Estelle. Lucie !…

Les images du passé l'ébranlent du ventre aux mâchoires. Elle revoit la vieille dame plus jeune sortir de chez le coiffeur, les conversations au coin du feu, les moments de partage. Elle a l'impression de ressentir les mêmes sentiments qu'au moment du décès de sa mère. Tout se brouille dans sa tête. Elle pense qu'elle n'a pas le choix de vivre les événements de sa vie selon leur importance. Elle est prisonnière de sa famille, de son passé et de l'inexorable défilement du temps. La glissière de l'autoroute se réfléchit sur la vitre et lui procure une sorte d'ivresse. À peine a-t-elle fermé les yeux que le sommeil l'emporte.

VII

ELLE S'EST ENDORMIE EN FRANCE, elle s'éveille en Allemagne, quelque part du côté de Kehl, tandis qu'une voix grave lui demande si elle a bien dormi. Le temps de reprendre ses esprits, de se rappeler pourquoi elle se trouve là, elle répond :

– Oui, j'étais fatiguée. À notre arrivée, tu iras te coucher et moi j'irai voir Lucie. Je pense passer chez Margaretha avant.

– Ne t'inquiète pas, ma chérie, je te dépose et je vais dormir à mon tour.

– Je regrette finalement d'avoir vendu l'appartement de maman, on aurait pu y descendre.

– Mais non, enfin. Tu as fait le bon choix. Je peux me payer une chambre d'hôtel.

Une heure plus tard, le couple parvient devant l'immeuble de Karlsruhe. Margaretha accueille Estelle le visage fermé.

– Bonjour ma belle. Tu as fait vite. Je suis déjà passée chez Lucie ce matin. Je l'ai prévenue de ta venue. Elle paraissait satisfaite. Ça lui donne un peu de baume au cœur.

– Comment va-t-elle ?

– Elle est proche du trépas et refuse une hospitalisation. Alors je me suis transformée en infirmière. À mon âge, te rends-tu compte ? Enfin… ne tarde pas. Je te donne les clefs de son appartement. Dis-lui que je passerai dans une heure. Le médecin la visitera vers 20 heures.

Devant la porte d'entrée du logement de la souffrante, un paillasson usé. Rien n'a changé en apparence depuis la dernière fois qu'elles se sont vues, et, cependant, Estelle se sent désorientée, comme si les idées qu'elle tenait pour sûres perdaient leur véracité. Aimant les situations nettes, elle souffre d'être entraînée dans un passé ambigu. Il faut maintenant respirer une bouffée d'air, se donner une contenance. Paraître vive et optimiste. Comme elle l'a été avec sa mère quelques heures avant son départ. Une chaleur se répand dans ses pensées. Elle ouvre la porte et se dirige comme un automate vers la chambre. Lucie est allongée, les yeux ouverts.

– Ah ! Te voilà, ma petite Estelle. Tu as fait le voyage rien que pour moi. Je te remercie.

L'éditrice lui sourit tendrement et s'exclame :

– Margaretha m'a priée de te dire qu'elle sera là dans une heure et le médecin passera ensuite.

– C'est gentil. Tu sais, je veux mourir chez moi. Et il faut que je résiste. Margaretha me fait la toilette et le docteur me drogue une fois par jour.

– Eh bien, ce soir, c'est moi qui vais te laver.

– Non, non, proteste vigoureusement Lucie. Tu n'es pas venue pour ça.

– Je n'ai pas changé, tu sais, j'ai horreur qu'on me contredise.

Estelle cherche une bassine dans la salle de bains. Et tandis qu'elle se baisse, se relève, savonnant cuisses, ventre, seins, une glace lui renvoie une image toute dorée dans la pénombre artificielle. Elle constate qu'elle a encore maigri, ce qui lui donne plus de souplesse et de longueur à son cou.

Ses gestes sont efficaces, méthodiques. Malgré son refus de penser à elle-même, le bien-être qu'elle éprouve à laver Lucie l'entraîne à reconsidérer sa propre situation. Elle n'est pas si malheureuse que ça au fond.

– Ça fait du bien, tu sais, petite, confie la vieille dame. Tu peux changer ma chemise de nuit. Tu en as une toute neuve sur la chaise.

Enfin habillée, Lucie s'assoit sur un amas de coussins en grimaçant. Il est temps que le médecin lui fasse sa piqûre de morphine. La douleur regagne du terrain. L'esprit contrarié, la peau en éveil, elle tire ses draps.

– Maintenant, ma petite Estelle, raconte-moi tout, dit Lucie en lui désignant une place à côté du lit. Que deviens-tu ?

– Toujours la même chose ! Je n'ai rien de vraiment bien neuf.

– C'est fou comme la jeunesse a la volonté de dissimuler aux plus anciens.

– Mais…

– On en rediscutera plus tard. Pour l'instant, j'ai des choses autrement intéressantes à t'apprendre.

Estelle s'assoit, prend la main de Lucie, l'effleure d'un baiser et attend son témoignage.

– Tu m'intrigues.

– Eh bien, Estelle, je ne veux pas te faire languir plus longtemps… Je me suis promis… enfin… je suis certaine que tu es à la recherche de ton père.

– Mais…

– Oui ou non ?

– C'est vrai. Je l'ai d'ailleurs trouvé au cimetière de La Cambe en Normandie.

Estelle a une figure de poussière, de fatigue, des yeux couleur de pluie.

– Je le savais. Et j'avais poussé ta mère à te parler franchement plutôt que de te mentir. Elle l'a fait. Un peu tard, mais elle a été courageuse. Maintenant, la seule qui puisse te renseigner sur Karl, c'est Margaretha.

– Margaretha ?

– Oui. C'est une carte maîtresse de ton jeu, ma petite.

L'alitée lance cette phrase comme on déploie un drapeau. Son regard quête un signe de joie sur le visage d'Estelle. Mais elle semble distraite. N'a-t-elle pas compris l'importance de la révélation ? Déçue, Lucie murmure encore :

– Je suis très heureuse que tu sois venue.

– Tu en doutais ?

Elle s'apprête à dire « non », mais aucun son ne sort de sa bouche. Elle tressaille. Entre deux grands battements de cœur, elle s'entend prononcer d'une voix blanche :

– Margaretha a bien connu ton père. Moi, je n'ai fait que le croiser de temps en temps. On n'était pas encore si proches que ça à l'époque.

Tout en parlant, Lucie observe Estelle du coin de l'œil et regrette de ne pouvoir se présenter sous un jour plus favorable. Aller à l'essentiel. Vite. Elle aurait voulu lui faire une pâtisserie. Mais tout n'est que grisaille dans son cœur. Car elle sait à quel point Estelle, après une existence indépendante, entre dans l'empire de la contrainte et de la peur. Incroyable, cette sensation. Lucie a l'impression de ressentir physiquement l'état d'esprit de son interlocutrice : le sol bouge sous ses pieds. Une nausée l'étourdit.

– Lucie ? Lucie ? Tu veux un verre d'eau ?

– Oui, ma douce.

La chambre est relativement petite, mais haute de plafond, meublée d'une armoire et d'un canapé aux coussins brodés. Un poêle de faïence, incrusté dans une encoignure, dégage une chaleur agréable. Les fenêtres sont doubles, avec une traînée de caoutchouc entre les châssis. Estelle apporte le rafraîchissement. Lucie boit par petites gorgées. Dans ses yeux brille une lumière généreuse qui opère comme un charme.

– Dis-moi ce que tu sais de ton père ? demande l'alitée.

En quelques minutes de conversation, Estelle a tout raconté à Lucie : les démarches administratives, sa rencontre avec Josserand, la visite au cimetière de La Cambe. Puis un long silence s'installe entre elles, comme si tout avait été dit.

La malade se redresse sur ses coussins et pose ses mains sur celles de l'éditrice.

– Pauvre petite. Être à la recherche de son père si tard. Quand je serai partie, tu iras voir Margaretha. J'espère qu'elle te renseignera. Ne lui dis jamais que je t'ai parlé. Elle a la dent dure et je n'ai pas envie de lui laisser une mauvaise image, même après ma mort.

Lucie se renverse sur le lit. Dans le rapprochement du rendez-vous avec la Grande Faucheuse, Estelle la trouve belle, avec son visage osseux et ses yeux verts que la souffrance rend lumineux. Elle demande à embrasser sa protégée. Elle s'évertue à paraître heureuse. Cette fois-ci, Estelle sait que c'est bien la dernière fois qu'elles se voient. Elle a beau se raisonner ; toute la pitié, tout l'amour qu'elle porte dans sa tête ne peuvent la contraindre à sourire. Elle sent les larmes couler le long de ses joues. Le visage en dessous d'elle exprime une prière précise : pas d'épanchement de la sorte.

– La seule chose dont je me souviens très bien, c'était que Karl rendait de fréquentes visites au frère de Margaretha avec lequel il s'entendait très bien. Ils étaient inséparables ces deux-là ! s'exclame Lucie.

– Margaretha avait un frère ?

– Oui, Ferdinand. Il est mort quelques mois avant Karl. Peut-être un an… Je ne m'en rappelle plus très bien.

Incapable de prononcer un mot, Estelle se lève et se dirige vers la fenêtre. En collant son front à la vitre, elle aperçoit, sur le parking, Josserand dans la voiture. Sans doute a-t-il voulu l'attendre avant de gagner l'hôtel ? Le ciel est noir, les rues désertes. Estelle n'ose regarder ni à gauche ni à droite de peur d'apercevoir un visage familier. Son malaise augmente à mesure que le silence s'installe dans la pièce. Elle se retourne. La vieille dame la regarde.

– Dis-moi, Lucie. J'ai découvert un collier en forme d'étoile de mer dans les affaires ayant appartenu à mon père. Sais-tu à quelle occasion il le portait ? Était-ce ma maman qui le lui avait offert ?

– Ça m'étonnerait puisque Ferdinand avait le même.

Elle prononce ces mots brutalement, comme une évidence. Estelle reste une minute sans comprendre. Puis son visage se tend. Elle se fige, s'alourdit comme si on avait coulé du plomb dans sa tête.

– Le pauvre ! Ferdinand que je connaissais mieux était si gai, si insouciant, si courageux. Quand Margaretha m'a annoncé sa mort, je ne pouvais pas le croire.

– C'est bizarre, je n'ai jamais rien su de cela.

– Dans ces malheurs, le meilleur moyen de panser les plaies est de garder le silence.

Lucie part dans des considérations familiales et Estelle, indifférente, s'isole comme un caillou au milieu d'un flot de paroles. De temps en temps, elle entend : « C'était si dur… Pauvre Margaretha… Son frère, c'était tout pour elle… » ; et pense : « Moi, je n'ai personne, hormis Josserand, et mon père que je ne connais pas. Qui était Karl ? »

Dans un vacarme de bulldozer, Margaretha fait irruption dans la chambre.

– Alors, on la fait cette toilette ?

– C'est fait, répond Lucie du bout des lèvres. Estelle s'est très bien occupée de moi.

– Parfait. Tu manges ici ce soir, ma belle ?

– Non… non… Je vais aller me reposer. Je repartirai demain matin.

Estelle s'agenouille une dernière fois près de Lucie et lui baise les mains. La vieille dame sent sur sa peau cette haleine chaude d'animal traqué. Traqué par le passé. Elle tapote les joues de la jeune femme qui se relève, les yeux humides. Estelle sort de la pièce. Dans l'escalier, elle est saisie de vertige. L'énergie qu'elle a déployée pour ne pas laisser paraître sa tristesse et sa surprise lui fait brusquement défaut. Elle s'appuie à la rampe, reprend son souffle et continue de descendre les marches, lentement.

Estelle rejoint Josserand.

– Alors, ma chérie, comment ça s'est passé ?

La jeune femme est incapable d'exprimer sa pensée. La pluie tambourine mollement le pare-brise. Une vapeur se faufile à l'intérieur et pousse le conducteur à utiliser la ventilation. De temps en temps, il prononce des paroles banales, comme pour tenter de dédramatiser l'instant. Pressée contre la porte côté passager, Estelle se laisse engourdir par le bruit ronronnant du moteur, par les craquements de la suspension, l'éclairage tamisé du tableau de bord indiquant la vitesse et le retour monotone des bornes rayées qui jalonnent le bas-côté.

* *
*

L'*Hôtel Guillaume II* donne sur la plus grande avenue de Karlsruhe à côté du Mendelssohnplatz ; Josserand a réservé une chambre dans cet établissement aux quatre étoiles prometteuses. Il a eu raison. La suite est tout en boiseries vert d'eau à filet d'or. La lumière y prend une coloration sous-marine. Des meubles très fins aux marqueteries précieuses, des sièges aux tapisseries neuves sont disposés de telle sorte qu'on se croirait dans un palais. Des tableaux peu éclairés, des portraits d'empereurs inclinent vers le sol leur sourire fardé et leur regard mort. Un bouquet de roses s'épanouit sur la table.

– Tu es fou d'avoir dépensé une telle somme pour une seule nuit ! proteste Estelle.

– Pourquoi ? Il faut aussi vivre parfois.

On frappe à la porte. Josserand a fait monter une bouteille de champagne pour remonter le moral de son amante.

– On fera, ce soir, tout ce qu'on n'a pas l'habitude de faire : manger sans avoir faim, boire sans avoir soif, parler en profondeur et faire l'amour sans avoir une montre sous les yeux. N'est-ce pas à notre époque le comble du raffinement ? Il me semble que tu en as besoin, non ?

Estelle sourit sans joie et ses yeux se posent sur Josserand. Il paraît lui crier quelque chose en silence et elle ne le comprend pas. De son côté, jamais il ne l'a vue si désemparée.

– Alors ? Es-tu disposée à parler désormais ? lui demande-t-il en lui tendant une coupe.

Ils passent au salon. Josserand allume la lumière. Des ombres grandissent et se rencontrent au plafond. Il l'attire près de lui sur le canapé.

– Alors ?

– Au-delà du fait que Lucie est au plus mal, j'ai appris que Margaretha avait un frère du nom de Ferdinand, mort je ne sais où, je ne sais quand. Très ami avec mon père, il portait à l'époque le même bijou au cou : la fameuse étoile de mer.

En parlant, elle observe Josserand avec une attention suppliante. Elle aurait voulu qu'il exprime dans un regard une réponse au bouleversement qu'elle vit de plein fouet. Mais l'unique volonté de Josserand est de garder la tête froide et un visage calme.

– Passionnant, dit-il doucement.

– Passionnant ? Je crois que le terme est impropre.

– Oh que non ! Tu viens de mettre le doigt sur une certitude : le port de ce bijou n'est pas un hasard. Que ce soit le soldat sur la photo, ton père ou le frère de Margaretha, tous ces hommes ne le portaient pas par coïncidence.

La voix d'Estelle s'étrangle :

– Je ne suis pas certaine d'avoir envie de savoir.

– Mais, ma chérie, au contraire. Tu es à un tournant de ta vie. Veux-tu connaître le secret de ton existence, la vie de ton père disparu ? Ou bien mettre ta tête dans le sable au prix du regret ?

Trop émue pour répondre, Estelle tente de recouvrer ses esprits. Josserand a fait monter le repas froid composé de caviar de béluga, du foie gras d'Alsace et deux douzaines d'huîtres. Elle doit se forcer pour faire honneur aux plats et à la conversation. Quand son regard croise celui de son amant, elle en reçoit comme un coup de poignard.

– Grâce à toi, murmure-t-il, j'ai de nouveau une famille. Je suis avec toi, Estelle, je t'aime. Te rends-tu compte ? Si on me disait aujourd'hui « tu peux rentrer en contact avec le passé de ta femme disparue », je foncerais.

Ce disant, il rougit jusqu'à la racine des cheveux. Dans son esprit, sa maladresse a un sens. Ne pas enterrer les problèmes. Faire face. Belle et silencieuse, Estelle reste indifférente à cette déclaration.

– Eh, que diable, ma chérie, tu ne signes pas ton arrêt de mort, et je serai toujours avec toi, je te le promets. On sera deux pour affronter l'adversité.

L'excellente cuvée du Ruinart rosé désinhibe ses retenues. Un spasme contracte sa gorge. Ses yeux se voilent. Il saisit sa coupe en cristal de Bohême, la vide et regrette de ne pouvoir le briser contre le mur, ainsi qu'il est d'usage en Russie.

* *
*

Paris dort encore dans le brouillard du petit matin. Les rues désertes paraissent anormalement larges. Entre deux rangées de façades aux fenêtres closes, les voitures ont toute la place pour avancer à leur gré. Estelle et Josserand paradent en tête de toute une escadrille d'automobiles françaises. Loin devant eux, le drapeau français flotte sur les Invalides sous un éclairage jaunâtre. Josserand conduit trop vite. Parce que Estelle n'a pas su trouver les mots tendres à l'heure du départ de Karlsruhe, il est convaincu que la capitale le déteste et le chasse.

Passée sous un pont, sa rutilante CX Pallas tourne sur une place et monte les Champs-Élysées vers l'Étoile. Puis Saint-Germain. Le ciel bleuit. Au-dessus des piliers de l'Arc de triomphe, un long nuage blanc, ouvert en forme d'aile, perd ses plumes dans le soleil. Josserand ouvre légèrement la vitre et hume béatement l'air froid. Estelle considère ce bonheur comme une insulte. Comment peut-il être heureux alors même qu'elle perd les pédales ? Peut-être a-t-il le don de se ressaisir très vite ?

Et pourtant… L'apparence ne trahit pas la réalité. Josserand serre les dents comme pour dominer une douleur physique. À l'idée qu'il ne parvienne pas à convaincre une Estelle têtue et incapable de tendre la main, le désespoir s'engouffre dans sa tête. Que fait-il sur cette route à 4 heures et demie du matin, dans le Paris endormi, à côté de cette femme qui ne veut pas l'entendre ? Et pourtant, il a tant envie de la protéger, de la faire grandir. Que l'instant paraît paradoxal ! Parvenu devant l'immeuble d'Estelle, Josserand arrête le moteur du véhicule et tourne la tête vers sa compagne :

– Et voilà, nous y sommes, dit-il.

– Oui. Je te souhaite un bon repos.

– Je ne vais pas me coucher. Je pars.

Estelle grandit de deux pouces et ouvre des yeux ronds.

– Comment ça, tu pars ?

– Il faut absolument que je me rende en Normandie, répond Josserand avec flamme, car si toi tu ne veux pas fouiner pour essayer de comprendre ton passé, moi je le ferai à ta place.

– Tu plaisantes ?

– Non. Mon éditrice m'a dit de ne jamais mettre de côté un élément qui puisse donner un éclairage particulier à un sujet. J'obéis.

– Tu es fou ! s'écrie-t-elle.

– Oui, je suis d'accord. Fou de toi. Au point de te montrer que j'ai raison. Tranquillise-toi, je serai à l'heure pour le rendu de mon texte et la présentation aux commerciaux.

– Et si je ne suis pas d'accord ?

– Je m'en moque. Je suis historien avant tout. Je suis sur une piste, je fonce.

– Tu oublies qu'au passage tu peux me perdre.

– N'emploie pas les grands mots. Aie le courage un jour de regarder la réalité et d'agir. C'est bien d'être une éditrice respectée, c'est encore mieux d'être une femme épanouie.

Elle le fixe intensément, incapable de réagir plus avant. Que dire face à une telle détermination ? Estelle tente l'ironie pour s'en sortir :

– Je ne te croyais pas si amoureux.

– Moi non plus ! répond Josserand.

Et soudain, il saute de l'abattement à la jubilation. Le moment se présente enfin à lui. Depuis la veille, il tente en vain de trouver l'instant propice. Il sort de sa poche un écrin et le tend à Estelle.

– Je te propose de régler aussi ton problème avec Pétrus Lagarde en me présentant officiellement comme ton fiancé. Je t'en donne l'occasion en te demandant en mariage.

La décision qu'il a prise contient en lui un besoin de dépassement. Sans laisser le temps à Estelle de protester, il saisit la bague et la passe à l'index de sa promise.

– Tu es seule maîtresse de ton destin, ma chérie. Tu as toutes les cartes en main. À toi de jouer.

– Et parce que l'historien a décidé d'épater son éditrice, il démontre sa virilité en prenant le taureau par les cornes. Moi, Josserand Le Thuilier, je suis l'homme de la situation, c'est ça ?

Sa voix se brise de fureur. Plus elle a envie de se jeter dans les bras de Josserand, plus elle s'acharne à le repousser en paroles. Les reproches qu'elle lui adresse la protègent contre sa propre faiblesse. Jusqu'à quand faudra-t-il qu'elle lui fasse mal et se fasse mal à elle-même pour que, vaincu, il accepte de lâcher prise ? Lorsqu'il aura arrêté de l'embêter avec ce père inconnu, elle retrouvera la paix dans le désespoir.

– Tu es fâchée, Estelle, parce que je te dis la vérité, et que cela te blesse, déclare-t-il avec un regard si loyal et si tendre qu'elle en est bouleversée.

Elle perd le fil de sa pensée et reste une seconde la bouche ouverte, sans voix.

– Que veux-tu que je fasse, Josserand ? Que je mette le nez dans un passé qui n'est pas le mien ? Que je démontre que mon père était un nazi confirmé, officier et sans doute meurtrier ? À quoi ça va me servir ? Je regrette de ne pouvoir satisfaire ta vanité d'« historien », comme tu l'affirmes.

– Je ne te demande pas de me dire que tu m'aimes mais que tu puisses te regarder dans une glace, tous les matins, en assumant ta vie.

La douceur de ces mots est intolérable pour Estelle. Elle sait déjà que, si elle n'allait pas dans le sens de Josserand, pendant des mois, des années, ils empoisonneraient sa solitude et son quotidien.

Un mauvais sourire aux lèvres, elle demande :

– Qu'entreprendrais-tu si d'aventure je me montrais plutôt positive à l'idée de creuser un peu plus ?

– Je t'engagerai d'abord à discuter avec Margaretha après le décès de Lucie. C'est déjà un premier pas. Après, nous verrons.

– Il est temps, Josserand, que tu t'en ailles.

Il sursaute, comme si jusqu'à ce dernier mot il avait encore espéré la convaincre. Subitement, il comprend son erreur.

– Rentre chez toi, dit-elle, nous reprendrons cette conversation sous de meilleurs auspices.

Sans attendre sa réponse, Estelle se dirige vers son immeuble, pousse la porte, empoigne la rampe et remonte l'escalier, rapidement. Un ouragan la pousse dans le dos. En quatre pas, elle franchit le palier. Elle a à peine repris sa respiration qu'on tambourine à sa porte. La stupeur la cloue. Josserand insisterait-il ? Elle ouvre le battant. Il est là, les traits crispés, les joues humides, les yeux flambant de crainte.

– Je ne te laisserai pas faire cette erreur. Tu ne seras pas toute seule. On partagera les difficultés. Ensemble. Es-tu d'accord ?

Josserand l'enlace, l'embrasse. Elle se laisse faire.

– Je t'aime, dit-il doucement. Je ne veux que ton bien.

Estelle acquiesce :

– Je te promets d'y réfléchir et de reconsidérer la situation.

En réponse, il cligne des yeux. Il l'embrasse encore longuement et regagne sa voiture. Paris continue à dormir. Les ombres de la nuit, le vaste silence où résonne le bruit du moteur donnent aux réflexions de Josserand une tournure plus solennelle encore. La fatigue physique contribue bientôt à transformer son énervement en un sentiment de tranquillité. Des larmes tremblent dans ses yeux. Après la place de l'Étoile, il traîne son véhicule à cinquante kilomètres par heure. Les lumières de la capitale dansent au-dessus de sa tête. La route s'allonge. Bercé par la vitesse, la bouche ouverte, les paupières à demi closes, Josserand n'a plus qu'une notion confuse du monde. Pour ne pas s'assoupir tout à fait, il se met à parler à Estelle comme si elle était à ses côtés.

VIII

PATRICK CHIPON EST EXACT au rendez-vous. À 16 heures pile, il est assis dans son bureau. En quelques minutes de conversation, elle a pu vérifier ce qu'elle soupçonnait déjà : son interlocuteur est un personnage qui n'a certes pas une culture si étendue que cela, mais qui possède un œil vif, un sens de l'écriture, un esprit alerte et la clairvoyance d'un excellent éditeur. Cet homme, tout d'un bloc, prétend avoir lu la plupart des parutions de la collection dirigée par Estelle, aux éditions La Martingale, connaît par ouï-dire les nouveaux auteurs qui seront prochainement publiés et nourrit à l'égard de son hôte l'admiration respectueuse d'un élève pour le maître dont il choisit de suivre les traces. L'engouement du correcteur pour une ponte de l'édition rappelle à Estelle son émotion de jadis lorsqu'elle avait approché à ses débuts Jacqueline Byhlent. C'était à l'occasion de la sortie du premier roman, aux éditions La Martingale, d'un auteur, tout jeune à l'époque, un certain Pétrus Lagarde. Chaque mot de cet incontournable personnage de l'édition, dont un geste pouvait tuer ou sublimer, était resté gravé dans sa mémoire. Elle se souvient des phrases piquantes de cette petite dame au chignon noir qui, dès le lendemain, faisait le tour de Paris. Elle avait fait et défait des carrières, au grand dam des plus grandes maisons, capables de masquer sous de belles couvertures des textes de piètre qualité. Estelle avait été tellement impressionnée lors de la critique publique du livre de Pétrus Lagarde qu'elle n'osait même pas lever les yeux sur son interlocutrice. Qu'en restait-il maintenant, de cette période, hormis quelques souvenirs ? La vie moderne ne consiste-t-elle pas à balayer en permanence derrière elle pour faire place nette au livre suivant ?

– D'après vous, Chipon, pourquoi Pétrus Lagarde est encore présent sur le marché après plus de vingt romans ? Pourquoi vend-il toujours autant, voire de mieux en mieux de sortie en sortie ?

– Parce que vous le dirigez !

– N'essayez pas de m'entourlouper avec vos compliments. Si vous voulez travailler avec moi, il faut être franc, direct et dire les choses comme vous les pensez.

Le correcteur fixe l'éditrice de ses yeux brillants.

– D'accord. Je suis certain qu'au début vous avez pris cet écrivain sous votre aile parce qu'il avait un potentiel. Vous l'avez fait avancer avec l'esprit même du compagnonnage, cher aux meilleurs ouvriers de France d'autrefois. Mais, très vite, votre patron a considéré les ventes de votre poulain comme une promesse d'avenir et ce dernier a pris le dessus sur vous. Il fallait deux romans par an pour lancer le produit Lagarde. Sur des sujets sociétaux les plus divers : la tauromachie, le divorce, la famille, et je suppose qu'avec le passage de la gauche il surfera sur l'abolition de la peine de mort ou les radios libres. Vous rêviez d'en faire un écrivain, il n'est qu'une machine à pondre des livres pour les ménagères ménopausées, les travailleuses du RER et les vacancières désireuses de se vider le cerveau. La loi du marché, tout simplement.

Estelle écoute l'ironie de Chipon avec plaisir. Car, même si l'analyse est un peu caricaturale, elle ne manque pas de réalisme. L'éditrice aurait pu conseiller à Lagarde de travailler son style plutôt que ses sujets à connotation populaire. Qui sait si, croyant le faire évoluer, il n'aurait pas détourné des milliers de lecteurs friands d'amusement facile ? Est-ce lui, un correcteur des plus basiques, écrivain raté dont l'audience auprès du public est complètement nulle, qui pourrait donner des leçons à un auteur semblant avoir trouvé la recette du succès ?

– Vous allez penser que je suis mauvaise langue… mais vous m'avez demandé mon ressenti.

– Absolument. Et encore une fois, mon cher Patrick, arrêtez de mettre des gants.

– Certes, mais la bienséance veut que le premier devoir d'un ancien soit de laisser la bride à quiconque se prétend son adepte. Moi, je ne suis rien. Je suis un homme de l'ombre. Je ne veux rien.

– C'est là où est l'erreur. Personne à vos débuts ne vous a chapeauté ! Et pourtant, vous aidez les autres à devenir des écrivains. Vous vivez dans la simplicité la plus stricte, et pourtant vous écrivez pour les plus grands. Ne voudriez-vous pas un jour prendre votre plume pour vous-même ?

– Si. Mais aucun éditeur ne me fera ce cadeau par peur de me voir parler.

– Détrompez-vous. Je suis prête, moi. On ne fera pas semblant ensemble. Vous n'aurez besoin que de quelques conseils lorsque vous n'aurez plus assez de recul. Vous savez où aller. De mon côté, je m'occupe des journalistes influents qui méritent d'être caressés dans le sens du poil.

– Pourquoi feriez-vous cela ?

– Pour une seule raison. La plus valable. Donner aux éditions La Martingale d'autres lettres de noblesse que le nom de Lagarde sur une couverture. On s'aidera mutuellement.

Chipon la considère avec respect. Sa gorge est aussi sèche qu'un tuyau de poêle. « Comme elle est extraordinaire », pense-t-il.

– Vous êtes ma bienfaitrice. Je ne sais pas quoi dire.

– Alors taisez-vous et rendez-moi un livre passionnant, avec une héroïne qui a du caractère, une trame intéressante avec du suspense et une belle histoire d'amour.

Pourtant, Chipon a des doutes. La profession du livre est atteinte par une morosité ambiante malgré la loi Lang du 10 août dernier sur le prix unique du livre. Tout le monde se plaint, comme d'habitude. Et puis Chipon aurait tout d'un intrus. Il s'introduit dans un milieu où il n'a que faire, parmi les vrais écrivains auxquels, pourtant, il a souvent prêté sa plume. Il n'est qu'un occupant sans titre. Lui n'a pas fait ses preuves officiellement, mais officieusement, il est lu et apprécié par des milliers de lecteurs. Sans doute Estelle l'a-t-elle senti ? Enfin, le dernier contre-argument est de taille : son âge. Dans ce métier, mieux vaut-il être un minet avec un sex-appeal qu'un homme mûr confortablement assis sur son expérience. Dans le cadre privé de l'édition, c'est comme à Rungis : toute viande faisandée est suspecte ! Seuls les arrivages frais méritent d'être consommés. Conscient de ces handicaps, Chipon se résigne à l'évidence : il faut refuser et continuer son métier de correcteur et de nègre.

– Estelle, je ne peux accepter.

À ces mots, le visage de l'éditrice se tend. Le défi de convaincre est lancé. Face à lui, elle s'efforce de mettre en valeur une expression à la fois intéressée, plaisante et correcte. Elle loue la valeur de Chipon qui apporterait une bouffée d'air frais dans l'atmosphère confinée de la littérature. Chipon incline le front, séduit par tant de talent. Mais son silence en dit long encore sur son hésitation. Estelle s'assoit sur son fauteuil, décroche le combiné.

– Pour les avances, vous voulez combien ?

Il rit jaune, détourne la tête et grogne à demi blagueur, à demi sincère :

– Estelle, c'est une très mauvaise plaisanterie.

– Mais pas du tout.

Chipon jubile, mais ne sait pas quoi répondre. Il a toujours été payé au rendu de copie. Jamais avant. La tonalité du téléphone émet un son lointain, aigu et stressant.

– Alors ? demande Estelle.

Il réfléchit très vite. Demander le maximum pour engranger un refus de l'éditeur. Sortir de cette impasse. « Un an de loyer, ça me paraît pas mal », pense-t-il.

– Neuf mille francs.

– Neuf mille francs ? C'est tout à fait de l'ordre du possible. La moitié tout de suite, l'autre moitié au rendu du manuscrit.

Estelle compose un numéro à trois chiffres.

– Allô. Préparez-moi un contrat au nom de Patrick Chipon, 10 %, 9 000 d'avance. Vous me le descendez ?... Ah oui, le titre !

L'éditrice met la main sur l'émetteur du combiné.

– Patrick, vous avez une idée de titre provisoire ?

Muselé par la surprise, il fait une grimace de négation. Elle réfléchit.

– Mettez *Retour de bâton*... De toute façon, on le changera. Faites vite, je ne vais pas faire attendre mon auteur pendant deux heures. Merci.

Elle raccroche avec, aux lèvres, un sourire de satisfaction non dissimulé. Puis elle explique que les éditions La Martingale mettront en valeur l'ouvrage en ne mégotant pas sur les dépenses de publicité. De fil en aiguille, elle explique que le roman devra être servi par un bon titre et une couverture vendeuse.

– Mettez-vous au travail avec les conseils que je viens de vous donner, continue Estelle. Croyez-moi, Patrick, nous ne sommes pas au début de nos surprises. En revanche, vous allez encaisser votre chèque et vous relooker un peu. Je ne vous demande pas d'être Delon mais il faut un minimum.

Il promet d'acquiescer à ses demandes. L'acharnement de cette femme à le sauver de l'oubli et d'une vie banale le prend au dépourvu. Revenu chez lui après avoir acheté un whisky tourbé Bushmills de la meilleure qualité, il vit jusqu'au soir en remâchant le souvenir de cette entrevue qui va changer son existence.

* *
*

– Tu es prêt ? demande Estelle à Josserand. Le patron nous attend.

– Oui.

– Avant de monter, j'aimerais que l'on parle un instant de la stratégie. Il va te demander un nouveau travail.

Stupéfait, Josserand comprend à cet instant qu'il ne s'adresse plus à son amante mais à la directrice de collection. Grisé par la découverte de la couverture de son premier ouvrage, épaté par la publicité prévue dans les magazines et à la radio, il se sent plonger dans l'euphorie. À peine savoure-t-il les bonnes nouvelles qu'on lui parle d'un autre livre comme la conséquence naturelle de la première expérience. À l'idée de repartir pour des mois de rédaction, des soirées de recherche, des heures de labeur, Josserand veut refuser tout net. Mais Estelle sait mettre une douceur si engageante dans son regard qu'il fond sous un afflux de tendresse amoureuse et de vanité littéraire. Ce qui le décide, c'est la pensée que pour cette nouvelle publication Estelle sera encore à ses côtés. Il voit là un délicieux aveu de leur connivence dans le travail comme dans la vie. Le soir, pendant leur dîner pris chez lui, ils s'amuseront à mettre en valeur les écrits qui pourraient être – pourquoi pas ? – une suite du premier volume. Josserand le lui propose. Elle refuse net, sous prétexte qu'il ne faut pas réchauffer un plat déjà cuisiné surtout quand la recette est neuve. Non. Elle voit plutôt un document hors norme sur les criminels du procès de Nuremberg. Qui étaient-ils vraiment ? Quel était leur état d'esprit ? Certains se sont suicidés… Pour éviter l'humiliation de la peine de mort ou par peur de se regarder dans une glace ? Sujet intéressant. Et très peu travaillé.

Pendant qu'ils discutent sur les péripéties de ce futur ouvrage, les commandes des libraires pour le titre *Pardonnez-moi d'être allemand* ne cessent d'affluer.

L'entrevue avec le directeur s'est passée comme Estelle l'avait prédit. Chaumont fait une confiance aveugle à son employée. De temps en temps, il émet une pensée qui sonne comme un ordre. Et Estelle reformule, argumente, avec douceur, pour démontrer la stupidité de l'idée. Elle lui prouve que chacun doit rester à son poste. Lui aux manettes des finances, elle à celles de la direction d'auteurs !

Enfin en dehors des murs de la maison d'édition, Estelle et Josserand hésitent sur le parti à prendre : rentrer directement ou se promener dans le quartier du Marais où elle a une course à faire. On est au mois de mars 1982, on vient d'enterrer l'écrivain Georges Perec. Le soleil a chassé les nuages de l'hiver. Josserand hèle un taxi.

– On sort. Tu as commandé toute la journée. C'est à moi désormais de donner les ordres.

Parvenus rue du Bourg-Tibourg, ils font le plein de thé dans un magasin bien apprécié des connaisseurs et s'engagent au cœur de cet endroit cosmopolite. Une rangée de boutiques basses, des enseignes de fer découpé et peintes de toutes les couleurs pendent au-dessus d'une chaussée propre. Parfois, des couples du même sexe, libérés par la loi de la dépénalisation de l'homosexualité, croisent le regard curieux de Josserand.

– Ils te gênent ? demande Estelle.

– Pas le moins du monde. Ils assument leur vie, eux.

– Qu'est-ce que tu veux dire par là ?

– Que depuis la mort de Lucie, tu n'as pris aucune décision. Quatre mois se sont écoulés. Et pour toi, silence absolu. Plus un mot. Incroyable, toi qui es si forte au travail. On te heurte, tu ripostes. Tu as du nerf, du sang, du ressort, mais dans la vie privée, tu es incapable de lutter.

– Tu recommences avec cette histoire…

– Tu serais trop contente que j'abandonne.

– Pas du tout !

– Oh si ! Je commence à te connaître. Tu ne crains personne et tu es têtue comme une mule.

– Et toi, tu ne me crains pas !

– Non.

– Tu es le seul, dit-elle en riant.

– Je le vois bien. Le patron boit tes paroles, les auteurs ne peuvent que reconnaître ta compétence et ton flair, les secrétaires sont aux petits soins. Tu ne t'es jamais trompée. Sauf avec toi-même.

– C'est possible. Dès notre première rencontre, je t'ai jugé. Et au lieu de m'accueillir comme ta patronne, tu m'as traitée en être égal.

– Et tu as tenté de remettre les pendules à l'heure en attaquant mon travail.

– Tout ce que je t'ai conseillé était utile au livre. Tu exagères.

– J'étais furieux quand même, dit-il. Et puis j'ai jugé ta bonne trempe. La preuve en est : quinze mille exemplaires mis en place, c'est déjà bien.

– Attention, mise en place ne signifie pas ventes finales !

– Et voilà, tu recommences.

– Je te protège d'une éventuelle mauvaise surprise, Josserand.

Il éclate de rire.

– Tu essaies toujours de faire plier les êtres que tu aimes pour mesurer leur résistance, c'est ça ? Eh bien, je te démontrerai que la mienne est grande. Je l'ai appris à mes dépens. Au fond, nous nous ressemblons.

Estelle marque sa surprise.

– Allons de l'avant, Estelle. Défions le passé pour construire l'avenir. Tant que tu n'auras pas résolu cette partie floue de ta vie, tu ne laisseras de place à personne. Et moi je serai toujours à la porte sans pouvoir passer le battant de ton cœur.

– Tu crois ? demande Estelle en levant ses fins sourcils au milieu de son front.

– On a besoin l'un de l'autre pour être heureux.

– Tu aurais dû être cinéaste de *La Petite Maison dans la prairie.*

Josserand s'arrête net. Soudain, il se retourne vers elle en hurlant :

– Affronte, merde, au lieu de te venger sur les autres avec des paroles de fiel !

– Josserand, tais-toi. On est en pleine rue.

– Et alors, deux hommes ou deux femmes se tiennent la main en toute liberté, je peux aussi te dire ce que j'ai sur l'estomac sans avoir à me cacher.

Elle s'approche de lui, met un doigt sur ses lèvres.

– Je t'en prie, mon chéri, je t'en prie, répète-t-elle. Je veux bien t'écouter.

– Je ne suis personne pour toi… Un pantin qui écrit des livres. Mais ce n'est pas ce que je veux, tu comprends ? Et pourtant, je t'ai dans la peau. Tu m'es plus proche que si tu étais de mon sang, poursuit-il d'une voix sourde.

Estelle reste une seconde étourdie. Un trouble inconnu s'empare d'elle. Comme si une porte venait de s'ouvrir en elle et Josserand paraissait sur le seuil. Elle le regarde. Il a le visage ravagé par la tristesse et la défaite. Une larme coule le long de sa joue. Estelle l'essuie avec son pouce.

– Tu pleures ?

Josserand pousse un soupir et grommelle ironiquement :

– Sans blague !

– Je sais que je te fais du mal. Mon père m'a tellement manqué. Et pourtant, il n'avait pas de visage ni de nom. Alors je m'amusais, quand j'étais petite, à lui inventer une figure. Je me souviens qu'un Noël, je l'ai rêvé avec une barbe.

Josserand sourit.

– Je me suis faite à son absence. Et puis, un jour, on m'annonce qu'on connaît son identité, on me tend une photo, des lettres dans lesquelles il désirait me bercer. Et je le retrouve enfin au pied d'une croix dans un cimetière de soldats nazis. Toute mon enfance, j'avais rêvé du mot « aimer ». Je le découvre avec toi. Tu ne me juges pas, tu me pousses dans mes retranchements. Tu prends à cœur cette attitude un peu paternaliste qui m'a tellement manqué. Il m'a fallu du temps pour le comprendre.

– Je serai toujours là pour toi, ma chérie. Je te l'ai déjà dit.

– Nous irons voir Margaretha à Karlsruhe le week-end prochain. Je lui téléphonerai demain.

– Je suis fier de toi, Estelle. Si tu étais l'étoile de ton père, tu es la mienne aussi.

Silence. Estelle se mouche et éponge ses regains d'émotion.

– Nous dînons dans le quartier ?

– Si tu veux.

– Attends un peu. Il faut que je retrouve une tête de circonstance.

– Sais-tu, tout le monde s'en moque, Estelle. Moi je te prends comme tu es.

– Non. Je mc refais une beauté ou je rentre.

Cette menace sonne d'une façon amortie, tel un grondement de tonnerre qui s'éloigne. Estelle se repoudre discrètement au coin d'une rue, étale un rouge à lèvres à peine teinté. Elle revient à lui avec un visage épanoui. Sans doute espère-t-il reprendre la conversation là où il l'a laissée. Elle balance doucement la tête, comme pour lui refuser quelque chose, bien qu'il n'ait rien demandé. Puis à son tour, il la précède à la porte d'un restaurant antillais, *Kokolo*, parle un instant avec le serveur et revient.

– Il y a de la place.

– Désolée, je ne peux pas.

Et elle fait demi-tour.

– Où vas-tu ?

Il a posé la question en ayant la réponse. Ne pas la déranger. Ce soir, elle a rendez-vous avec Karl.

Il y a une telle sérénité dans les yeux d'Estelle, une telle lumière que Josserand s'incline en lui faisant un geste de la main.

IX

LA TABLE DE LA SALLE À MANGER est déjà servie pour le thé, avec la nappe brodée à la main, jadis, par Charlotte, les tasses de fine porcelaine, cadeau de Ferdinand pour son trentième anniversaire en 1942, les serviettes en dentelle, les gâteaux de Linz confectionnés le matin même. Assise sur son fauteuil habituel, Margaretha inspecte le décor d'un œil sévère. Elle pense ne rien avoir oublié. Jusqu'à la confiture de groseilles, si chère au cœur d'Estelle. Depuis 3 heures de l'après-midi, elle est sur le pied de guerre. L'éditrice et son fiancé ont annoncé leur venue en milieu de semaine. Margaretha pense à Charlotte qui serait si heureuse de voir sa fille enfin casée avec un homme sérieux. Un homme sérieux ? Encore faut-il jauger cette affirmation de plus près. Qu'importe pour l'instant. Margaretha savoure le plaisir de cette visite. À chaque fois qu'elle a vu débarquer Estelle chez elle ces derniers temps, c'était pour un décès. Cette fois-ci, elles vont pouvoir papoter dans la sérénité. Elle est fière de cette fille qu'elle a vue grandir. Estelle n'est-elle pas de belle prestance, dans l'âge mûr, et n'a-t-elle pas, à force de travail, conquis une situation enviable dans un pays qui, somme toute, n'est pas le leur ? Certes, elle en a désormais la nationalité. Margaretha se souvient que Charlotte en avait souffert, à l'époque, de ce changement vécu comme une trahison pour convenances personnelles. À présent, plus personne n'y pense : ce qui compte, c'est ce qui est inscrit non sur les papiers d'identité d'une femme mais dans son cœur. Quand l'horloge à balancier en cuivre qui se dresse entre le buffet et la fenêtre de la salle à manger sonne 5 heures, Margaretha commence à ne plus contenir son impatience. Pourquoi ne sont-ils pas encore là ? La route est tellement longue entre Paris et Karlsruhe que tout est possible. Un bouchon, un accident, un pneu crevé. Elle allume la télévision. La présentatrice météo est boudinée dans une robe satinée qui rend mal sur l'écran en noir et blanc. On dirait un phoque glissant sur la banquise. Cette vision de la laideur achève de l'exaspérer. Les infos défilent, le Saint-Père a fait un discours aux jeunes Allemands, nous sommes le 20 mars. Quelle idée d'avoir préparé le thé pour le boire à 6 heures du soir. Margaretha, qui s'est aussi mise sur son trente et un, espère ne pas ressembler à celle qui prévoyait les orages sur l'Allemagne. Elle ne pense pas. Son chemisier devenu trop grand bâille autour de son cou décharné garni d'un collier de perles de Manacor, souvenir d'un voyage à Majorque aux Baléares. Suprême raffinement, elle s'est passé les mains à l'eau de Cologne 4711.

On sonne à la porte. Margaretha ouvre aux voyageurs et dévisage surtout le nouveau venu. De son côté, Estelle est toujours frappante par sa beauté blonde, sculpturale. Josserand a la fierté d'un coq de basse-cour. Estelle n'avait pas toujours été ainsi. Quand elle était petite, elle ressemblait à une bouée. Par le sport et la volonté, elle était devenue svelte en quelques années. « Comme quoi, la société utilise l'excuse de la maladie et de la génétique pour pardonner les excès. Surtout en Allemagne où on mange trop de charcuteries ! De toute façon, personne n'est sorti gros de captivité », pense Margaretha. Après les présentations rituelles, on prend place autour de la table et Margaretha sert affectueusement le thé.

L'air sent bon la pâtisserie fraîche, les meubles luisent dans la lumière blanche du lustre central, toutes les photographies du temps passé sur le mur sont de la fête. Estelle les regarde une à une.

– Pourquoi n'y a-t-il pas celle de mon père ? demande-t-elle de but en blanc.

– C'est que je n'en ai pas.

– Je comprends. Tu n'en as pas non plus de Ferdinand ?

Margaretha reçoit cette question comme une gifle. Incapable de répondre dans l'instant, elle s'inquiète de l'image qu'elle est en train de donner à Josserand. Elle observe cet homme qu'Estelle a tiré de la foule des Français comme on tire d'un sac une boule de loto. De son côté, Estelle ne perd rien de la réaction de la vieille dame qui bande ses muscles pour résister au choc. Mais l'explosion qu'elle redoute ne se produit pas. Il y a comme un frisson sur toute la figure de Margaretha. Ses prunelles vacillent avant de reprendre leur fixité et leur éclat. Elle se lève, fait lourdement trois pas dans la pièce. Estelle reste assise, n'osant briser le silence par crainte de rompre une discussion déjà mal engagée. Les secondes passent. Enfin, Margaretha se cambre, les poings sur les hanches, et prononce d'une voix enrouée :

– Alors, vous venez m'annoncer une bonne nouvelle ? Un mariage ?

Estelle ouvre les bras et les laisse reposer sur ses genoux.

– Il y a des chances, oui. Tu es contente, Margaretha ?

– Ton bonheur avant tout, mon enfant. Les vieux n'ont rien à dire. Ils sont faits pour qu'on les oublie...

Bien qu'il soit prévenu que l'échange allait être musclé, Josserand doit bien reconnaître que Margaretha, à la lippe charnue, au nez impertinent et au regard chargé de paillettes de feu, donnera à Estelle, pourtant aguerrie dans ce genre de sport, du fil à retordre. Sans doute, au milieu des deux femmes, a-t-il l'air d'un père inquiet assistant au passage de sa fille devant un examinateur ? Happant au vol chaque pique qui fuse de ces bouches qui l'entourent, il affiche un naturel faussement joué. Après quelques propos anodins qui suivent, il explique à Margaretha qu'il est chercheur, qu'il publiera bientôt un livre sur les soldats allemands faits prisonniers durant la Seconde Guerre et qu'il aimerait en savoir plus sur son existence en Allemagne, pendant le conflit. Margaretha croit d'abord à un intérêt de pure politesse. Mais il insiste. Alors elle se lance éperdument dans ses souvenirs. Ils affluent dans sa tête avec une joyeuse incohérence. Pêle-mêle, elle évoque son quotidien ici à Karlsruhe, la facilité relative des débuts victorieux, puis une rigueur qui s'est installée comme une gangrène entame la chair d'un malade. Dans son récit, la présence de Charlotte et parfois de Lucie est bien réelle. Mais aucun détail sur Karl ou sur Ferdinand. Pourquoi ? Margaretha emploie des mots simples, ne s'étale pas sur les scènes. Elle meuble. Pour éviter de parler de l'essentiel. Josserand voit pourtant dans ses yeux qu'elle revit des scènes de détresse.

– Et quand la guerre a été terminée, vous avez réussi à vous reconstruire malgré les malheurs. Estelle m'a dit qu'elle avait perdu son père sur les plages de Normandie et vous votre frère.

– Oui. Ils sont morts en même temps. À quelques heures d'intervalle.

Estelle fusille son amant du regard. Ce dernier l'apaise par un sourire. Laisser Margaretha s'enfoncer dans ses affirmations afin de pouvoir rebondir.

– D'ailleurs, continue la vieille dame en se retournant vers Estelle, comment sais-tu que j'avais un frère ?

– Maman… maman m'en a parlé quelques heures avant son départ. Elle m'a dit que Karl et Ferdinand étaient très proches.

– C'est vrai.

– Et quand elle m'a remis son bijou en forme d'étoile de mer, elle m'a affirmé que Ferdinand portait le même.

Effondrée sur une chaise, la face blême, Margaretha accuse le coup. Timidement, Estelle se rapproche d'elle et lui met la main sur l'épaule.

– Je t'en supplie. J'ai besoin de savoir. Que s'est-il passé pendant la guerre pour que vous ayez tu l'identité de mon père, que vous ayez soigneusement oublié, maman et toi, la présence de Ferdinand ?

– Rien ! rugit-elle en agitant ses coudes dans un mouvement de va-et-vient. Laissez-moi tous les deux, il est tard.

– Margaretha, continue Josserand, Estelle est à la recherche de son père. Elle n'est pas là pour juger mais pour comprendre.

– Oh ! crie la vieille dame. C'est vous qui lui avez mis ça dans la tête, j'en suis certaine. On ne remue pas le passé. Les enfants de la paix ne le saisissent pas. Dommage. Au lieu de respecter la mémoire des disparus et la sérénité de ceux qui ont dû subir, vous soufflez sur les braises. Ça suffit. Je ne me laisserai pas marcher dessus.

– Mais, Margaretha, je ne te force pas. Je ne te demande pas… coupe Estelle.

– Oui, oui… On veut m'humilier. On veut m'accuser de je-ne-sais-quoi. Après tout ce que j'ai fait pour toi et ta mère… Je n'ai pas mérité un tel interrogatoire.

Elle se dresse, le visage démoli par l'indignation et le chagrin. De son front à son menton, toute sa peau tremble par petites secousses. On dirait que des ficelles invisibles la tirent de haut en bas et de gauche à droite. Ses yeux s'humidifient, son nez coule.

– Parle-moi un peu de mon père. Comment était-il ? Comment s'est-il lié à Ferdinand ?

Il y a de l'affection dans ces questions. Margaretha le ressent et son malaise augmente. Elle examine Josserand à la dérobée. Il paraît attentif et vigilant.

Margaretha détourne la tête. Son regard rencontre sur le mur les photos d'Estelle toute petite, de Lucie, de Charlotte, de voisins, d'amis.

– Estelle, je sens que tu attends beaucoup de cet entretien. Mais pour l'instant je n'ai pas la force.

Comme si elle n'avait rien entendu, l'éditrice s'avance vers Margaretha qui se redresse à son approche. Arrivée devant elle en face à face, elle baisse ses fines paupières, la frappe d'un regard aigu, plisse les lèvres et dit :

– Je comprends. Je te laisse le temps pour te préparer. Nous en rediscuterons. Je reviendrai.

Margaretha pousse un soupir de soulagement. L'orage s'éloigne d'elle. Elle glisse un coup d'œil à Josserand, resté assis. Il est muet, le regard interrogateur.

L'entrevue se termine en banalités superbement jouées par les deux femmes.

De retour à l'hôtel, Estelle reste un moment hébétée. La chambre s'obscurcit autour d'elle, comme si un nuage avait froissé le soleil. Incapable de réfléchir, elle écoute vivre sa tête.

– Je ne comprends pas pourquoi elle a refusé de parler ! Voilà des années que la guerre est terminée, des années qu'elle vit dans le mensonge et… Non, c'est incompréhensible.

– On lui en a peut-être trop demandé. Quand quelqu'un réagit brutalement, c'est qu'il se sent agressé. À mon avis, c'est le cas de Margaretha, répond Josserand.

– Pendant des semaines, j'ai lutté pour ne pas avoir à me retrouver devant un mur. Tu m'as demandé d'être confiante, fière, courageuse, alors que l'on savait fort bien que ce serait quasiment infaisable de faire parler Margaretha.

Estelle étouffe. Son regard découvre dans la glace le reflet d'une robe beige à rayures brunes et cette vision d'une femme à la quête de la vérité achève de l'exaspérer. Comment a-t-elle pu se laisser entraîner dans cette mauvaise aventure ? Le réveil lui paraît terrible.

– Estelle, je t'en supplie, écoute-moi. Tu es en colère. Et ce n'est que la première étape d'un long périple. Long et chaotique. Et ce qui est certain, c'est qu'on ne pourra pas compter sur Margaretha, elle a trop l'habitude de dissimuler ses sentiments.

Il veut lui prendre la main. Elle la repousse avec énervement. Quelques instants plus tard, elle a conscience de son attitude, mais comment ne pas réagir avec force contre la basse tentation de la compassion. Margaretha est soit irresponsable, soit elle a des choses de la plus haute importance à cacher. Elle croit sans doute qu'Estelle abandonnera ici ses investigations. Pourtant, en réagissant ainsi, la vieille dame la provoque. Josserand entoure Estelle de son manteau et lui propose de sortir. Rien ne sert d'enfermer sa rancœur dans une chambre d'hôtel.

Dehors, une fraîcheur leur pince le visage. Le ciel est d'un bleu rassurant. Estelle jette un regard au loin. Ah ! Que ne donnerait-elle pas pour voir sur le trottoir d'en face une Margaretha gonflée de remords qui lui ferait signe de revenir. Sur ce sujet, Josserand a raison. Elle connaît trop bien la vieille dame pour espérer réellement une telle situation. Sans doute ne dira-t-elle jamais rien. Une tombe comme à La Cambe. À jamais. Quelle sera la fin de tout cela ? Comment s'accommodera-t-elle de ce chagrin, voire du mépris qu'elle vient de subir ? Son père semble enterré sous les ruines d'un secret. Estelle ne sait pas d'où lui viendra la lumière. Mais elle se jure, à cet instant précis, qu'avec Josserand elle la trouvera. Coûte que coûte.

* *
*

La nuit est tombée lorsqu'ils reprennent le chemin de l'hôtel, passant devant la plus vieille église de la ville, Sankt Stephanus, presque invisible dans l'ombre de la rue. Quelques lueurs derrière les vitres indiquent la place d'un petit salon devant le comptoir. Cette lumière ravive en Estelle le drame qu'elle a vécu l'après-midi même.

À peine est-elle dans le hall que le réceptionniste l'appelle :

– Madame Desprez, Dieu soit loué.

– Que se passe-t-il ?

– Un monsieur tente de vous joindre par téléphone depuis votre départ de l'établissement.

– Qui ?

– Un certain Chaumont. Il m'a dit de vous demander de le joindre dans la plus grande urgence et a laissé trois numéros de téléphone.

– Merci.

Estelle monte l'escalier. Josserand lui emboîte le pas en s'exclamant :

– C'est quand même un comble de te déranger un samedi de cette façon !... Comment sait-il que tu es ici ?

Estelle l'interrompt d'un geste de la main. Ses yeux se plissent. Une expression de ruse animale envahit chaque trait de son visage.

– Tu sauras que dans ce métier il n'y a jamais de répit. Pas de week-end. Pas de fêtes. M. Chaumont a sans doute une inquiétude que je saurai calmer, ne te fais pas de souci pour ça. La disponibilité est la clef pour ne jamais quitter le terrain. Surtout quand il est miné par la concurrence.

À peine rentrée dans la chambre, Estelle se rue sur le combiné, tente le premier numéro en vain. Le deuxième s'annonce plus probant. Une jeune fille décroche. L'éditrice n'a pas le temps de terminer de se présenter que Chaumont est déjà au bout du fil.

– Estelle ?

– Oui.

– Estelle, c'est affreux.

– Enfin, allez-vous finir par me dire ce qui se passe ?

– Pétrus Lagarde a été arrêté hier soir. Il est en garde à vue.

Estelle accuse le coup, ne répond pas immédiatement, visiblement contrariée par les propos qu'elle vient d'entendre.

– Pourquoi ? demande-t-elle.

– Viol sur mineure. Il a eu le droit de passer un seul coup de fil qui a été pour moi. Qu'est-ce qu'on fait ?

Foudroyée, elle écoute le chef d'accusation avec stupeur. Doutant encore de ce qu'elle a entendu, elle marmonne :

– Viol sur mineure… On est dans la merde.

– Qu'est-ce que vous dites ?

Les traits d'Estelle se pétrifient, son regard scintille. Tout en elle devient carré et professionnel.

– Les journalistes ne seront pas prévenus avant la fin de la garde à vue, sauf si Pétrus a été suivi. Réunion de crise, lundi, 8 heures, pour tout le personnel de la maison. J'ai bien dit « tout le personnel », y compris les secrétaires. Faites intervenir José Lucos, notre informaticien de confiance, le plus rapidement possible pour qu'il verrouille l'accès au dossier Lagarde dans sa totalité : le dossier de presse, le dossier comptable… Mieux vaut-il se méfier des fuites en interne. De mon côté, je prends la première Caravelle de Strasbourg demain. Je serai à l'entreprise sur les coups de 10 heures. Je vous appellerai d'Orly de sorte qu'on se rejoigne au bureau à peu près en même temps. Venez avec toutes les clefs de bureau. On réunira les papiers qui concernent l'auteur. Plus aucun document ne doit traîner. Il faut faire vite.

– Je savais que je pouvais compter sur vous. Je m'occupe de tout... Mais dites-moi, Estelle, vous avez un train de nuit qui part de Karlsruhe ce soir, c'est moins cher en couchette première que l'avion de l'aéroport de Strasbourg.

– Monsieur Chaumont, j'espère que vous plaisantez.

– Non, pourquoi ?

– Vous osez me demander pourquoi ? N'avez-vous pas poussé Lagarde dans son vice en m'invitant à coucher avec lui ? Vous vouliez m'entraîner dans le mensonge. Derrière ce malheur, avec tout le respect que je vous dois, vous avez votre part de responsabilité. Pétrus est malade. Et au lieu de lutter contre ses frasques, vous les encouragiez. Maintenant qu'il a une plainte contre lui, que je dois intervenir pour éviter les fuites internes et prendre les devants en sacrifiant un dimanche, vous mégotez sur le prix de mon transport ? Dieu que c'est petit.

La respiration coupée, Estelle se laisse s'effondrer dans un fauteuil.

– D'accord, acquiesce Chaumont. Faites au mieux. À demain.

X

LES YEUX ÉCARQUILLÉS, Estelle essaie de comprendre. Soudain, les souvenirs de la veille lui reviennent en mémoire, et le malaise qui l'oppresse se change en une indicible tristesse. Le refus de Margaretha de confier le passé, la sensation d'avoir fait le trajet pour rien, l'appel de Chaumont, le visage de Pétrus Lagarde derrière les barreaux, l'organisation du départ en Caravelle… Tout n'a été que déception et problèmes à régler.

Bouleversée par ce flot de pensées, elle passe dans la salle de bains tandis que Josserand s'éveille. Quelques minutes plus tard, Estelle monte dans la voiture et s'affale sur le siège avant. Pendant le trajet qui lui paraît une éternité, elle songe à tous les points de son organisation, à l'idée de se retrouver toute cette journée avec Chaumont ; l'angoisse de nouveau la paralyse. Immobile, indécise, elle se laisse conduire par un Josserand compréhensif et tendre. De temps en temps, il lui met la main sur le genou, lui adresse un sourire. Il sait, lui, à quel point les heures qui vont venir seront difficiles. Un peu avant 7 heures, Josserand gare son véhicule sur le parking de l'aéroport. Le temps de prendre le bagage dans le coffre, Estelle a l'impression de marcher vers un ring. Le mouvement de ses jambes fatigue sa pensée, endort son cerveau. Perché sur une échelle, un ouvrier badigeonne d'un jus marron les lettres du nom de l'aérogare. À l'intérieur, dans les vitrines d'un magasin de mode, une vendeuse prévoyante dispose des bouquets de roses pour l'arrivée du vol de 10 heures. Les voyageurs s'arrêtent un instant devant les vitrines de la parfumerie et repartent soucieux. À mesure qu'Estelle et Josserand approchent du comptoir d'enregistrement, la foule devient plus dense.

– Ça va ? demande-t-il.

– Oui. On va essayer de mettre sous clef le dossier de Pétrus.

– Je ne comprends pas : de quoi as-tu peur ?

– Des fuites internes.

– Qu'est-ce que ça peut bien faire que Lagarde touche X francs d'à-valoir, qu'il participe à tel ou tel salon ou qu'il demande une bouteille de champagne dans sa chambre ?

– C'est plus compliqué que ça.

– Ah !

Estelle s'enregistre et revient vers Josserand.

– On a le temps de prendre un café. Je vais t'expliquer.

Hébété, il se laisse raconter l'histoire de Pétrus Lagarde, auteur à succès qui pond deux livres par an en s'exclamant : « Il n'y a rien à retoucher, vous pouvez publier. » Sauf que les écrits sont de plus en plus mauvais, le fond plat, l'atmosphère mal travaillée. Or, un Lagarde, c'est minimum quarante mille exemplaires vendus, sans compter les poches, les clubs de lecture, les adaptations télévisuelles. Lagarde est la machine à sous, le fond de commerce des éditions La Martingale. Une machine à sous qui gagne à tous les coups. Par conséquent, il a fallu trouver une solution. Estelle s'est affairée pour dénicher un correcteur-rédacteur dont le nom reste confidentiel. Il retouche depuis cinq ans les romans de Lagarde, redonne du panache aux personnages, de la couleur aux décors. Et ces données sont dans les dossiers de l'auteur. Pas question de livrer ces informations à la presse. Le scandale du viol décuplera l'intérêt des journalistes. Ils vont vouloir tout savoir de Lagarde. Aussi faut-il protéger la maison de ses mauvaises pratiques avant une éventuelle fuite. Certains fouineurs sont capables de glisser quelques gros billets sous le manteau à des employés un peu justes en fin de mois.

La surprise tétanise Josserand sur place. Il aurait voulu rester calme, mais son cœur bat la chamade. Comment peut-on avoir de telles pratiques avec un auteur à fort tirage et demander des efforts incommensurables aux plus petits ?

– Ce que tu me racontes est incroyable.

– Pas du tout, c'est la dure loi des affaires.

– Le scandale qui touche Lagarde risque quand même d'entacher sérieusement la réputation des éditions La Martingale.

– Pas du tout. Au contraire, pour nous c'est une pub gratuite. Les gens achètent l'auteur et non la maison ! Je suis certaine que, si on demande aux gens qui nous entourent par qui est publié Pétrus Lagarde, ils vont te répondre à côté. Le fait d'avoir les lumières braquées sur nous quelque temps à cause d'un auteur pervers permettra de nous introduire dans l'esprit des libraires et c'est bien auprès d'eux qu'on doit assurer une image. Nos livres sont de qualité, se vendent bien et c'est l'essentiel. Je ne suis même pas certaine, vois-tu, qu'on mentionnera le nom de l'éditeur au journal de 20 heures de Christine Ockrent.

– Donc pour vous, aucun danger, sauf si on trouve les quelques preuves compromettantes...

– Que l'on saura effacer par quelques écritures comptables. On peut juste regretter d'avoir perdu notre locomotive, car, ne rêvons pas, c'est aussi grâce à un Lagarde que l'on peut prendre quelques risques pendant l'année.

– Avec des livres comme le mien.

– Oui... car je te rappelle que si je n'avais pas dirigé la barque correctement, tu te retrouvais au fond de l'océan, dit-elle avec un sourire aux lèvres.

Josserand l'embrasse tendrement.

– C'est pour cela que je t'aime, ma chérie.

– Allez ! Arrêtons là cette conversation, il faut que j'aille travailler !

– Je t'ai trouvé un surnom : tu es la miss Marple de l'édition. Attention, chaque détail compte.

– Je t'adore.

Elle a prononcé ces mots avec toute la suavité idoine. Josserand se laisse enivrer par le plaisir. Il se sent ridicule devant cette femme qui côtoie les plus grands, signe les contrats, fait et défait une carrière. Et pourtant elle est si fragile. Assise en face de lui en train d'attraper son sac à main... Au bout d'un moment, il entend sa propre voix qui dit :

– Cette affaire ne doit pas nous faire oublier la nôtre.

Il craint qu'Estelle soit choquée par un tel aplomb. Mais elle sourit avec tristesse. Il lui prend la main et la porte à ses lèvres : c'est une main légère et chaude, une main d'enfant. Il la lâche délicatement. Un parfum d'amande reste devant son visage. Il balbutie :

– J'ai hâte que tu sois ma femme.

* *
*

– Quoi ? Tu n'es pas encore prêt ? crie Estelle en ouvrant la porte de la chambre.

Le regard en coin, la mâchoire tendue, Josserand réplique par un grognement et continue à se raser. Peut-il avouer qu'il fait traîner sa toilette en attendant le facteur ? Cette nuit encore, il a ressassé avec précision tous les détails de la conversation qu'il a eue avec la secrétaire du journal des anciens combattants allemands *Kriegs Veteran,* hebdomadaire situé en plein centre de Berlin. Au retour de Karlsruhe, Josserand s'était décidé à passer une petite annonce : *Cherche les étoiles de mer, répondre au journal qui fera suivre.* Hier, on lui a annoncé que quelqu'un avait répondu. La lettre était partie voilà trois jours. La lame, tenue obliquement, attaque la joue de bas en haut, à rebrousse-poil. Un chemin rose court dans la mousse de savon.

– Et Chipon qui nous attend ! lance Estelle avec dépit.

– Il n'a pas fixé d'heure.

– Non, mais je n'aime pas arriver à des heures indécentes chez des gens qui m'invitent. Tu nous vois arriver à 14 heures ?

Il aurait voulu que l'histoire du monde s'arrête aussi longtemps qu'il n'aurait pas reçu cette lettre. Et si la secrétaire s'était trompée d'adresse… Mais non, il l'a bien inscrite sur le papier en lettres capitales. Une seule explication : un retard de la poste.

– J'ai des problèmes de courrier en ce moment. Pas toi ?

Pas de réponse. Josserand s'essuie le visage avec une large serviette et sort. Justement, Estelle discute sur le palier avec le facteur. Il se glisse dans la chambre et commence à s'habiller. Estelle revient avec quelques enveloppes en main.

– Il est très sympa ton facteur. Il voulait te faire signer une lettre recommandée provenant d'Allemagne. Je lui ai dit que tu étais dans la salle de bains. Du coup, il me l'a laissée.

Josserand s'empare de la missive et déchire les contours.

– Je te rappelle qu'on n'a pas le temps. Tu liras ton courrier plus tard.

– Cette lettre-là est urgente. Excuse-moi.

Il lit :

Vu votre annonce. Contactez-moi au 0049 476972501. Helmut.

Le temps de nouer sa cravate, d'enfiler un gilet, sa veste couleur noisette et il décrète :

– Estelle, je crois que nous allons passer un excellent moment avec ton auteur. Comment s'appelle-t-il déjà ?

– Patrick Chipon.

Avant de sortir, Josserand s'étudie dans une glace. Ses cheveux sont parfumés au jasmin. Son nez domine une lèvre rasée. Une émeraude brille à son doigt. Ses jambes sont tendues d'un tissu gris tourterelle.

– Je n'ai pas très bonne mine ! constate-t-il. Vraiment, la sortie de ce livre me stresse.

– Ce n'est pourtant que dans quatre jours.

Dans la rue, un vent de printemps caresse le visage d'Estelle et celui de Josserand.

– C'est drôle, remarque-t-il, tu vas te retrouver avec deux de tes auteurs, ce midi.

– Oui, j'en suis ravie. Car je vous aime bien. Vous avez beaucoup de prévenance avec moi alors que je vous fais revoir votre copie en permanence.

– Tu ne m'as quasiment pas parlé de notre hôte.

– C'est un homme de génie. Un auteur remarquable.

– Comment peux-tu prétendre une chose pareille puisque c'est la première fois que tu le publies.

L'œil d'Estelle se plisse. De son visage émane une intensité qui trahit le calcul qu'elle est en train de réaliser pour s'en sortir honorablement.

– Parce que Patrick Chipon est le nègre de l'ultime ouvrage de Pétrus Lagarde, tu sais, celui sur l'homosexualité.

– Je m'en doutais. Et c'est quand tu as vu le rendu que tu t'es dit : « Ah ! Voilà quelqu'un qu'il ne faut manquer sous aucun prétexte. »

– Exactement. Car, sur le dernier manuscrit, il fallait tout refaire. On a même changé la fin. Patrick a eu une idée qui illumine le tout. Enfin quelqu'un à connaître. Sauf que tu ne sais rien, bien entendu.

Josserand regarde Estelle avec inquiétude. Ne va-t-elle pas s'enticher de ce vieux sorcier de la littérature ? Mais non. Elle a suffisamment de discernement pour différencier privé et professionnel. Il lui décoche cependant un regard tellement interrogatif qu'elle ne va pas plus loin dans le compliment.

D'ailleurs, durant le repas chez *Vachon*, ils n'échangent que des propos insipides. Estelle profite de cet instant particulier où les deux auteurs discutent des signatures futures, moment important mais tellement nouveau pour eux. Elle sourit en écoutant la juvénilité de leur expérience. Chipon, de son côté, ne sortira son roman qu'en novembre, cuve sa déception de ne pouvoir accompagner Josserand dans les salons de printemps, mais feint la désinvolture. Et Josserand, quant à lui, a la fierté de sortir avant comme si ce hasard du calendrier lui donnait une avance sur son confrère. Pas un mot des deux au sujet de l'affaire Lagarde.

Chipon… Estelle ne l'a pas reconnu. Il a troqué ses vieilles nippes achetées sur les marchés aux puces par des habits plus seyants et actuels. Et il s'est coupé les cheveux. De la tignasse pisseuse ne subsiste qu'un chaume court sur le front et autour des oreilles. Sa tête a diminué de volume au bout de ce long cou musclé. Ainsi coiffé, il ressemble à n'importe quel intellectuel.

À la fin du repas, après les remerciements de convenance, Josserand reconduit Estelle chez elle, à pied, marchant tout près d'elle en lui offrant le bras dès qu'il y a une dénivellation de trottoir. « Je ne suis pas assez aimable avec lui », pense-t-elle. Il monte à l'appartement et demande à téléphoner. Elle lui désigne le combiné.

En prenant l'appareil dans les mains, il éprouve une angoisse profonde, comme si un grand événement allait bouleverser sa vie et qu'il était impuissant non seulement à le surmonter, mais encore à le définir. Il s'assoit sur la chaise disposée tout à côté, saisit crayon et papier. Cet appel lui paraît plein de risques, d'autant plus qu'Estelle n'est au courant de rien. Et pourtant, il faut bien provoquer le destin. Quelque chose en lui s'insurge contre son initiative, contre cette attitude qu'il a eue de vouloir agir seul. Cette peur provient-elle de celle de perdre Estelle ? Il ne saurait pas le dire. Il constate simplement qu'il ne pourrait plus rien faire sans elle. Il a composé le numéro. Un interlocuteur décroche.

– Bonjour monsieur. Je m'appelle Josserand Le Thuilier. Je vous appelle de Paris. C'est moi qui ai mis l'annonce dans le *Kriegs Veteran*, et je vous remercie de votre réponse. Peut-on se voir pour discuter avec ma fiancée Estelle ?

Il ne faut pas un quart d'heure pour s'entendre du lieu de la rencontre : Berlin, bien sûr ; et de la date : premier week-end d'avril, ce laps de temps laissant la possibilité au couple français de s'organiser.

Tout en parlant à son interlocuteur, Josserand contemple avec crainte Estelle qui ne semble pas comprendre la signification de la conversation.

– Très bien, monsieur, merci. Nous serons là, avec toutes nos questions sur l'étoile de mer.

Cette dernière expression tombe au bord de sa lèvre, mollement, et ses yeux saillent, son nez pointe vers une Estelle de plus en plus interrogative. D'ailleurs, elle quitte la pièce d'une démarche raide. Après avoir raccroché, il retourne auprès d'elle. Il lui explique qu'il a pris les devants, publié une annonce dans un journal et reçu le matin même la réponse d'un homme manifestement au courant de l'existence et de la signification de l'étoile de mer. Elle l'écoute sans broncher. Tout en lui parlant, il la contemple et songe qu'il l'aime mieux dans sa robe bleue que dans cet ensemble trop strict. Il ose d'autant moins le lui dire qu'il se sent déjà coupable, pris en défaut une première fois.

– Crois-tu que ce soit bien ce que tu viens de faire ? De quel droit tu as agi de cette façon ? Même si tu veux m'aider, et c'est tout à ton honneur, tu n'as et n'auras jamais le droit de diriger ma vie.

– Tant pis, dit-il. Pour cette fois, il est trop tard.

Elle trouve sa réponse bien légère, mais n'ose protester plus avant. Qu'aurait-elle fait à sa place ? Sans doute la même chose. Elle aurait déplacé ciel et terre pour faire avancer son compagnon.

– Je ne te blâme pas, Josserand, mais, tu sais, ce que je vis est une révolution. Et une révolution ne s'improvise pas. Il faut préparer les esprits.

– Je suis désolé, dit-il avec simplicité.

– Alors, comme tu as fait les choses tout seul, tu iras voir cet Helmut seul.

L'air est imprégné d'une odeur de café fraîchement coulé. Le parquet craque à chaque mouvement des pieds. Les silhouettes se reflètent au plafond. À cause de l'éclairage artificiel, ce spectacle est si insolite que Josserand croit en être la marionnette. Et pourquoi Estelle refuserait de venir rencontrer Helmut à Berlin ? Par peur ou par orgueil ?

– Estelle, je…

– N'insiste surtout pas si tu veux éviter que l'on se fâche. Tu apprendras à me connaître, mais ce genre de comportement me déplaît tout à fait.

Les yeux de Josserand s'attristent. Craignant de l'avoir trop brutalement déçue, il reprend avec un sourire :

– En tout cas, je me réjouis de faire ta connaissance chaque jour. J'apprendrai. Passe l'éponge cette fois. Je rachèterai ma faute.

Cette réponse stupide achève de la mettre en colère. Elle bombe le torse.

– Quelle faute ?

– Celle de ne pas t'avoir parlé de mon projet.

– C'est moi qui ai commis une faute ! Celle de t'avoir écouté. Du coup, ça t'a donné des ailes.

Elle élève la voix comme si elle avait envie que le voisinage entende son réquisitoire.

– Tout le mal a commencé le jour où je me suis laissé embobiner par ton envie de percer le mystère. Avoue plutôt que c'est toi le chercheur invétéré qui a soif de savoir. C'est toi le passionné. Tu considères que c'est un devoir sacré, pour nous deux, de trouver l'énigme. Mais ça va me servir à quoi de savoir que j'ai un père ceci ou cela. Le choix de découvrir mon passé m'appartient, m'as-tu entendue ?

Elle se tait, à bout de souffle, remuée jusqu'au ventre par une émotion animale. Cependant, Josserand demeure immobile, muet. La lampe aux reflets jaunâtres lui modèle un masque tendu. Évidemment, il ne peut accepter les accusations qu'elle porte contre lui. Il respire lourdement. Son regard, empreint d'une incompréhension, descend vers ses chaussures, tel un enfant fautif que l'on vient de mettre au coin. Il met son manteau.

– Où vas-tu ?

– Je rentre.

Elle ne fait rien pour le retenir. Sur le seuil, il se retourne. Estelle n'a pas bougé. À cette distance, il ne parvient pas à distinguer l'expression de son visage. Elle semble mâcher quelque chose avec force. Au bout d'un moment, il comprend qu'elle pleure.

XI

En allant rendre visite à Pétrus Lagarde à la prison de la Santé, Estelle décide de lui laisser ignorer l'article paru dans un journal de droite le matin même, traînant dans la boue l'auteur à succès. À quoi bon le tourmenter dans sa cellule avec ces odieux papiers, alors qu'il a besoin de tout son calme pour affronter le procès ? Marchant vers l'imposant établissement pénitentiaire, elle s'enfonce, les yeux ouverts, dans un univers sinistre. C'est jour de visites. Des voitures se garent un peu partout. Les parents des prisonniers se saluent, en descendant de leur véhicule, dans la cour. À force de se rencontrer, ils ont appris à se connaître. La plupart sont chargés de paquets. Dans celui d'Estelle, il y a des livres dont celui de Josserand, paru la veille. Elle répond aux sourires qu'on lui adresse, passe le contrôle en fournissant une pièce d'identité et donne le nom du prisonnier qu'elle désire visiter. L'homme jette un regard sur la liste qu'il tient à la main.

– Il me semblait bien… Il n'est plus là.

Sous le choc, la tête d'Estelle se vide.

– Il a été transféré ? balbutie-t-elle.

– Non. Il est sorti.

– Quand ?

– Hier.

– À quelle condition ?

– Je n'en sais rien. Et je n'ai pas le droit de délivrer des informations comme ça. Où vous croyez-vous ?

– Je vous prie de m'excuser. Je suis étonnée.

– De ne pas être au courant ?

– Oui.

– Bon, écoutez, j'ai d'autres choses à faire. Auriez-vous l'obligeance de vous en aller. Vous n'avez plus rien à faire ici.

Il hausse le ton. Estelle pense aux livres qu'elle a dans son sac et se sent tragiquement ridicule.

– Donnez ceci à la bibliothèque, dit-elle en posant le paquet sur une marche.

Elle traverse la petite cour, la tête haute, malgré la faiblesse de ses jambes et la colère qui l'envahit. Impossible que Chaumont ne soit pas au courant de ça.

Les parents de prisonniers, qui attendent leur tour de visite, la scrutent avec compassion, pensant certainement que son mari ou compagnon est sorti sans le lui dire. On chuchote sur son passage.

« Non, ça, c'est trop fort… pense-t-elle. Je suis son éditrice, je lui évite la presse, les regards indiscrets et, lorsqu'il sort, il ne me dit rien. Jusqu'où ira l'ingratitude de ce salaud ? »

En rentrant à la maison d'édition, elle trouve Chaumont dans son bureau. Une envie de gifler ce ventripotent rasé de près l'envahit. Elle se pince pour se retenir. Il lit la presse du matin.

– Soyez content ! s'exclame-t-elle. Votre protégé est sorti de la prison de la Santé hier.

Il relève la tête.

– Je le sais. Je pensais vous le dire ce matin, mais vous n'êtes pas passée ici avant.

– Vous n'auriez pas pu me téléphoner, me prévenir hier soir à mon domicile ?

– C'est que j'ai été extrêmement occupé. Il a fallu débloquer les à-valoir de son prochain roman pour payer les frais d'avocat.

– Pourquoi ? Avec ce qu'on lui donne chaque année, il n'a pas de quoi se les payer tout seul ?

– Non.

– Je rêve.

– Et on va faire un carton avec son dernier. La presse parle de lui partout. Les gens qui ne l'ont jamais lu veulent découvrir la curiosité « Lagarde ». Et je ne vous dis pas tout. On tire à 70 000.

Chaumont saisit quinze centimètres de journaux.

– Tenez. Je ne vous mens pas.

Elle se jette sur le tas avec voracité. Des titres en caractères gras lui sautent à la figure : « Coup de théâtre romanesque dans l'affaire Lagarde » ; « L'auteur à succès libéré de prison » ; « Le juge permet au romancier le plus aimé des Français de préparer sa défense » ; « Tout est bien qui finit bien »...

Çà et là, des photos officielles de Pétrus, achetées aux agences de presse, et de son avocat, superbe d'assurance. Du *Figaro* à *Libération* en passant par *L'Humanité* et *Le Parisien*, toute la presse fait état de ce qui s'est passé sans véritablement savoir : une jeune fille de dix-sept ans aurait porté plainte pour viol avant de se rétracter quelques jours plus tard. Le regard d'Estelle court sur les lignes avec autant de passion que si elle lisait une déclaration d'amour. Au fur et à mesure qu'elle avance dans ce panégyrique de son auteur, atrocement accusé pour les uns, énorme salaud pour les autres, elle prend conscience de l'appui que Chaumont est en train de donner à la locomotive de la maison.

– Je déteste ce battage, dit-elle. C'est beaucoup trop. On est en train de le desservir. Aujourd'hui, les gens le regardent, demain, ils ne garderont que le négatif et ne le liront plus. Si ça continue comme ça, Lagarde est un produit fini.

Chaumont balance sa tête de bowling, aux joues flasques et au crâne luisant.

– Vous vous méprenez.

– Jamais. Vous, les financiers, vous n'y connaissez rien au monde éditorial ! Vous regardez les chiffres en bas d'une page sans aucune stratégie. Moi, j'ai de l'expérience et je peux vous assurer qu'après le feu de paille il ne restera de Lagarde que des cendres.

Chaumont tressaille. Cette affirmation fouette son énergie comme une provocation.

– On l'aidera à se remettre, à reprendre le dessus. Il changera d'air durant une année et il reviendra plus fort encore.

Silence.

Pour rompre la gêne qui s'installe dans la pièce, Estelle propose au directeur de téléphoner au service commercial pour connaître les meilleures ventes de la semaine précédente. Il acquiesce. Elle joint sans difficulté le chef de service. Pendant qu'elle lui parle, Chaumont observe un silence de stricte discrétion. La conversation dure longtemps pour apprendre que la meilleure mise en place de la semaine, c'est Josserand Le Thuilier avec 15 000 exemplaires. Mais le service est sens dessus dessous à cause du scandale Lagarde. Le responsable prétend que si les commandes continuaient d'augmenter de cette manière, il faudrait penser à embaucher. Enfin Estelle raccroche le combiné et Chaumont déclare, le visage rayonnant :

– Je vous l'avais dit.

– Ça ne durera pas.

– Pour une fois, Estelle, vous vous trompez.

– Je vous démontrerai que non.

Chaumont se félicite de sa clairvoyance, roucoule de satisfaction. On dirait que l'apparente erreur d'Estelle le réjouit plus que l'augmentation des ventes de Pétrus Lagarde. Sur quoi, l'éditrice annonce à son patron qu'elle prendra un week-end prolongé à Berlin, histoire de faire le vide.

– Berlin, quelle belle ville ! Vous partez en voiture ? demande le directeur.

– Non, en Caravelle.

– Ah oui, c'est vrai ! Vous êtes une adepte de l'avion.

Il ne songe pas à la retenir. Et pour cause. Une tripotée de journalistes attend Estelle dans son bureau. Ces fouineurs croient la mettre sur la sellette, mais, loin de la démonter, chaque piège qu'ils lui tendent la fait rebondir. Elle s'amuse à commenter la pression médiatique autour d'un auteur accusé sans preuve de faits que seule la justice peut apprécier.

– Ce qui compte chez Pétrus Lagarde, n'est-ce pas son talent ? affirme-t-elle.

Quand elle hésite sur une réplique, c'est Me Singre, avocat des éditions La Martingale, qui prend le relais. Hormis le fait que l'homme de loi vendrait de la glace à des Esquimaux, tous les deux réussissent à mettre les journalistes dans leur poche. Payant d'audace, l'un d'eux dit à l'avocat :

– Entre nous, cette affaire ravit votre client qui va décupler les ventes dans les prochains temps. On entend le nom de Pétrus Lagarde sur toutes les ondes. Et puis ça va permettre…

– De démontrer l'énorme talent de l'auteur, continue l'avocat. Des milliers de lecteurs vont découvrir l'intensité de ses mots, le suspense qui s'étale dans chaque page et qui tient les gens en haleine. On a voulu détruire par la calomnie une valeur sûre. Mais le public, qui est le seul juge, saura faire la différence.

– Et comment se porte Pétrus Lagarde après une telle affaire ?

– Il va bien, répond Estelle. Je pense que ces derniers jours ne seront plus dans quelques mois que de très mauvais souvenirs. Il faut lui laisser le temps de reprendre des forces et de se ressourcer.

Pendant tout l'entretien, un photographe mitraille le couple : l'avocat glorieux et l'optimiste éditrice, debout, côte à côte et souriant de leur commune conférence de presse. Enfin, avant que les importuns ne déguerpissent, le même journaliste pose une ultime question :

– Quand le reverrons-nous ?

– Vous savez, Pétrus n'a jamais été un grand communicant, mais je viens de recevoir une invitation de Michel Polac pour son émission « Droit de réponse ». À mon avis, il acceptera volontiers.

L'avocat la fusille du regard.

– Enfin… la justice a libéré le corps de notre ami, mais non son esprit. Sans doute lui faudra-t-il un peu de temps pour affronter un plateau de télévision.

En sortant de la conférence de presse, Estelle se remet immédiatement à son travail d'étude de manuscrits. Mais, durant tout l'après-midi, la sonnerie du téléphone hache le silence. Tour à tour, organisateurs de salons, libraires décrochent le combiné. La plupart, ce sont des connaissances professionnelles de Pétrus qui l'appellent pour l'encourager dans cette triste épreuve. Or l'auteur ne désire toujours pas être dérangé pour des affaires quotidiennes. Quel qu'il soit, le correspondant a le droit à la même réponse évasive de la part d'Estelle :

– Je lui transmettrai votre appel…

Estelle note sur un morceau de papier le nom des appelants. Elle le donnera à Pétrus Lagarde en temps utile. Pour l'instant, il est l'heure de quitter le bureau. Après tout, elle a une vie privée. Elle songe à Josserand qui lui a promis de l'appeler dans la soirée. Elle croit entendre sa voix tandis qu'elle se dirige vers la sortie. La grisaille et la saleté de la rue, la bousculade aveugle des passants, l'odeur de poussière et de gaz d'échappement qui monte de la ville lui paraissent annonciatrices d'une soirée banale. Elle préparera sans doute le prochain week-end à Berlin. Dans un premier temps, elle avait refusé d'y aller. Josserand l'a convaincue avec conviction et fermeté. Elle grimpe dans un taxi et se fait arrêter un peu plus loin, devant un kiosque, pour acheter les journaux du soir. Un titre de *France Soir* retient son attention : « Pétrus Lagarde, blanc comme neige ? ». Remontée dans la voiture, elle découvre un article sur les vicissitudes sexuelles de l'auteur populaire. Une formule choque particulièrement l'éditrice :

Qui est cet homme accusé de viol sur mineure, puis lavé de tout soupçon, qui décrit dans ses romans les difficultés de la ménagère de cinquante ans ?

Ailleurs, elle voit sa propre photo, prise à la sauvette dans une rue ou un lieu public, qui s'étale à côté de celle de Pétrus Lagarde avec en légende :

L'auteur est-il bien conseillé ?

À l'idée que ces images ont dû être tirées à des centaines de milliers d'exemplaires, qu'elles sont déjà répandues dans toute la France, Estelle éprouve une gêne désagréable. Elle a un rôle à tenir et à assumer. « De toute façon, se dit-elle, ils finiront bien par se calmer... »

Le lendemain, *Le Parisien* titre en première page : « Lagarde chez Polac ».

*   *
*

Le voyage commencé le jeudi matin est long et pénible. Estelle et Josserand attendent à l'aéroport Charles-de-Gaulle depuis deux heures déjà. Un problème technique cloue l'avion au sol et le manque de coordination entre les différents services rend les choses encore plus pénibles à vivre. Josserand est dans tous ses états : il tempête, menace et obtient un bon repas pour deux. Mais il y a un tel monde au restaurant qu'il ne reste qu'une place près de la porte qui donne sur le balcon où des dizaines de curieux viennent admirer les avions sur la piste. Un courant d'air refroidit la poitrine d'Estelle si bien qu'elle arrive à Berlin enrhumée.

Immédiatement, ils se font conduire à l'hôtel. L'entrevue avec Helmut n'a lieu que le lendemain à 10 heures. En attendant, le couple peut visiter et profiter de cette ville si particulière, coupée en deux par un mur et des fils barbelés. Une lumière douce souligne les moindres reliefs des monuments : l'Alexanderplatz, la porte de Brandenburg ou encore l'église du Souvenir. Après le bouillonnement de Paris, Estelle est frappée par la discipline rigide, le calme glacé de l'ancienne capitale du Reich. Tout ici paraît solide, raisonnable, enraciné dans la discrétion et la crainte de l'autorité policière, très présente dans les rues. À Paris, on a envie de bouger ; à Berlin, de rester à sa place et de se taire. Rien qu'à contempler les boulevards, le comportement des habitants, elle comprend qu'ici bonheur et obéissance ne font qu'un. Josserand, de son côté, philosophe sur l'existence de ce mur infâme, résultat d'une guerre froide stupide. À l'entendre, les dirigeants se sont montrés orgueilleux et n'ont pas suffisamment pris en compte les exigences du peuple. Selon lui, une ville ne se sépare pas, une frontière n'a pas sa place au beau milieu d'un boulevard. Acquiescer à ce genre de folies, c'est permettre aux dictateurs de faire n'importe quoi. Le mur de Berlin demeure pour Josserand le mauvais exemple dans le monde entier.

Estelle l'écoute avec attention et pense à la relation qu'elle entretient avec son auteur... Déplorable habitude pour elle depuis l'âge de quinze ans de chercher à savoir ce que les hommes pensent d'elle, de les déstabiliser et de s'en débarrasser dès qu'ils sont à ses pieds. Alors même qu'elle a été déçue des dizaines de fois, Josserand s'est présenté avec ses droites pensées, son propre passé, ses idées humanistes, sa façon d'analyser les problèmes de l'existence. Il plaît à Estelle d'aimer un homme consciencieux, passionné par son travail avant de retrouver le soir le même homme abandonné aux désordres du plaisir. Elle apprécie de le voir si attentif, si studieux, si détaché d'elle au cœur de cette ville coupée en deux et de se dire que, dans moins d'une heure, il aura oublié dans ses bras les affres de l'histoire. Aucun de ses anciens flirts, ébauchés ou accomplis, ne lui a procuré cette sensation de mâle solidité et de probité sereine. Au fait, combien a-t-elle eu de partenaires occasionnels ? Quatre ou cinq, tout au plus. Machinalement, elle les passe en revue. De jeunes visages interchangeables défilent dans sa mémoire. Piètre palmarès. Tous l'ont divertie ; pas un n'a accaparé son esprit comme Josserand, dont elle ne se lasse pas en secret d'épier le moindre froncement de sourcils, le moindre geste. Le visage tourné vers lui, elle s'emplit du spectacle de cette lourde tête penchée sur les monuments berlinois, de cette grande main de bûcheron qu'elle sent dans la sienne. Elle se réjouit de son intelligence, de sa résistance. Car Josserand sait ce qui est bon pour Estelle. Il la pousse dans ses retranchements. Il émane de lui un rayonnement de simplicité et de force. Peu importe qu'il s'habille parfois d'une façon trop classique, qu'il soit un peu trop franc en société : tel quel, il représente pour Estelle l'homme cru, l'homme vrai dont elle a toujours rêvé sans le savoir, un homme qui va de l'avant en dépit des obstacles, parfois même en dépit de sa volonté à elle, un homme imparfaitement équarri, soit, mais irrésistible, convaincu, fonceur, généreux. Bien entendu, de temps en temps, elle se doit de l'affronter pour reprendre du terrain.

En même temps, elle se réjouit que ce soit un auteur, passionné par son métier. Il est bon, pense-t-elle qu'il la délaisse parfois afin de se plonger dans des études qui l'éloignent de l'amour car, ensuite, il revient à elle avec une soif plus ardente. Sans doute est-il nécessaire qu'un amant soit passionné par ses activités professionnelles pour être mieux à même d'apprécier, le moment venu, les charmes de sa fiancée ? Estelle s'aperçoit qu'en étant inconsciemment en quête de son père ce dernier l'a empêchée de veiller sur son propre sort. Il l'a frustrée en monopolisant son attention. Aujourd'hui, en lui mettant les yeux sur le fond du problème, Josserand la libère et lui permet de rattraper le temps perdu. Tout bien réfléchi, elle ne regrette pas ce voyage à Berlin qui va lui permettre de voir plus clair. Et contrairement à son ami, elle n'a nul besoin de l'absurde sacrement du mariage pour se sentir à la fois dépendante et dominante auprès de celui dont elle choisit de suivre la route. Comblée au-delà de ses espérances, elle propose à Josserand de rentrer à l'hôtel.

– Oui, ma chérie, nous aurons une journée éprouvante demain.

En prononçant ces mots, il arbore l'expression d'un petit garçon qui entend sonner l'heure de la récréation. La tête dressée, l'œil brillant, il rayonne, fatigué et espiègle. Toute sa séduction, estime Estelle, réside dans cette survivance de l'enfant indiscipliné, derrière le masque de l'homme mûr, posé, méthodique, conscient de ses talents d'historien et de ses devoirs de futur mari. Josserand hèle un taxi. De l'endroit où ils se trouvent jusqu'à l'hôtel, il n'y a que quelques minutes. Josserand pose discrètement sa main sur celle d'Estelle. Avant même d'avoir pris conscience de ce passage vertigineux d'une vie à l'autre, Estelle se retrouve dans la chambre aux rideaux tirés. C'est le couronnement de la journée ; vêtements arrachés, nudité relevée dans la pénombre, ils n'ont qu'une hâte : se coller peau contre peau. Sont-ce les mêmes êtres qui, tout à l'heure, habillés et circonspects, s'épiaient tout en parlant du mur de Berlin et qui, maintenant, s'entre-dévorent de baisers et mêlent leurs membres sous les draps ? Au moment le plus aigu de la jouissance, Estelle se rappelle le visage ahuri et paniqué de Me Singre à l'annonce de l'émission de Polac et a envie d'éclater de rire. Son plaisir est à la fois ironique, provocant et profond. Ils restent un moment allongés l'un contre l'autre, à se reposer, à profiter l'un de l'autre. D'une main hésitante, elle cueille sa montre-bracelet qu'elle a déposée sur la table de chevet. Elle s'écrie :

– 21 heures ! Déjà ! On fait monter le repas ?

Josserand se lève le premier pendant qu'elle s'étire. Après qu'elle s'est rafraîchie, rhabillée, recoiffée, il appelle la réception et commande deux salades folles avec une bouteille de vin de Bourgogne. Puis il lui prend la main.

– Estelle, je voudrais que tu viennes vivre avec moi.

Cette invitation la déroute. Elle balbutie :

– Ce n'est pas possible, Josserand.

– Pourquoi ?

– À cause de ce que je vis au travail. Je ne pourrai pas me libérer avant que l'affaire Lagarde ne soit terminée.

– Ne m'as-tu pas expliqué que personne ne connaît ta vie privée au boulot ?

– Si… bien sûr. Mais… je dois te dire.

Un silence épaissit l'atmosphère.

– Tu as à me dire quoi ?

– Polac m'a appelée pour recevoir Pétrus dans son émission.

– Oui, je sais.

– Eh bien, j'ai assujetti mon accord à celui de l'auteur d'abord. Je ne doute pas, d'ailleurs, que Chaumont ne le pousse pas sur le plateau des deux pieds pour faire monter le tirage. Mais j'ai mis une seconde condition. Que tu sois également invité.

– Quoi ? Moi chez Polac, tu es cinglée ?

Elle lui plante un baiser sur la bouche.

– Je suis certaine que tu seras excellent.

– C'est la pire émission à scandale de la télévision. Les invités s'apostrophent, se battent parfois, dans un nuage de fumée et dans les vapeurs de l'alcool.

– Oui, mais c'est également la plus vendeuse. Je te brieferai. On profite de Lagarde pour te pousser.

– Ce… ce n'est pas possible…

– Tu te souviens du coup que tu m'as fait pour Helmut… Je n'ai pas eu le choix. Eh bien, considère que je te retourne la situation. Pour ton bien !

Il la foudroie du regard. On frappe à la porte. Un garçon stylé d'une vingtaine d'années apporte leur plateau-repas.

– Merci, dit Josserand en tendant une pièce pour le faire déguerpir au plus vite.

« Décidément, je ne suis pas de taille à lutter contre cette femme. Et pourtant, elle est fascinante d'énergie. » Voici que meneur, il devient mené.

– J'ai tellement peur d'être mauvais. Polac, te rends-tu compte ? Je vais me faire laminer.

– Je te reconnais bien là, mon chéri. Ton excès de retenue finira par te rendre la vie impossible. Toi, tu n'as aucune raison de te tourmenter. Lagarde, oui.

– Je ne sais pas. Polac ? Je n'y crois pas encore.

– L'audience sera à son apogée. L'affaire Lagarde est le plus énorme scandale dans le milieu littéraire depuis l'avènement de Mitterrand.

– Je ne suis pas certain que ça me rassure.

– Mais, mon chéri, tu me l'as dit toi-même : je ne t'abandonnerai jamais. On affrontera l'adversité ensemble. Je vais te prouver que je peux aussi t'aider.

Il ne relève pas l'ironie piquante de cette remarque. Il préfère acquiescer. Et se coucher.

En pleine nuit, il se relève, attiré par le bloc de papier sur le secrétaire. Il allume la lampe de chevet. Il prend un stylo et, aussitôt, un film vertigineux se déroule dans sa tête. Sa main ne s'arrête plus. Phrase par phrase, il revit la journée d'épouvante qui l'a privé de sa femme et l'a conduit dans les retranchements de la solitude. Il s'était retrouvé seul à l'hôpital, unique survivant de l'accident. Les amis qui venaient le dimanche matin prendre l'apéritif à la maison : les notables, les commerçants, le boulanger… Il cherche les noms. L'un deux s'appelait René-Victor Dauphin, un spécialiste de l'olive, sous toutes ses formes. Josserand est content de s'en être souvenu. Et pourtant, ça n'a aucune importance. Le choc léger des verres, les exclamations joyeuses. Tout cela est si proche que Josserand croit entendre encore le concert d'une demi-douzaine de verres. Et, parmi ces braves gens, il y en a qui l'ont accusé de prendre le volant après avoir bu plus que de raison. Comment est-ce possible ? Il a juré ne plus faire confiance à quiconque. À qui se fier ? Non, il faut se préférer à tous. Il n'y a qu'Estelle qui lui ait redonné confiance. Elle a été dure. Mais il lui a tendu la main en disant : « À vous de prouver. » Il a travaillé de toutes ses forces, puis a commencé à se considérer pour être de nouveau disponible : il s'est limé les ongles, s'est épilé les sourcils, parfumé pour plaire et se plaire.

Josserand s'arrête d'écrire le récit du drame. Il a l'impression qu'une morte lui demande de rejoindre Estelle dans le lit et de l'aider. Car une dure journée l'attend demain.

XII

À FORCE DE VOULOIR DORMIR, Estelle s'éveille tout à fait. Une nuit noire masque la fenêtre. L'éditrice allume la lumière. Cinq minutes avant le réveil. Elle aperçoit la montre et retrouve aussitôt son angoisse et son exaltation de la veille. À l'approche du rendez-vous avec le fameux Helmut, ses sentiments perdent de leur caractère sublime. Son corps se met à avoir peur en même temps que son esprit. Ce phénomène, elle le connaît bien pour l'avoir éprouvé avant d'aller au cimetière de La Cambe. Estelle ne sait pas ce qu'elle va entendre aujourd'hui. La gêne qui en résulte pour elle se complique à l'idée d'avoir des renseignements que Margaretha n'a pas voulu lui délivrer. Cependant, elle doit reconnaître que le fait d'aller rencontrer ce vieux monsieur avec Josserand lui paraît plus facile que de s'y rendre seule. La vie ne compte pas quand nul ne compte pour vous dans la vie. Pour Estelle, cette phrase semble avoir pris tout son sens.

Deux heures plus tard, le couple se met en route, à pied. Helmut habite au-delà du boulevard.

À pas égaux, elle dépasse la porte avec un Josserand rassurant à ses côtés. De temps à autre, il prend prétexte du brillant étalage des vitrines pour s'arrêter et détendre l'atmosphère en commentant les objets exposés : lustre de cristal, fauteuil Louis XV. Incroyable, ce contraste entre la richesse de Berlin-Ouest et l'ascétisme de l'Est. Comme si en politique il fallait choisir entre les grands projets et le consumérisme. Croire à un idéal, c'est renoncer à l'eau chaude.

Le nombre de passants augmente. C'est le quartier de Berlin où la proportion des gens les plus aisés est la plus forte. Le flux et le reflux de l'argent baignent ces magasins pleins de vendeurs obséquieux et de clientes difficiles, les pénètrent, les imbibent comme des éponges. Sans doute l'égoïsme, l'inégalité, la futilité, la vanité forment-ils le meilleur climat pour l'éclosion des objets d'art. Les touristes passent devant le couple. Beaucoup de jeunes.

Enfin, la Bismarckstrasse, numéro 6. Une maison cossue, entourée d'une modeste pelouse et d'une grille.

– Allez, Estelle. Courage.

Josserand sonne. Helmut reçoit le couple dans un salon meublé à l'orientale, avec des sofas très bas, des coussins de cuir multicolores posés par terre, des tapis sur les murs, des tables naines, incrustées de nacre dans tous les coins et un narghilé au centre de la pièce. Des pastilles odorantes fument dans un brûle-parfum. Le maître de maison est vêtu d'une robe de chambre en cachemire, chaussé de babouches jaunes et coiffé d'un fez.

Devant l'étonnement à peine joué d'Estelle, Helmut se justifie :

– J'ai fait la guerre en Libye dans l'Africa Korps avec le Generalfeldmarschall Erwin Rommel à sa tête. Je n'en ai gardé que les bons côtés.

Et il continue à expliquer qu'il a aimé l'Afrique, au point d'avoir recréé chez lui l'atmosphère du pays. Ainsi attifé, il ressemble, avec ses traits pointus, son toupet sur le front et ses longues jambes, à un oiseau échassier porteur d'un somptueux plumage.

– Je vous en prie, prenez place !

Il y a une étrange gaieté dans la voix d'Helmut. Estelle et Josserand s'assoient sur des coussins rembourrés.

– J'ai répondu à votre annonce avec beaucoup de circonspection, dit Helmut sur un ton calme. Qui sont ces gens qui veulent avoir des détails sur la signification de l'étoile de mer ? Je compte bien aujourd'hui que vous m'éclairiez !

Ce disant, il dirige vers ses hôtes un regard de curiosité tandis qu'Estelle, rassurée par la sympathie de son interlocuteur, lève les yeux vers lui en lui adressant un sourire distrait. Josserand cligne des yeux comme pour encourager sa compagne.

Et elle raconte sa conversation avec sa mère avant son décès, la découverte des lettres et de l'étoile de mer, ses recherches fructueuses qui l'ont emmenée au cimetière de La Cambe, la découverte d'une photo dans un livre, l'existence du meilleur ami de Karl, Ferdinand, frère de la meilleure amie de sa mère, une certaine Margaretha. Margaretha qui sait des choses mais qui ne désire pas en dire davantage. Le temps d'un éclair, Estelle évoque la difficulté pour elle de se construire sans connaître le passé de son père. D'année en année, elle s'est habituée à vivre sans. Mais si, aujourd'hui, on lui offre la possibilité de savoir, elle est prête à entendre.

Helmut écoute avec attention. Josserand est frappé par l'esprit de synthèse de cette femme qui sait utiliser les atouts de son métier. Elle a su tirer la substance de chaque fait pour les mettre en valeur.

Des yeux bleus brillent derrière les lunettes d'Helmut. Il a un je-ne-sais-quoi d'un philosophe allemand. Il éprouve un élan de bonté envers Estelle dont la force de persuasion vient, sans doute, de sa souffrance.

– Je comprends, dit-il.

Il sourit et continue :

– Nous étions quarante-neuf hommes et une femme à porter l'étoile de mer, symbole de notre appartenance secrète à un groupe de résistants en contact avec les Alliés. Tous avaient des responsabilités plus ou moins importantes dans les sphères organisationnelles de l'appareil nazi. Karl, votre père, était un véritable héros, madame. Il a probablement sauvé des dizaines de vies. De cela, il ne faut pas douter.

Sa voix déraille. Les yeux fixés sur le visage d'Estelle, Helmut est hypnotisé par ses souvenirs. Des pensées incohérentes lui traversent la tête. Il revoit le désert, la chaleur accablante, un camarade tué au combat à Mourzouk, assistant au passage des convois, les renseignements envoyés aux Anglais commandés par Montgomery, en morse codé. Et plus ces images paraissent éloignées de la situation présente, plus il les sent nécessaires pour expliquer le récit qui va suivre. C'est comme si tout son passé d'agent double était un encouragement aux efforts de la confession.

– Aidez-moi, supplie Estelle.

Elle lui parle de si près qu'il respire son haleine sans entendre ses mots.

– Vous voulez bien ? reprend-elle.

Cette prière le bouleverse. Il comprend que la parole est à lui.

– Seuls certains membres se connaissaient entre eux. Il était en effet dangereux d'entretenir des rapports amicaux dans ce genre d'organisation. Écarter les sentiments des actes était la ligne de conduite. Sans doute, dans le cas de votre père, était-ce une exception ? Peut-être même avait-il enrôlé Ferdinand dans l'organisation ? Je ne sais pas. Nous

nous rencontrions rarement. Quand c'était le cas, nous nous reconnaissions au port du bijou.

– Vous étiez en Libye et en Tunisie ! Vous étiez sans doute le plus excentré ?

– Détrompez-vous ! Il y avait des membres dans le monde entier pour renseigner les Anglais.

– Comment en êtes-vous arrivé à intégrer le réseau ? demande Josserand.

Helmut prend une pause avant d'expliquer qu'à la mort de son père il est entré dans l'armée. N'ayant plus de contact avec sa famille, il restait à la caserne toutes les fins de semaine. Ses résultats étaient excellents, son assiduité hors norme. Et soudain, ce fut le coup de tonnerre : à quelques jours de la venue du général dans l'établissement, le commandant organisateur de la réception a ressenti une violente crise de goutte, Helmut l'a soigné et lui a promis de prendre en charge toute l'organisation. On le récompensa pour tant de bravoure en le nommant sergent-chef sans examen. Puis le parti nazi est arrivé au pouvoir. Helmut ne partageait pas les idées mais ne désirait pas quitter l'armée qui le faisait vivre. À la veille de la guerre, il était devenu sous-lieutenant. Sans avoir aucune animosité ni contre les Juifs ni contre les minorités. Bien sûr, il ne se confessait à personne, même s'il était tenté de plus en plus de démissionner. À ce moment, il s'est rappelé d'une parole de son père : « Mon fils, n'oubliez jamais dans la vie qu'il y a deux espèces de gens : ceux qui ont les armoiries du mérite et ceux qui n'ont que des armoires. » Et il est resté.

La guerre a éclaté. Il a demandé à partir pour l'Afrique où les atrocités étaient, d'après lui, plus faciles à supporter. Engagé auprès de Rommel, il était au cœur du conflit. Le soir, il fallait supporter les propos racistes des gradés : « Les Juifs, c'est comme les Arabes, on les attrape par la mer. » Pendant que ses camarades riaient à gorge déployée, lui gardait un silence douteux que ses camarades mettaient sur le compte de l'éloignement et du mal du pays.

Un jour, en pleine intervention, il a croisé avec son équipe un tombereau chargé de cadavres. Il est descendu du char. Deux femmes semblaient prier aux pieds de leurs chers disparus. En s'avançant plus près d'elles, Helmut s'est aperçu que c'étaient des Anglais qui avaient revêtu des djellabas de femme au-dessus de leurs uniformes. Lorsqu'ils ont croisé le regard d'Helmut, ils ont cru leur dernier moment venu. Helmut n'a rien dit, est remonté sur le char et leur a laissé la vie sauve. Une nuit, il a été fait prisonnier avec une dizaine d'hommes et emmenés les yeux bandés vers une destination inconnue. Le désert regorgeait de cachettes. Ce pourquoi Rommel et ses panzerdivisions avaient bien du mal à s'en sortir. Helmut est arrivé après deux heures de route au cœur d'une caravane. Il reconnut immédiatement les deux militaires à qui il avait laissé la vie sauve. Il s'est ensuite retrouvé sous une tente avec un civil d'une cinquantaine d'années, maigre, vêtu d'habits européens, les cheveux dressés sur un front haut, l'œil aigu, le menton rasé, un pli ironique au coin des lèvres. Un Anglais !

– Vous avez sauvé deux soldats du pays.

Helmut respirait. Il avait des chances d'avoir la vie sauve, en retour de ce qu'il avait fait pour eux.

– Je ne veux rien savoir de vos origines. Votre nom même m'importe peu. Je veux juste vous entendre dire pourquoi vous avez laissé deux soldats ennemis en vie ? Pourquoi vous avez donné de l'argent furtivement à une mendiante la semaine dernière en prenant soin de ne pas vous faire remarquer ? Par ailleurs, vous parlez parfaitement l'anglais donc vous comprenez parfaitement ce que je viens de vous dire.

Et Helmut a pensé : « Il est renseigné. Il sait pertinemment que je ne suis pas ici par choix. »

– Puis-je compter sur votre aide ? a demandé l'Anglais.

L'instant critique était arrivé. La poitrine d'Helmut s'est vidée.

– C'est impossible, monsieur, bredouilla-t-il.

– Pourquoi ?

Le trouble d'Helmut augmentait. Il jeta la première excuse qui lui venait à l'esprit :

– Je fais partie de l'armée allemande, monsieur. Je suis votre ennemi. Je ne peux pas vous venir en aide !

– Je sais, je sais, dit l'Anglais avec un sourire en biais.

Son regard enveloppa Helmut qui crut y lire un moment de l'ironie à cause de sa tenue. Helmut était en pyjama. Mais non. L'Anglais avait des préoccupations autres que vestimentaires. Le sourire avait déjà disparu de ses lèvres. Il reprit d'ailleurs avec beaucoup de sérieux :

– Loin de moi l'idée de vous priver de l'armée allemande ; il y a un moyen de concilier le service que vous lui rendez et ce que vous pourriez faire pour nous. Vous pourriez nous donner quelques renseignements.

Acculé à la sincérité, Helmut s'était empli de courage.

– Je préfère que vous trouviez quelqu'un d'autre pour cette besogne.

– Ceux que j'ai pu éventuellement soudoyer ne m'inspirent pas confiance. Je puis en juger, parlant allemand moi-même.

– Je suis désolé, répliqua Helmut en ouvrant les bras, je ne peux trahir mon pays.

– Vous pouvez servir l'humanité. Des milliers de vies civiles peuvent être épargnées. Tout ce que je vous demande, c'est de me prévenir de votre direction de telle sorte que l'on puisse évacuer les villages. Je ne vous demande pas de le faire à chaque fois, vous attireriez l'attention… Seulement quand vous le jugeriez nécessaire.

Helmut était resté debout. Il lui semblait que toutes ses idées durcissaient en noyau dans sa tête, que ses muscles même devenaient des tresses de fer.

– Si je suis peut-être plus conciliant avec la population, monsieur, avait-il dit fièrement, c'est que… que… qu'on ne peut pas tout mettre sur le compte de la guerre.

– Je suis d'accord. Et en apportant votre aide, vous obéirez à un élémentaire devoir envers une population démunie et affamée. Je crois, monsieur, que si vous aimez réellement votre prochain qu'il soit juif ou arabe vous devez vous rallier à ceux qui essaient d'atténuer leurs souffrances.

Frappé par ce raisonnement, Helmut n'avait su que répondre. Sans acquiescer à la requête qui lui était adressée, il se demandait pourquoi il ne pouvait pas aller dans le sens de cet homme fin et courtois.

– Je vous relâcherai de la façon la plus discrète possible.

Il parlait avec fougue. En l'écoutant, Helmut éprouvait un contentement semblable à celui que lui eût procuré l'audition d'une musique connue. Les idées s'entrechoquaient dans son esprit : devait-on suivre les idées de sa patrie quand elles étaient contraires à son cœur ? Tout à coup, l'Anglais s'adressa à lui en allemand :

– Je ne peux pas vous obliger à accepter ; je ne vous poserai la question qu'une seule fois. L'occasion ne se représentera plus. Nous ne devons avoir qu'une seule entrevue. C'est le principe du réseau.

L'accent était impeccable, la syntaxe excellente. Helmut sourit et répondit en allemand également :

– Je vous comprends. Il y a quelques mois encore, j'aurais été heureux de confronter mes idées avec les vôtres sur ce sujet. Mais, aujourd'hui, tout est différent.

– Non, monsieur, reprit l'Anglais dans sa langue maternelle. Le problème est le même. Un peu plus aigu, c'est tout. Avez-vous observé les arbres qui croissent en bordure des jardins ? Si leurs racines les fixent d'un côté de la clôture, leurs rameaux, bien souvent, s'étendent de l'autre côté. Il y a des êtres qui sont ainsi : nés sur une terre, ils apportent leur ombrage à la terre du voisin.

– L'Allemagne n'est pas voisine de l'Angleterre, c'est son ennemie.

– Pour un historien, oui. Pour un géographe, plus que vous ne le croyez.

Cette voix grave, pressante, apaisait Helmut sans qu'il prît garde au relâchement de sa méfiance. De plus en plus, il glissait vers l'Anglais. Il épousait sa cause sans colère, avec un sentiment bizarre de fatalité. Une part inconnue de lui-même le regardait se compromettre et se réjouissait de cet abandon. Apostat et pourtant fidèle, il se ressaisit :

– Où voulez-vous en venir, monsieur ?

– Acceptez, monsieur. Je ne vous le demande pas au nom de l'Angleterre, mais au nom des civils abattus chaque jour. En nous aidant, vous ne serez pas du côté des uniformes, mais du côté de la population.

Helmut réfléchissait. Après tout, on ne lui demandait pas grand-chose. Prévenir du passage des chars allemands pour épargner les civils.

– Quel est le nom de votre réseau ?

– « Étoile de mer. »

– Et les autres membres ?

– Vous ne les verrez jamais ici. Vous êtes le seul. Si vous retournez en Allemagne, vous pourriez en rencontrer. Ils portent tous le même bijou, discret mais suffisamment visible.

Sans avoir dit oui, Helmut se trouva avoir accepté ce que, vingt minutes plus tôt, il jugeait inadmissible. Puis l'Anglais a sorti le bijou du tiroir.

– Acceptez-vous de le porter ?

Helmut a pris un long moment de réflexion.

– Oui.

– Parfait, vous faites le bon choix, dit l'Anglais en lui serrant la main. On vous expliquera déjà ce qu'on attend de vous et comment on va procéder. Je ne serai plus votre interlocuteur. L'étoile que je vous remets a cinq branches : elles symbolisent l'amitié, la résistance, la fidélité, la paix et enfin… le silence. Ne l'oubliez jamais. Ce sont les valeurs de notre réseau.

Durant toute la guerre, Helmut a aidé les Alliés bien au-delà de la limite qu'il s'était fixée. À la Libération, il a été inquiété. Mais seulement quelques jours. Car l'Anglais a cité haut et fort les services rendus par l'accusé qui a été libéré et remercié pour sa bravoure.

Helmut achève son histoire, les larmes aux yeux. Il se lève, saisit son étoile accrochée au mur dans un cadre.

– Voici la plus belle chose que j'ai faite dans ma vie. Accepter. Je ne l'ai jamais regretté. Ainsi, vous connaissez désormais la façon dont nous étions sollicités. J'ai appris par la suite que c'était l'Anglais qui nous avait tous recrutés. Et il a défendu tous les rescapés après guerre.

– Il est encore en vie ? demande Josserand.

– Je vois où vous voulez en venir. Non, malheureusement. Il est décédé il y a deux ans.

Helmut regarda Estelle droit dans les yeux.

– Avez-vous une photo de votre père ?

– Oui, j'ai fait une dizaine de doubles. Je vous l'ai apportée.

– Venez.

Helmut amène le couple dans une mansarde à l'étage. Il y fait doux. Une odeur bizarre d'herbe séchée emplit l'atmosphère. Au centre, une sorte d'autel où une flamme d'une veilleuse éclaire une trentaine de photos dc militaires allemands, avec au centre celle de l'Anglais.

– Voici tous ceux que j'ai pu retrouver, dit-il.

En dessous brûle une mèche, repliée dans une soucoupe pleine d'huile. Des deux côtés de la fenêtre s'alignent sur des planchettes des petits pots, des sachets, des plantes liées en touffes, des pelotes de ficelle, des morceaux d'écorce. Sur le mur d'en face, des collections d'images bariolées. Des dessins d'enfants, épinglés côte à côte.

– Ils viennent de Libye. J'ai tout conservé.

Il s'approche de ces feuilles arrachées à un passé lointain. Bonshommes filiformes, maisonnettes déhanchées, arbres coniques, soleils en forme de roue dentée. Sautant d'un dessin à l'autre, il s'enfonce peu à peu dans un univers de crayons de couleur, de soupirs studieux. Estelle ne sait pas pourquoi il les a emmenés dans cet endroit. Ces souvenirs sont les siens. Pourtant, elle se laisse happer par l'intensité de l'endroit : qu'aurait-on fait à la place d'Helmut ? Tout dans cette pièce est amour et dévouement. Un musée à la gloire de la résistance. Derrière les vitres de la fenêtre se voit un coin de ciel. Le silence est celui des eaux épaisses de la mémoire. Helmut s'assoit sur un escabeau. Il est comme pris de vertige devant la profondeur de ses propres souvenirs. Couler dans ce lac, jusqu'à toucher la vase du fond. Ne plus remonter. Demeurer à jamais avec tous ces enfants qu'il a sauvés. Il revoit leurs visages, éclairés par une joie de vivre communicante.

– J'aurais tellement aimé faire plus. En sauver davantage. Mon Dieu, c'est affreux, lance Helmut.

– Vous n'y pouvez malheureusement pas grand-chose, murmure Josserand.

– Vous… vous êtes certain, Helmut, de ne jamais avoir rencontré mon père ? interroge Estelle.

– Oui. Absolument. Tout ce que je puis vous dire c'est que, s'il faisait partie des « étoiles de mer », vous pouvez en être fière.

Ils redescendent au salon.

– Merci pour tous ces renseignements, dit encore Estelle. Je vous tiendrai informé de la suite. S'il y en a une.

– Ne partez pas ! lance Helmut. Je vous ai prévus à déjeuner.

Josserand remercie.

À table, Estelle mange peu, le regard fixe, la lèvre luisante. Sa vraie nourriture n'est pas dans son assiette. Devant Helmut, Josserand s'évertue à soutenir une conversation banale. En même temps, il observe ce visage fatigué par la confession. Le grain parchemineux de la peau autour des yeux et de la bouche, le relâchement grassouillet de la courbe du cou, rien n'échappe à son attention. Il se sent à la fois impressionné et sans indulgence.

L'ultime image qu'ils emportent de la maison est celle d'un homme à la figure lasse, qui se retient à la porte.

Le couple retourne à l'hôtel à pied, comme à l'aller. Josserand la devine à bout de résistance, malheureuse peut-être de savoir que son père a sans doute ressenti les mêmes regrets qu'Helmut, ne sachant quelle direction choisir, pareille à la barque en rupture d'amarre et qui tourne le nez au gré du courant. Envahi par une tendresse qu'il n'a jamais goûtée auparavant, Josserand se sent à la fois protecteur et troublé. Une brusque envie le prend de serrer contre sa poitrine sa doucette Estelle.

Ils vont ainsi jusqu'à la chambre 502 du *Park Hôtel.* Lorsque Estelle pénètre dans la pièce, elle remarque qu'on a disposé les journaux français sur son lit, comme elle l'a demandé. Elle lit le titre du *Figaro* avec effroi : « Sabrina, la prostituée de l'affaire Lagarde, se confiera à *Paris Match* jeudi. »

XIII

Les deux plus proches collègues d'Estelle l'accueillent avec une bienséante curiosité en ce mardi matin. Elles sont l'une et l'autre d'un âge avancé et, à force de naviguer dans la paperasse, elles semblent avoir perdu contact avec le monde réel. La plus ancienne dans la fonction est une grosse femme de cinquante-cinq ans, débonnaire et flasque, qui souffle en écrivant, comme si, à chaque phrase, elle gravissait une montagne. La seconde, Marie-Louise, est une petite dame raide, grisonnante et agile qui tourne et retourne tout d'un bloc, parce qu'un corset gêne ses mouvements. Comme elle ne peut incliner le buste, le patron a daigné lui faire un bureau sur mesure. C'est la préférée d'Estelle car elle ne se plaint jamais et, contrairement à sa voisine, elle ne croit pas avoir la science infuse. Discrète, souriante et zélée, elle représente la véritable secrétaire, recouverte de tous les clichés de la vieille fille.

Le bureau d'Estelle se trouve à côté du leur, au bout d'un couloir avec une grande baie vitrée donnant sur l'avenue de Saint-Mandé. La vaste pièce se transforme en fournaise dès les premières ardeurs de l'été ; l'hiver, il y fait toujours plus froid. Cependant, quelle que soit la température, dans ces deux bureaux ont été retouchés, relus, la plupart des textes publiés aux éditions La Martingale.

Lorsque Estelle pénètre dans le couloir qui la mène à son bureau, elle sent une effervescence anormale. Coiffée comme un vieux bouquet fané, Marie-Louise photocopie un document.

– Bonjour madame. Il est là, dans votre bureau. Il vous attend depuis une demi-heure.

– Qui il ?

– Pétrus Lagarde, pardi !

– Ah ! Ben, il vaut mieux. On est déjà mardi et il passe chez Polac samedi.

– Il est d'une humeur massacrante.

– Ne vous en faites pas, Marie-Louise, j'en fais mon affaire. Vous avez prévenu le patron ?

– Non.

– Appelez-le. Dites-lui qu'on montera le voir dans une heure si cela lui convient.

D'un pas régulier, Estelle se dirige vers son bureau dont la porte est entrouverte. Elle respire un grand coup, comme si elle entrait sur scène.

– Bonjour Pétrus. Enfin, vous voilà.

Il est assis, les jambes croisées, le visage vieilli de dix ans.

– J'avais la tête ailleurs.

– Mais où ? Ça fait des jours que j'attends que vous m'appeliez…

– J'ai eu Chaumont au téléphone à plusieurs reprises.

– Il vous a donc prévenu que Polac vous veut absolument samedi.

– Oui. Et je l'ai su par la presse.

Si Pétrus Lagarde est avare de renseignements sur sa vie intime, les journaux, eux, s'en font allégrement les colporteurs. Depuis la sortie de prison, l'auteur n'est plus lâché par les paparazzis. Il est sacré de génie dans une certaine presse, et dans une autre d'obscène. Tout en jonglant avec les théories philosophiques, les journalistes défendent ou accusent. Mais chacun en parle. Ce qui plaît surtout, c'est le contraste entre la fraîcheur inaltérable des livres de Lagarde et la perversité qui transpire de sa personnalité. Grâce à lui, la France entière vit l'aventure captivante d'une célébrité virile et séduisante que chaque femme sur le retour aurait aimé connaître pour l'ardeur inextinguible qu'il dégage. En feuilletant les magazines illustrés dans leur chambre à coucher, dans la salle d'attente de leur dentiste ou sous le casque de leur coiffeur, les lectrices les plus sceptiques sont obligées de convenir que certaines existences sont aussi pimentées que des romans et qu'il y a, selon la réflexion d'une manucure, rapportée par un canard satirique, des copines qui « se feraient violer avec plaisir ».

Pétrus Lagarde n'a pas remis les pieds à la maison d'édition depuis sa sortie de prison, mais il a été de toutes les soirées de gala, de toutes les premières, de toutes les inaugurations, de toutes les collections de haute couture, de toutes les fêtes du snobisme, de la bouffe, de l'élégance et du sport. Comme si de rien n'était. Aucun mea-culpa. Vedette infatigable et irremplaçable, il incarne le mirage des tristes smicards du sentiment. Il apporte les reflets du luxe et de l'exception à une multitude de gens qui veulent participer aux plaisirs du grand monde sans dépenser un sou et sans sortir de chez eux. Il fait rêver dans ses livres et dans la vie. Alors pourquoi, s'il assume, lui reprocherait-on un dérapage qui n'est même pas avéré ?

Des photographes le montrent tantôt enlacé aux bras d'une femme, tantôt posant aux côtés d'une célébrité de l'écran, du football, de l'aristocratie ou de la politique, de gauche bien sûr. On parierait qu'il passe le plus clair de son temps à courir les boîtes de nuit, les champs de courses, les coulisses des théâtres et les palais de la Ve République sous les yeux émerveillés des chasseurs d'images. Les revues se disputent son sourire et les journalistes ses confidences. Une grande occasion se présente avec Polac. Mais Polac est dangereux si le discours n'est pas réglé et la ligne de conduite prévue à l'avance.

Estelle a besoin de quelques éléments.

– Pétrus, que s'est-il passé avec cette fille pour qu'elle porte plainte ? Vous n'êtes pas un débutant dans l'art de la séduction, vous n'étiez pas suffisamment en manque pour sauter sur une mineure ?

– Non. Et le pire c'est que cette histoire est montée de toutes pièces. J'étais un peu ivre… Elle m'a tenté, je n'ai pas résisté. Mais elle était consentante, Estelle, je vous le jure. Vous savez que je ne vous mens jamais. Les gendarmes sont venus me chercher le lendemain dans l'après-midi. Elle avait porté plainte pour viol.

– Oui, le coup classique. Et je suppose que vous l'avez payée grassement pour qu'elle retire sa plainte ?

– 120 000 francs. Elle en voulait 150 000. J'ai négocié une diminution de 30 000. Mais elle n'a rien voulu savoir quant à un reportage sur elle dans *Paris Match*. On l'aura jeudi.

– Ah ! Bonne nouvelle.

– Comment ? Bonne nouvelle ?

– Je pensais qu'on allait devoir subir un nouveau lynchage de la part de cette fille.

– Non, soyez rassurée. Tout est prévu.

– Et vous aviez cette somme en liquide ?

– Chaumont m'a aidé.

– Ah ! Je comprends mieux l'histoire des frais d'avocat… Heureusement que vous l'avez, le patron, je ne sais pas ce que vous deviendriez.

– Je ne suis pas là pour recevoir des conseils sur...

– Bien sûr que si... mon cher Pétrus, coupe-t-elle. Vous savez d'ailleurs que je suis la mieux placée pour vous sortir de ce faux pas. On s'est toujours parlé franco, on ne va pas arrêter en si bon chemin.

Estelle lui explique avec beaucoup de conviction qu'il doit jouer la carte du séducteur qui s'est fait avoir, mais assumer son amour pour les femmes et les soirées. Dans un premier temps, Pétrus condamne cette façon de s'exhiber. Pourquoi expliquer ce que tout le monde voit ?

– Pour confirmer votre image, répond Estelle. Ensuite on fera paraître en première page d'un torchon un article intitulé « Quand l'amour et la culture se tiennent par la main », une niaiserie délirante, à ravir les fans anonymes. Mais, pour l'instant, il va falloir assumer. Polac est du genre à vous demander si Sabrina était aussi bonne que le prix exigé. Desproges sera sur le plateau. Fin, discret et plein d'esprit. Restez vous-même, foncez, et n'oubliez pas que vous êtes un écrivain, donc jouez avec les mots, sans jamais être agressif. Un séducteur a la voix douce et les yeux éclatants de sourire. On vous agresse, répondez par une pirouette. Pas d'affrontement brutal. Il y aura devant le petit écran autant d'hommes qui souhaitent connaître vos secrets et souriront de vos mésaventures que de femmes qui donneraient n'importe quoi pour accéder au septième ciel dans vos bras.

Pétrus réfléchit.

– Vous avez raison. Je dois avoir l'esprit auprès de mon public plutôt que sur le plateau.

– Exactement. Cependant, ce sera très difficile. Ils vont tout faire, j'ai bien dit tout, pour vous avoir.

– Du genre ?

– Si les invités connaissaient la réponse à cette question, ils iraient sur le plateau rassurés. Je ne peux pas vous dire.

Mais, au moment de répondre, pensez à ce que je viens de vous expliquer. Un sourire, un gramme d'humour et du respect envers celui qui vous interroge. Donnez des arguments de taille : la fille a retiré sa plainte et vous êtes resté une nuit en prison. En paiement de votre vice. Et vous gagnerez !

– D'accord, Estelle… Vous viendrez avec moi ?

– Je suis votre éditrice avant tout. Je ne vous laisserai pas tomber. Je serai là. Mais si vous avez encore un geste malsain envers moi…

– Estelle, je vous en prie. J'ai tenté ma chance, rien de plus. Vous n'avez pas voulu, dont acte.

Pétrus doit reconnaître qu'il est agréable de s'abriter sous un bon parapluie pendant l'orage. Il regarde cette femme qui ressemble à une lionne, jeune, gracieuse, dont le regard perçant envoûte et convainc. Ses paupières s'abaissent. Elle respire par saccades.

– Et l'écriture, où en êtes-vous ?

– Avec tous ces événements, je n'ai pas travaillé.

– Si vous trouvez le temps de vous divertir, Pétrus, vous avez aussi la possibilité de penser à votre roman.

– D'y penser oui, mais d'écrire non.

Il ment cette fois, et Estelle s'en aperçoit. Alors qu'il y a encore quelques mois écrire était pour lui aussi indispensable que respirer, aujourd'hui ses doigts s'engourdissent dans l'inaction, son cerveau renâcle à réfléchir. De même que dans certaines maladies, le patient perd l'odorat et le goût, de même il a perdu le besoin de raconter des histoires et jusqu'à l'innocent plaisir de noircir du papier. La tête creuse, les membres las, il se meut, tel un automate, dans un univers de fêtes et de femmes pour oublier son manque d'inspiration. Son entourage familier a changé de figure. De son éditrice à l'attachée de presse, chacun lui signifie, en silence, que sa place n'est plus parmi elles. Est-ce le signe de l'ultime démission ? Doit-il se résigner à quitter son époque avant de quitter la terre ? Voici qu'il apprend sur le tard qu'en littérature il est plus facile à un jeune de percer qu'à un expérimenté de durer. En lui envoyant un nègre pour son dernier livre, Estelle a étouffé l'écrivain qu'il a cru être. Pourtant, sans sa plume, il n'existe plus.

De son côté, Estelle a pitié. Tout a changé chez Pétrus. Même sa façon de s'exprimer. Comme s'il lui parlait dans une langue qui n'est plus la leur. Pourtant, elle l'a connu intelligent, spirituel, sarcastique à ses heures. Se peut-il que la célébrité et ses frasques abêtissent à ce point ? Après s'être juré de ne pas lui faire la morale, elle comprend l'inutilité de toute tentative. Ce n'est pas avec des mots qu'on brise l'élan d'une pouliche emballée.

– Si vous avez d'autres questions, Pétrus, vous avez mon numéro de téléphone à la maison.

– Sans doute en aurai-je. Merci de votre proposition.

Ses efforts pour le convaincre ont-ils été du temps gaspillé ? Tout n'est peut-être pas perdu. Il doit mettre de l'eau dans son vin, reprendre une vie stable. Son écriture n'en serait que meilleure. Estelle pense qu'elle a peut-être un rôle à jouer : feindre d'abord les errements afin de reprendre sur lui l'influence dont les multiples conquêtes l'ont dépossédée. C'est un combat du nouveau genre qui s'offre à elle, tout en attaques feutrées et en subtiles esquives : après tout, un auteur peut avoir des hauts et des bas.

– Ce qui m'inquiète le plus, Pétrus, ce n'est vraiment pas l'émission de Polac, vous êtes capable de vous en sortir si, la veille, vous ne buvez pas une bouteille de whisky. Mon souci est ailleurs : votre inspiration et votre plume. Vous manquez de concentration depuis un bon moment, bien avant notre affaire. Il y a eu beaucoup de travail sur votre dernier manuscrit.

Les prunelles de Pétrus dardent devant lui un regard vindicatif qui n'est plus le sien. Il n'est pas seulement hors de lui. Il n'est plus le même : Estelle, son éditrice, celle qui l'a propulsé, se transforme sous ses yeux en ennemie implacable. Fasciné par cette métamorphose, il en néglige de la contredire. Pourquoi le ferait-il d'ailleurs ? Elle a tellement raison. Comme pour encourager la critique de son éditrice, il lui dit, sur un ton de provocation sarcastique :

– Bon, alors, videz votre sac. Vous trouvez que mon dernier ouvrage ne sert pas mon public…

– Ce n'est pas la question. La trame était bancale, les personnages sans envergure, le décor… Enfin, très éloigné qualitativement de ce que j'avais l'habitude de lire de vous.

– Sans doute avez-vous raison !

– S'il n'y avait que ça. Vous ne vivez plus pour vos écrits. Rien d'autre au monde ne vous désintéresse plus, l'opinion de la presse, les séances de dédicace. Bref, je ne suis là que pour vous donner la réplique pendant l'accouchement de manuscrits de plus en plus mauvais.

– Vous exagérez.

Il bat en retraite. Sans arguments.

– Pétrus, continue-t-elle, je peux vous aider. Mais il faut que vous le vouliez, comprenez-vous ? Vous profitez tellement de votre succès que vous en oubliez l'essence même de votre présence dans tous ces dîners mondains : votre plume.

Passé le premier moment de révolte, Pétrus reconnaît le bien-fondé des griefs qu'Estelle énumère devant lui. Comment nier qu'au cours de ces dernières années il a tout sacrifié au plaisir égoïste de son succès. Au début, l'amusement lui permettait de se vider la tête, puis il a été un placebo sur le syndrome de la page blanche. Oui, Estelle a cent fois raison. La prétendue réussite de Pétrus Lagarde n'est en fait qu'un formidable gâchis. Que de temps perdu à boire, à s'oublier avec les femmes au lieu de poursuivre une idée originale. Sans doute a-t-il été surévalué par ses contemporains, par la presse, peut-être même a-t-il floué son public sans le vouloir vraiment ? Comment se sortira-t-il de cette impasse ? Il faut l'accepter comme une maladie professionnelle inévitable et incurable. Ou faire confiance à Estelle. Elle est la seule à pouvoir le tirer de ce faux pas.

– Pétrus. Maintenant, faites-moi plaisir, reposez-vous jusqu'à samedi. On se donne rendez-vous devant TF1 à 19 heures. L'émission commence à 20 h 30. En attendant, reposez-vous. Refusez toute soirée, toute manifestation, dormez, mangez à heure régulière et aucune prise d'alcool. L'émission de Polac est une épreuve sportive.

Pétrus est désarmé, comme si Estelle avait fourré sous son nez une pièce à conviction. Démasqué, il ne sait plus quelle contenance prendre. Son seul désir, maintenant, est de fuir, de se terrer dans sa tanière, de ne plus penser à rien, de ne plus voir personne, d'oublier jusqu'à l'existence d'Estelle et de sa vie d'auteur. Il lève sur elle le regard d'un homme qui se noie et bredouille :

– Bien… bon… on s'est tout dit ! Je m'en vais.

Au même moment, la porte s'ouvre sur Chaumont qui franchit le seuil avec la radieuse assurance d'un opportun arrivant sur les lieux d'une catastrophe. Il revient d'une discussion constructive avec le service commercial. Sans doute a-t-il reçu quelques bonnes nouvelles car il sourit largement. À sa vue, Pétrus a rajeuni par miracle. Être professionnel et d'humeur combative. Ne pas laisser paraître devant le patron la moindre difficulté. En apercevant Pétrus Lagarde, Chaumont s'étonne :

– Bonjour ! Quelle bonne surprise ! Je ne savais pas que vous étiez dans les murs.

– J'avais demandé à Marie-Louise de vous prévenir, mais je pense qu'elle n'a pas réussi à vous toucher. Pétrus est passé à l'improviste… pour préparer l'émission de samedi soir qu'il accepte avec grand plaisir, marmonne Estelle.

– Parfait. Vous serez magnifique, comme d'habitude. Polac ne vous fait pas peur ?

– Bien sûr que non.

– En plus, je crois que pour une fois le public sera composé d'étudiants. Il y aura également un auteur maison que j'apprécie beaucoup, Josserand Le Thuilier.

– Non, Josserand passera dans quinze jours. Je me suis entendue avec Polac. Deux auteurs de la même maison sur le plateau, ça ne lui convient pas, continue Estelle. Notre Pétrus sera aux côtés de Josiane Balasko et de Sheila.

Lagarde est au supplice. Il aimerait partir.

– Alors, continue Chaumont, comment se passe l'écriture du prochain roman ?

– Comme je l'ai dit à Estelle. Avec l'affaire, plutôt difficile cette dernière semaine, mais je réfléchis, je bricole.

– Je connais ça ! lance le patron. C'est plutôt bon signe ! Au moment où vous vous y attendez le moins, une phrase, un mot déclencheront le mouvement. Et, une fois lancée, la machine ne s'arrêtera plus.

On dirait que c'est lui l'auteur expérimenté et Pétrus l'élève. Pourtant, l'intention est sans perfidie. Le patron lui offre de rester déjeuner, mais il refuse comme on recule devant un piège.

– Une autre fois, alors ? propose Chaumont.

– Oui, oui, nous en reparlerons avec Estelle, balbutie Pétrus en tournant les talons.

L'éditrice l'accompagne jusqu'en bas de l'immeuble. Au moment de sortir, il la bise maladroitement et dit encore :

– Vous m'excuserez pour tout à l'heure. Sans doute suis-je à fleur de peau… Avec cette histoire, un rien me blesse. Et puis, pour moi, c'est l'heure du bilan. Pas rigolo. Au revoir. À samedi.

Après son départ, Estelle reste un long moment les bras ballants et le regard perdu dans le hall de l'immeuble à demi obscur. Elle regrette un peu d'avoir durement critiqué Pétrus, à la veille de l'épreuve télévisuelle. Mais, en même temps, elle ne désire pas, pour lui complaire, passer à côté de la réalité. À quasiment quarante ans, elle mesure la chance insolente qui est la sienne depuis qu'elle est directrice littéraire. Elle a construit Pétrus Lagarde. Normal qu'elle veuille tout tenter pour le sauver de son faux pas et le défendre contre toutes les convoitises. Cependant, elle est incertaine du résultat.

* *
*

Berlin, 4 avril 1982.

Ai vu Estelle et Josserand. Ressenti positif. Important d'en parler par téléphone. Jour qui te conviendra, à partir de semaine prochaine. 21 heures. Helmut.

XIV

DEPUIS DEUX JOURS, le poste de télévision est devenu fou. Impossible d'obtenir la moindre image sur l'écran parcouru de zébrures étincelantes. Sans doute Margaretha a-t-elle tourné les boutons dans le mauvais sens en faisant le ménage. Elle s'en veut car, ne sachant pas régler l'appareil elle-même, il va falloir appeler un dépanneur. Finalement, ce n'est pas plus mal. Elle n'était pas plus malheureuse sans. C'est Charlotte qui lui avait offert pour ses soixante-cinq ans, afin, disait-elle, qu'elle se tienne au courant des événements du monde. Mais ces silhouettes en noir et blanc qui défilent devant ses yeux, ces déclarations d'hommes politiques filmés en gros plan lui portent sur le cœur, surtout le chancelier Helmut Schmidt. Bizarrement, elle n'aime que les émissions de cuisine. Elle peut s'en passer. Depuis que le poste est déréglé, elle tricote pour passer le temps avant d'aller se coucher. Du temps de Charlotte et de Lucie, on jouait au skat. Aujourd'hui, elle n'a plus que deux aiguilles comme seules amies.

Parfois aussi, elle fait une patience dans la salle à manger. Ce soir, la disposition des cartes, rangées devant elle en triangle, a le diabolisme de la torture. Margaretha cherche en vain une échappatoire. Elle est sur le point de s'avouer vaincue lorsqu'on sonne à la porte. Un samedi à 18 h 30 ?

Margaretha tressaille. Toute visite imprévue lui paraît suspecte depuis que ses deux amies sont mortes. Elle liste rapidement toutes les personnes qui peuvent venir la déranger à cette heure. Aucun colportage possible, le concierge veille. Le concierge ! Voilà. C'est sûrement lui pour une histoire de ramassage de poubelles.

Elle se lève et passe en boitillant dans le vestibule. Avec une surprise mal contenue, elle voit surgir Josserand. Que vient-il faire chez elle ? Doit-elle l'accueillir froidement, comme un étranger, parce qu'il n'est pas introduit par Estelle, parce qu'il vient à l'improviste, sans même se donner la peine de téléphoner, ou avec bienveillance parce que justement Josserand est le futur mari de la dernière famille qui lui reste ? En outre, elle regrette de se montrer devant lui dans sa vieille robe et chaussée de pantoufles. Il lui paraît plus sec, plus tendineux que dans son souvenir. La dernière fois, lorsqu'il est venu avec Estelle, il affichait un air plus jovial. Soudain, Margaretha se met à avoir peur. Il vient lui annoncer une mauvaise nouvelle. Elle le regarde de plus près : le regard noir et dilaté, il semble émerger d'un naufrage.

Il s'avance vers Margaretha, la salue.

– Estelle n'est pas avec vous ? questionne-t-elle comme pour marquer le constat.

– Non, malheureusement. Elle est retenue à Paris pour une émission de télévision avec un de ses auteurs. Elle n'a pas pu venir et, après mûres réflexions, elle m'a demandé de vous rendre visite sans elle.

Estelle s'inquiète pour elle. Margaretha en est troublée. Cependant, à l'idée que Josserand ne reprenne la conversation là où elle s'était arrêtée, le chemin se rétrécit devant elle. Prise au dépourvu, elle bredouille :

– Vous avez bien fait…

– J'espère que je ne vous dérange pas. Je viens d'arriver.

– Bien sûr que non.

– Vous faites une patience ?

– Oui, vous voyez, avant de me coucher.

Josserand parcourt la pièce du regard tout en ajoutant :

– Je ne vais pas rester bien longtemps. La route a été longue pour moi. Vous allez bien ?

– Mais oui, enfin.

Margaretha se doute bien que Josserand ne s'est pas déplacé pour prendre des nouvelles de sa santé. Ne sachant si elle doit feindre de ne rien sentir venir, elle se contente de marmonner :

– Comment va ma petite Estelle ?

– Un peu perturbée en ce moment avec un de ses auteurs touché par un scandale de taille. D'ailleurs, ce soir, elle l'accompagne sur le plateau. À cette heure, elle devrait y être.

– Tout passe, dans la vie. Même les plus grands malheurs… Dans quelques mois… il ne restera plus qu'un mauvais souvenir.

– Oui. D'ailleurs Margaretha, vous connaissez bien la méthode pour enfouir au plus profond des oubliettes les événements qui font mal.

Le cœur de la vieille dame bat à tout rompre. La conversation s'engage sur une pente dangereuse. Margaretha tente de ralentir le mouvement :

– Non. La vie vous apprend à relativiser les difficultés.

– Je ne trouve pas ! Je crois que c'est le fait de les affronter qui permet de mûrir.

Devant une attaque aussi directe, Margaretha se rétracte. Sa politesse première se transforme peu à peu en méfiance.

Tout en ne pouvant pas refuser la présence de Josserand, elle éprouve la peur frileuse des complications. Elle sent qu'il essaie de la tirer par la manche pour l'emmener dans le passé alors qu'elle aspire à se détacher de tout, à s'éloigner de tout. Ne comprend-il pas qu'elle n'a pas envie de remuer les vieilles cendres. Par son insistance, il la place dans une situation difficile. Il la dérange dans un état de quiétude morale auquel son grand âge lui donne droit. Elle lui en veut de sa visite.

– Margaretha, je suis venu parler avec vous du réseau « Étoile de mer ».

– Non. Je ne veux pas.

– Si. Et vous allez m'écouter. Dans un premier temps, on a mené l'enquête sans vous puisque vous êtes aussi têtue qu'un âne refusant d'avancer. Mais, cette fois-ci, il faut s'épancher.

Margaretha se statufie. Pas un clignement de l'œil. Elle murmure juste :

– Ce n'est pas le moment.

– Pourquoi ? Avec vous, ce n'est jamais le moment.

Piquée jusqu'au centre d'elle-même, Margaretha finit par exploser :

– Qu'est-ce que vous voulez savoir ? N'allez-vous pas me laisser en paix avec cette histoire ? Je n'en peux plus de vous voir quémander des renseignements. On ne remue pas un volcan endormi. J'ai beaucoup souffert de cette affaire. Voudriez-vous que j'en meure ?

– Vous êtes égoïste par-dessus le marché ! Vous n'êtes pas toute seule. Que faites-vous d'Estelle ?

– Estelle ? Elle fera sa vie. Comme tout le monde.

Incapable de répondre à une telle sottise, Josserand se demande quelle attitude prendre devant cette vieille dame aux dents serrées par le secret. En des circonstances pareilles, ni trop de familiarité ni trop de raideur. Garder toutes les convenances nécessaires et rester factuel. Voilà la méthode pour désarçonner Margaretha. Après, il faudra mettre la carotte devant l'âne pour qu'il avance. Josserand passe à l'attaque :

– Durant la guerre, vous travailliez à la Kommandantur de Karlsruhe comme secrétaire du colonel Josef Von Mankroniak, condamné à mort au procès de Nuremberg. Il s'est d'ailleurs pendu dans sa cellule.

– Comment savez-vous cela ?

– J'ai fait mes recherches.

Elle incline la tête en signe de désapprobation et plisse la bouche dans une étoile de rides. Va-t-elle se mettre à parler et raconter l'histoire. Josserand s'apprête à l'écouter, en vain. Margaretha est toujours assise, le dos raide, l'œil attentif. Plantée en sentinelle à la lisière de l'ombre et de la lumière, elle se laisse faire comme si elle était devant un juge.

– J'ai d'abord cru que vous étiez une nazie convaincue tant vous étiez proche du colonel pendant la guerre et que votre silence sur l'appartenance de votre frère au réseau « Étoile de mer » était lié à une différence d'opinions.

– Et vous avez fait des recherches ? lance Margaretha.

Cette réflexion paraît tellement comique à Josserand qu'il a envie de rire. Il se rappelle à temps que ce n'est pas le moment, le poisson étant à peine ferré. Il se contraint à garder son sérieux.

– On ne peut rien vous cacher.

Margaretha pose une main sur son front, une main lourde et froide.

– Et je me suis trompé. Car, si l'on prend en compte les notes du procès de Nuremberg, vous avez témoigné contre votre supérieur.

– Oui, mais ça ne veut rien dire.

– Dans toutes les photos disponibles, il y a notamment celle-ci, reprend-il en la sortant de sa veste comme un juge montre une pièce à conviction. Vous voyez… Là… l'homme à côté… sur votre gauche… avec lequel vous discutez, c'est Ralph Foods.

– Oui, et alors ?

– Ralph Foods était le recruteur des membres de l'« Étoile de mer » durant la guerre. Sacrée coïncidence, n'est-ce pas ?

La conversation épuise Margaretha. Elle halète comme un sanglier poursuivi par la meute.

– C'est du passé ! s'écrie-t-elle avec une stupeur effroyable.

Cette exclamation sortie de la gorge avec force encourage Josserand. Margaretha commence à céder. Elle incline la tête, la nuque brisée. Il aurait voulu avoir pitié d'elle. Mais le souvenir de la douleur d'Estelle à la sortie de cet appartement lors de leur dernière visite lui revient à l'esprit. Il reste de glace.

Et il s'impatiente.

– Je suis certain que vous avez dû souffrir de la guerre, Margaretha… Parlez-moi du réseau « Étoile de mer ».

Il n'en dit pas davantage. Elle l'observe avec une telle anxiété qu'il en est gêné. Elle a peur soudain. Peur d'elle et de lui. Peur du silence de cette pièce, où le tic-tac du coucou de la Forêt-Noire bat la mesure. Rejetée en arrière dans le temps, elle perd pied. Ferdinand n'est pas mort. Il est là dans le salon, souriant, électrisant d'intelligence. Margaretha rit aux éclats de ses plaisanteries. Elle lui a cuisiné des crêpes à la bière. Il les aime avec du miel de forêt. Toujours le même rêve. Il part sans y toucher. Elle tente de le rattraper mais elle n'y parvient pas. Une fatalité mécanique les éloigne. Au mur est accrochée la tête d'un sanglier qui tourne vers elle ses yeux cruels.

– Margaretha ! crie Josserand.

– Oui… oui… je suis là. Pardonnez-moi, j'étais dans mes pensées.

– Vous devriez parler. Vous seriez soulagée.

Elle se dresse. Elle tremble, les yeux humides, les lèvres entrouvertes. Comme elle est imposante, encombrante, dans sa robe de chambre. Il n'ose la toucher. Et pourtant, il le faut. Elle s'abat sur sa poitrine. Il referme ses bras sur ce corps flétri.

– Margaretha, pleurez ! Pleurez ! Ça vous fera le plus grand bien.

Il est à la fois attendri et ennuyé par cette situation qu'il a voulue. Elle se ressaisit rapidement :

– Je suis désolée. Je vais préparer une tisane, en voulez-vous ?

– Volontiers.

Elle part en reniflant, revient dix minutes plus tard, les yeux secs et recoiffée.

– Finalement, je suis contente que vous soyez venu. Ça m'a fait du bien. Revenez avec Estelle. Je lui parlerai, promis.

– Elle ne remettra pas les pieds ici. Sauf si je parviens à vous convaincre de parler. Je suis l'émissaire de la dernière chance…

La tristesse de Margaretha ne le touche pas. Sa propre indifférence le surprend. Mais il doit se montrer inflexible pour parvenir à ses fins.

– C'est du chantage, lance-t-elle.

– Non. Mettez-vous un instant à sa place. Vous êtes la seule à pouvoir parler de son père, et vous refusez. Elle ne comprend pas.

Tout le visage de Margaretha tremble d'une émotion sacramentelle. Sa peau a la teinte grisâtre d'un parchemin. Ses prunelles luisent comme des gouttes de pluie. Une angoisse irraisonnée la pénètre, une angoisse qui remonte à une journée de fin 1943.

– Que savez-vous précisément du réseau « Étoile de mer » ? questionne-t-elle en guise d'introduction.

Sa voix tremble. Elle a conscience de sa faiblesse et s'irrite de ne pouvoir la dominer immédiatement.

– « Étoile de mer » comprenait cinquante membres, quarante-neuf hommes et une femme. L'Anglais s'occupait des recrutements dans les hautes sphères de l'armée allemande et avait ainsi constitué un réseau de résistance au sein même des nazis. Je sais que Karl et Ferdinand en faisaient partie.

– C'est tout ?

– Oui.

Margaretha se met à déambuler dans le salon, dans un regain d'hésitation. Elle éprouve au passage une certaine nostalgie à contempler ces murs, ces meubles que Ferdinand appréciait aussi. Comme si rien n'avait bougé depuis le jour où...

– Karl était entré en premier dans le réseau « Étoile de mer ». C'était un homme bon, charmant. Charlotte avait trouvé une perle. Il la couvait. Ces deux-là s'aimaient comme un couple d'inséparables.

Elle verse la tisane dans les tasses en porcelaine de Saxe aux motifs rococo.

– Tandis que la population était persuadée que Hitler accélérait sa marche vers une ère de bonheur et de prospérité, Karl, dans le cercle fermé de cet appartement, partait dans des discussions, cent fois recommencées, sur les véritables sentiments des Allemands envers un homme qui leur avait donné l'illusion de la gloire en les ruinant sans merci. Il ne partageait pas du tout le régime qu'il servait et avait réussi à convaincre Ferdinand au début 1943. C'était après la terrible bataille de Stalingrad où les Russes ont écrasé l'hydre nazie. Un jour de la même année, les deux hommes m'ont demandé d'œuvrer pour leur cause. Il s'agissait de photographier des documents officiels situés dans le bureau de Von Mankroniak sur le cantonnement des troupes allemandes, sur tel ou tel condamné, sur le départ d'un train de munitions ou de la défense antiaérienne sur les côtes normandes.

– Et vous l'avez fait ?

– C'était un travail dangereux, mais j'avais vu tellement de Juifs de mon quartier partir dans des camions entassés…

Elle relève légèrement le front. Il lit dans ses grands yeux marron pailletés d'or un élan, un éclatement, un don de sa personne si entier et si irréfléchi qu'il ne doute pas un instant de sa sincérité.

– Entraînée par mon frère, écœurée par un monde que je n'avais pas voulu, je décidai de rejoindre leur cause. Les deux amis récupéraient les renseignements à mon retour de la Kommandantur et les livraient toujours le lendemain, à un endroit précis, situé en lisière d'une forêt à vingt kilomètres d'ici. Ils y allaient systématiquement ensemble, à vélo, à la tombée de la nuit et en civil.

– Avaient-ils d'autres contacts avec des personnes du réseau ?

– Non.

– Ils recevaient des ordres. Ils les exécutaient. Tout se passait à merveille, jusqu'au 14 janvier 1944. Karl était aux anges. Ils disaient que plus l'armée allemande avançait sur le front russe, plus elle s'affaiblissait. Le désordre grandissait dans nos propres rangs. Ferdinand riait. Je sentais qu'à eux deux ils étaient plus puissants que tous les destins contraires… Ils étaient dans leur monde, un monde impénétrable aux autres…

Elle respire de plus en plus fort. On dirait un soufflet de cheminée manié à petits coups au-dessus d'une braise. Sans doute l'envie de pleurer la reprend. Elle s'arrête un instant et reprend :

– Donc ce fameux vendredi 14 janvier 1944, les Soviétiques s'emparent de Mozyr et de Kalinkovichi, j'ai photographié un document de la plus haute importance sur le déplacement secret d'Himmler de Berlin à Paris. Je suis rentrée le soir et j'ai donné la pellicule à Karl. Ferdinand était en déplacement vers Strasbourg. Ils devaient la livrer le 15 à l'endroit prévu, une maison perdue en forêt, la villa Marianne près de Kossweiler. Le plan était simple : parti seul en Alsace, Ferdinand rejoindrait Karl au point de rendez-vous. Comme d'habitude, l'un surveillerait pendant que l'autre disposerait l'objet sous une souche pourrie d'arbre. Ils auraient mis le vélo dans le coffre et le tour était joué.

– Mais…

Il y a un silence d'équilibre incertain entre la volonté d'aller plus loin ou de s'arrêter de parler. Puis, tout à coup, Margaretha aspire l'air en suffoquant, applique une main sur son visage et éclate en sanglots. Elle pleure avec une telle violence qu'elle se plie en deux. Tortionnaire paisible, Josserand la regarde souffrir sans la plaindre. Un moment, il veut lui toucher l'épaule. Mais il se ravise à temps. Il ne faut pas que subsiste entre eux la moindre équivoque de tendresse qui pourrait freiner une confession qui a été si dure à obtenir. Les soupirs s'estompent. Margaretha avale le verre d'eau que Josserand lui tend.

– Les choses ont mal tourné, bredouille la vieille dame. Le 15 janvier au matin, j'ai entendu une conversation téléphonique à la Kommandantur. On parlait de taupe, de renseignements qui s'éventaient et, surtout, que le soir même la Gestapo prendrait les fautifs au piège car elle connaissait le lieu de rendez-vous. Imaginez ma panique. Je suis rentrée à la maison à midi pour déjeuner. J'ai pu prévenir Karl. Il a fait le nécessaire pour l'organisation. Mais il n'a rien pu faire pour Ferdinand, introuvable. Le soir même, il a tenté d'aller à la rencontre de mon frère en amont du lieu de rendez-vous. À ses dires, c'était trop tard ! Mon Ferdinand est tombé dans le guet-apens. Ils l'ont transféré au camp du Struthof et exécuté.

– Pourquoi « à ses dires » ?

Subitement, il n'a plus sous les yeux une vieille dame racontant une histoire mais une mère défendant son petit. Une décharge nerveuse convulse les traits de cette figure en une horrible grimace.

– La mère d'Estelle, Charlotte, a fait de nombreux séjours à l'hôpital, bien longtemps avant d'y mourir. J'allais souvent la voir et pénétrais dans son appartement pour y chercher quelques affaires. Un jour, elle m'a demandé de lui rapporter un papier de la caisse d'assurance maladie, situé dans une armoire. J'ai cherché la pochette demandée. En dessous, il y en avait une autre avec le sigle de l'armée nazie. Dedans, des documents de la période de guerre… Et…

Elle avale sa salive.

– Et le certificat de décès de Ferdinand des autorités, signé par Karl lui-même.

Le visage ravagé, les yeux ardents, elle semble magnétisée. Comme si, après un long combat intérieur, dans les ténèbres, elle découvrait enfin la ligne droite. Un hoquet sec lui secoue la poitrine.

– Voilà pourquoi je me suis toujours refusée de parler. Je ne voulais pas que notre Estelle ait une mauvaise opinion de son père.

– Charlotte était-elle au courant de quelque chose ?

– Je n'en sais fichtrement rien. Mais si elle a intercepté le certificat de décès, ce n'est pas pour rien. Et elle m'a caché ça pendant trente-cinq ans !

Elle se lève.

– J'ai tant de questions en suspens qu'il vaut mieux ne plus y penser. Pourquoi Karl a-t-il trahi mon frère ? Pourquoi Charlotte ne m'en a jamais parlé ?

– Oui, en effet. C'est nébuleux.

Elle ne répond pas, visiblement agacée par une constatation qui ne veut rien dire.

– Je vous plains, jeune homme.

– Pourquoi ?

– Parce que vous êtes maintenant libre d'expliquer à Estelle que son père était certes un résistant mais un vrai salaud. Signer l'acte de décès de son ami… et s'en tirer…

La tête de Josserand bourdonne.

– Dire ou se taire, là est la question. Si vous l'aimez, faites le meilleur choix, conclut Margaretha.

Foudroyé, il écoute ces paroles descendre en lui à des profondeurs insoupçonnées. L'horloge sonne la demie de 8 heures. À Paris, le générique de « Droit de réponse » retentit dans les studios de TF1.

XV

PATRICK CHIPON VIT AVEC ÉLÉONORE, sa mère, dans un trois pièces-cuisine du quartier de Montmartre. En cette soirée spéciale télévision, ils se sont organisés pour manger dans le salon. Patrick regarde par la fente des rideaux mal fermés où rayonne un crépuscule grisâtre et poisseux. Paris s'ébroue sous la pluie. Comme l'appartement est situé au premier étage, le passage des voitures perturbe quelque peu la quiétude du foyer. Malgré cet inconvénient, il tient à cet appartement comme à un prolongement de lui-même, car c'est son père qui le lui a laissé en héritage.

De nouveau, il regarde la pendulette. Bientôt l'heure. Un transistor repose juste à côté sur la table et libère une musiquette sautillante. Au bout d'un moment, Éléonore paraît, les pieds chaussés de savates, le buste ficelé dans un peignoir de laine effrangé et déteint.

– Déjà à scruter l'horloge pour cette émission vulgaire et sans intérêt, dit-elle avec reproche.

– Mais non, maman. Pétrus Lagarde est invité. C'est moi qui ai corrigé…

– Écrit, coupe-t-elle.

– Si tu veux... écrit son dernier livre. Normal que je l'écoute. Ils en parleront ce soir, forcément, puisque l'ouvrage sort la semaine prochaine.

– Oui, et, surtout, ils s'étaleront sur ses frasques sexuelles avec une prostituée mineure.

– Ça promet en effet d'être très croustillant.

L'autorité d'Éléonore l'amuse et l'effraie à la fois. Il a peur de sa mère. Elle a quatre-vingt-deux ans, un bel âge, toujours à se plaindre de mille maux mais se montre étonnamment vigoureuse et active. Elle a tout enregistré de la carrière de son fils, les différents papiers écrits, les piges pour la radio, les livres corrigés. Elle passe son temps à poursuivre ses manies de vieux garçon et, quand il sort, a toujours un œil sur l'horloge à son départ comme à son arrivée. Il lui semble qu'elle tient sa vie entre ses mains. Elle lui tend un verre d'eau et la boîte de comprimés. Il en avale deux et esquisse une grimace. Puis elle part à la cuisine chercher le plateau chargé d'une théière, de deux bols de Ricoré et de quelques biscottes beurrées.

– On aurait pu manger un peu mieux ce soir, ce n'est pas souvent que l'on veille, dit-il.

– Ne pas confondre nourriture de l'esprit et bombance corporelle. On ne peut pas avoir les deux. Allez, assieds-toi dans le fauteuil.

Le générique retentit.

– Je suis certain, affirme Patrick, que, derrière la caméra, Estelle est là. À mon avis, elle a dû le conseiller. Cette fille est une exception dans le monde de l'édition. Je peux te garantir, maman, qu'elle est au tout début de sa carrière et qu'elle va faire un malheur.

– Mouais. Attends de voir comment il se débrouille, le pervers.

Le début du « spectacle » est somme toute classique. À travers la fumée de cigarette, on reconnaît Polac au centre, avec, à sa gauche, Desproges qui déguste un whisky, puis de gauche à droite, Josiane Balasko une cigarette à la main, Sheila, Pétrus Lagarde et deux éminents spécialistes de la littérature française, Oscar Moineau et Jean-Daniel Monelli. Le cocktail s'annonce explosif.

Comme prévu, après avoir présenté aimablement l'ensemble des protagonistes qui apparaissent tour à tour à l'écran, Polac réserve la plus grande partie du débat à la « révélation » de ces dernières semaines : Pétrus Lagarde. Face à cet invité qui s'efforce de garder une expression à la fois intéressée, plaisante et correcte, il s'étale sur les frasques sexuelles de l'auteur qui « amuse la France entière plus que ses livres d'ailleurs et qui apporte une bouffée d'air pur dans l'atmosphère confinée et trop sérieuse de la littérature française ». Polac s'adresse à lui en reprenant le sigle des journaux. Au lieu de dire Pétrus Lagarde, on dit « PL ». Et l'auteur accepte sans sourciller cette familiarité honorifique. Il est PL comme la plupart des entreprises françaises sont SA, comme Putes et Soumises sont PS, raccourci très proche d'un parti politique.

Le visage tendu, les mâchoires serrées, Patrick ne perd pas un mot de l'entretien qui se déroule sur le petit écran. L'aisance de PL est stupéfiante. Son rude faciès, son côté séducteur, son œil de boucanier jovial expriment tantôt la méditation, tantôt la gaieté juvénile, tantôt la lassitude d'un homme dont le métier est de réfléchir aux « vrais problèmes » et de guider ses semblables. À la fois prophète et amuseur, il est à l'aise.

– Vous ne trouvez pas que vous en faites un peu trop ? demande Oscar Moineau.

– Précisez votre question, monsieur.

– Vous êtes plus comédien qu'écrivain !

– Je pense en effet que l'écriture est une scène permanente. On doit se mettre dans la peau de chacun de nos personnages pour qu'ils soient crédibles.

Polac ne relève pas la réponse. Il continue sur sa lancée :

– Un auteur peut-il être, en même temps, un acteur, un promoteur occasionnel de sa marchandise ?

– Évidemment que non, répond du tac au tac Oscar Moineau. Comment un écrivain, après avoir tout donné dans un livre, peut-il se prostituer dans les magazines ?

– La prostitution, ça le connaît, lance Monelli.

– C'est vrai que j'aime les femmes.

– Les femmes, c'est comme les pommes de terre, coupe Desproges. Il faut que ça saute.

Le public rit volontiers à la plaisanterie.

– Je ne pense pas que ce soit incompatible avec le métier d'auteur, continue Lagarde.

– Si, ça détruit l'image de la profession. Des pages entières de vos aventures dans des journaux à scandale ne servent pas notre métier.

– Demandez à mon éditeur. Contrairement au vôtre, il ne s'en est jamais plaint.

La salle siffle.

– Je demande un peu de silence ! s'exclame Polac.

Derrière la caméra, Estelle fait un signe à Pétrus de calmer le jeu. Il respire doucement. Sans doute ces deux chroniqueurs issus de la caste parisienne ont de la rancœur envers un concurrent chanceux qui « connaît la chanson ».

– Bon alors, continue Polac, c'est quoi cette histoire de prostituée qui fait la une de *Paris Match*.

Comme lui a conseillé Estelle, Pétrus garde sa ligne de conduite, se plaint du lynchage médiatique dont il a fait preuve et précise que la jeune fille était consentante...

Voyant les risques qu'elle prenait à mentir devant la justice, elle a retiré sa plainte.

– Incroyable quand même, attaque Monelli, qu'un auteur, censé représenter une certaine classe de la société, ait un tel comportement !

– Et pourquoi ? réplique Josiane Balasko. Parce qu'on est auteur, on ne peut plus avoir une vie privée ? Il faut arrêter. Un auteur est un homme comme tout le monde. Il va aux toilettes comme vous.

– Vous êtes vulgaire, constate Oscar Moineau.

– Si la vulgarité c'est dire les choses en face comme cet auteur le fait, je suis vulgaire et j'en suis fière. D'ailleurs, vous l'accusez comme ça. Mais ni vous ni moi ne savons ce qu'il a commis et ce n'est pas à nous de le constater, mais à la justice.

– Pour vous, c'est quoi la vulgarité, Josiane Balasko ? reprend Polac.

– La vulgarité, ce n'est pas forcément employer des mots crus. On ne parle jamais de la vulgarité dramatique. Or il y a des chansons ou des choses comme ça qui font appel à des sentiments absolument navrants.

– Moi, ce que je trouve navrant, c'est d'écrire de telles fadaises comme le fait M. Lagarde, d'avoir recours, et je ne suis pas le seul à le dire, au cliché vulgaire pour faire de l'argent, lance Monelli.

Pétrus sourit et néglige de répondre. Devant son mutisme, Polac donne la parole à un auditeur qu'on imagine fort bien sans le voir : un homme mûr, distingué, un petit foulard autour du cou, permanenté jusqu'à la racine et enfiévré par la double passion de l'affaire Lagarde et de la prochaine sortie du livre ayant pour thème l'homosexualité.

– Dans vos livres, il n'y a jamais de passions dévorantes entre hétérosexuels, sauf peut-être Pierre et Lucile dans *Les*

Secrets de la Tourbantine. Est-ce parce que vous pensez que, lorsque les habitudes viennent concurrencer la passion, le couple perdure dans une harmonie raisonnable ? Est-ce ce schéma que vous refusez dans votre vie personnelle ? Et doit-on s'attendre à la même description dans votre prochain ouvrage ?

– Un vrai lecteur, constate Polac.

– Une vraie lectrice, coupe Desproges.

Patrick Chipon s'amuse.

– Il commence à être malmené par ses lecteurs. Comment va-t-il s'en sortir ? Il n'a pas lu mon travail. Il court à la catastrophe.

– Mais non ! s'exclame Éléonore. Il a l'habitude le bougre.

Pétrus sourit toujours, faisant mine de réfléchir.

– Le schéma du couple idéal, je ne le conçois pas. Que ce soit chez les hétéros ou chez les homos. Je pense que l'amour…

À ce moment précis, Estelle hoche la tête négativement. Avant l'émission, tous deux s'étaient bien mis d'accord sur les petits signes. Elle lui fait comprendre de ne pas s'engager sur ce terrain miné, propre à des attaques en bonne et due forme puisées dans la littérature française. Lagarde ne résisterait pas… Il s'interrompt.

– Vous pensez ? demande Polac.

– Je pense que l'amour touche les êtres et n'a rien à voir avec la sexualité qui n'est qu'une finalité d'une relation.

Estelle montre son pouce. Pétrus reprend de l'assurance.

– Allez hop ! Encore un beau cliché populaire, pique Moineau.

– Il en faut, des livres populaires, rétorque Pétrus. Tout le monde ne lit pas que des ouvrages philosophiques. J'espère que vous avez lu le mien pour en parler ?

– Bien sûr et des clichés de ce style, il y en a des tonnes. Vous nous avez même resservi le plus classique : « Il habite seul avec maman dans un très vieil appartement, rue Sarasate. » La chanson de Charles Aznavour date de 1972, monsieur Lagarde… De 1972 !

Patrick Chipon écoute Moineau pérorer avec un malaise croissant. Pour éviter d'entendre la suite, Éléonore se lève et rapporte le plateau à la cuisine. Le chroniqueur est en train de critiquer le livre commandé à son fils et défendu par l'auteur officiel. Le comble de l'humiliation.

– Le problème, assure Lagarde, ce n'est pas le sujet, ni même le livre qui vous dérange, c'est le côté populaire.

Josiane Balasko prend la parole sans la demander :

– On reproche à des artistes et des écrivains d'être populaires mais surtout de vendre. On dit souvent : vous ne faites pas cela parce que vous aimez le faire, vous faites ça pour gagner de l'argent. Mais quand on arrive au point où est arrivé M. Lagarde, c'est qu'il aime ce qu'il fait et qu'il le fait bien.

– Je ne vous le fais pas dire, murmure Chipon.

Trouvant la conclusion de Balasko intéressante, Polac se retourne vers Sheila pour la promotion de son dernier album. L'émission se termine dans un débat passionné. Avant le générique, Polac laisse le mot de la fin à Desproges. Ce dernier fixe la caméra.

– Existe-t-il des signes extérieurs de connerie ? Oui. On peut reconnaître un con rien qu'à sa façon de s'habiller. La caractéristique vestimentaire du con consiste à un besoin irrésistible de s'habiller comme tout le monde. Faites le test suivant : mettez dix personnes dans une pièce, observez-les. Sur les dix, il y en a bien un habillé comme les neuf autres. C'est un con. C'est scientifique. Quand quarante personnes s'habillent comme un con, c'est l'Académie française.

– On rend l'antenne, coupe Polac. À vous Cognacq-Jay.

Éléonore fait un signe à Patrick qui tient la télécommande. Il éteint le poste et dit avec un sourire :

– Tout de même, Lagarde ne manque pas de toupet.

– Ce monsieur est un excellent communicant. Vous vous complétez très bien. Tu écris ce qu'il ne sait pas mettre en forme et lui fait une promotion de grande qualité qu'en aucun cas tu ne saurais assumer.

– Estelle est derrière lui.

– Estelle par-ci, Estelle par-là. Tu ne serais pas amoureux, par hasard ?

– D'une certaine façon, elle me fascine. Une telle réussite, une telle intelligence, à cet âge. Regarde-moi, à côté !... J'habite seul avec maman dans un très vieil appartement...

– Pourquoi dis-tu cela ?

Il rit jaune, détourne la tête et lance :

– Pour te laisser reposer, demain je ferai le marché et la cuisine. Bonsoir maman.

* *
*

Dominant son émotion, Estelle se rend auprès de Pétrus. Il semble encore inconscient du danger qu'il a couru. Ses yeux sont vagues, fatigués. Le rose revient à ses joues. Non loin d'elle, Moineau sourit, flegmatique, glacial, insolent. Polac vient à leur rencontre.

– Bien, monsieur Lagarde, nous avons fait une bonne émission. Vous venez avec votre éditrice prendre un verre ?

– Non merci, je vais rentrer, je vous remercie.

– Eh bien, bonne soirée. Estelle, on se revoit dans quinze jours avec Josserand Le Thuilier.

– Absolument. À très vite.

Estelle éprouve de l'appréhension à se retrouver seule avec son protégé. Ce qu'ils ont à se dire est si important que ni l'un ni l'autre n'osent ouvrir la bouche. Un taxi les attend à la sortie des studios. Ils montent. Lagarde avale sa salive. Estelle voit trembler sur son cou une pomme d'Adam proéminente. Puis son visage s'immobilise, ses yeux se figent. Il demande d'une voix de cadavre :

– Vous avez reçu mon courrier ?

– Oui, par coursier spécial hier. Avant de répondre, je voulais quand même vous dire que vous vous êtes très bien débrouillé ce soir. Si vous retrouvez une vie saine, nul doute que je m'abstiendrai d'envoyer vos écrits chez un correcteur.

– Mais si vous répondez positivement, je pense qu'effectivement mon imagination sera décuplée.

Les yeux de Pétrus paraissent d'un jaune doré, presque solaire. Il a encore un peu de fond de teint sur le menton. Ce détail prend une valeur énorme dans l'esprit d'Estelle. Tout va se jouer maintenant.

– Je comptais vous répondre ce soir, dit-elle.

– Me… me répondre quoi, Estelle ? balbutie-t-il.

Elle lui tend les mains. Un éclair de joie sauvage passe dans les prunelles de Pétrus. Il se courbe en deux et applique ses lèvres sur les doigts de son éditrice. Elle voit ces cheveux ondulés, cette nuque inclinée, sur un col ayant encore des traces de maquillage, et un bonheur tumultueux le soulève de terre. Des mots parviennent à ses oreilles à travers le murmure de son sang qui court vite, qui cogne fort.

– Je ne peux accepter. Je vais me marier bientôt. Et je ne vous aime pas, Pétrus. Mon existence n'aurait aucun sens à vos côtés. Je vous rendrai malheureuse. Est-il possible que vous m'aimiez ainsi, comme vous l'affirmez ? Où était-ce dans un moment de désespoir que vous avez écrit ces mots ? Dans tous les cas, j'ai apprécié vos excuses pour votre geste déplacé dans la voiture. Vous êtes sincère et je le sens. Vous savez, nous, les femmes, avons un sixième sens.

Il relève la tête, pétrifié, comme pour bien s'assurer de l'expression d'Estelle.

– Je vous remercie de votre franchise.

– Je suis émue de constater que je vous inspire de si vifs sentiments.

Effectivement, devant cet homme amoureux, angoissé, elle se sent féminine, précieuse, nécessaire. Mais elle ne comprend toujours pas comment il peut se perdre dans de tels égards.

– Mon cher Pétrus, tout va redevenir comme avant. Vous allez travailler. Je vais vous aider. D'accord ?

Il défaille de tendresse. Un silence s'ensuit. Ses yeux penchés sur la jeune femme, il se baigne dans la naissance de sa gorge, visible par l'échancrure du corsage. La vie aurait été tellement plus simple si elle avait accepté de l'épouser. Il respire son parfum. L'inconvenance de cet instant l'effraie. Après avoir essuyé son refus, il ne saurait plus, pense-t-il, lui adresser un mot.

C'est évidemment le contraire qui se produit. Subitement, Pétrus se met à parler très vite de la rédaction de son prochain livre, pour meubler un silence qui l'angoisse. De temps en temps, il glisse un timide « Estelle » entre deux bouts de phrase. Il s'enferme dans une hargneuse pudeur masculine. Il ne veut pas subir un deuxième affront. En revanche, Estelle semble très à l'aise, beaucoup plus qu'il y a encore quelques jours.

Pétrus Lagarde vit près de Senlis. Le taxi s'engage dans l'allée de sa propriété. Les phares jaunes éclairent les arbres sur le bas-côté à la hauteur des troncs. Le véhicule s'arrête. Pétrus ouvre la porte. Son ombre, le bruit du moteur, le parfum de l'herbe arrosée par une pluie abondante, un bruissement d'herbes dans les branchages, le cri d'une chouette, tout la pousse à croire que l'atmosphère, le décor, se sont mis d'accord avec Dieu dans le choix de son destin.

– Au revoir, Estelle. Merci pour tout.

– Je serai toujours là pour vous, Pétrus. Vous êtes malheureux. Vous vous reconstruirez dans l'écriture. Je vous le promets.

Ils se regardent furtivement. Elle a un visage argenté, dans la pénombre. Lagarde ferme la portière.

– On retourne à Paris, lance Estelle au chauffeur.

* *
*

Un message sur le répondeur. Estelle avait pourtant bien dit à Josserand que quelle que soit l'issue de la conversation qu'il aurait avec Margaretha, ils ne se rappelleraient que le lendemain.

Avant d'écouter la bande, elle se sert un verre, se libère les pieds des souliers qui l'oppriment, allume les deux lampes du salon, passe dans la salle de bains pour se démaquiller. En passant le coton sur son visage, elle se dit qu'elle est heureuse de cette journée. D'abord, chez Polac, son auteur s'est débrouillé à merveille. Enfin, la mise au point avec Pétrus a été plutôt facile à gérer. Elle passe à côté du répondeur et appuie sur *play*.

« Bonjour, c'est Helmut de Berlin. J'ai besoin de vous parler. Pourriez-vous me contacter au plus vite ? Merci. »

Tout en attrapant son verre, Estelle se dit qu'elle n'y manquera pas. Dès que Josserand sera revenu de Karlsruhe.

XVI

MADAME SCHWATTÉ, une Alsacienne exilée à Paris, est la gazette de l'immeuble où habite Estelle. Chaque matin, quand les locataires passent devant sa loge, elle leur rapporte quelques ragots sur le voisinage : la belle-fille des Berger est une catin de la pire espèce et le fils a menacé de la quitter. Les locataires du 10 ont un chien qui hurle toute la journée en leur absence. Ce matin, Mme Schwatté paraît passionnée par une nouvelle toute fraîche : l'éditrice de M. Lagarde a reçu un homme chez elle, la veille à 15 heures… Et il n'est toujours pas redescendu. Nul doute qu'il n'a pas dormi dans le canapé. La curiosité pour Anne Schwatté n'est pas un défaut mais une nécessité. Que ne ferait-elle pas pour connaître la vie de l'autre ? Elle est toujours là, une tarte à la main, pour pénétrer dans les intérieurs et s'enorgueillir du dernier scoop qu'elle pourra servir aux curieux, sur assiette, s'il vous plaît.

Si Estelle et Josserand ne sont pas encore descendus, c'est qu'ils ont discuté une bonne partie de la nuit. L'éditrice a raconté l'épisode de Polac et la déclaration de Pétrus Lagarde, Josserand a rapporté au plus juste la discussion qu'il a eue avec Margaretha. Il n'a rien caché.

Elle l'a regardé tendrement et a secoué la tête. Elle claquait des dents. Il lui a apporté une théière. Elle en a bu, coup sur coup, quatre tasses. Ses traits se sont détendus, ses prunelles se sont voilées, puis ont repris une lumière et une fixité d'étoile. Un sourire triste jouait sur ses lèvres comme pour signifier qu'elle était capable de tout entendre. Pourtant, elle a observé pendant un long moment un silence qui en disait long.

10 heures du matin. Estelle sort en ville, en compagnie de Josserand, devant l'œil curieux de Mme Schwatté.

Paris lui paraît étrange ce matin, les rues étroites, les trottoirs sales, le square planté de bouleaux dépourvus de leur feuillage. Bien qu'on soit au mois d'avril, le froid est si vif en cette fin de journée que les promeneurs du jardin se montrent enveloppés de manteaux. Elle regarde le visage des vieilles personnes avec leur cabas, luttant contre le vent glacial. Estelle s'amuse à les rajeunir dans sa tête, à les imaginer plus jeunes, encerclés par les SS. Étaient-ils collabos ou résistants ? Pour elle, la différence saute aux yeux. Les amis des miliciens ont forcément le regard perçant, les manières de rustres, le visage laid. Les résistants, plus distingués et plus timides à la fois, semblent se survivre dans la tristesse.

Pourtant, avec ce que lui a appris Josserand, ne faut-il pas tenter de dépasser cette pensée caricaturale et stupide ? Qu'auraient fait tous ces Parisiens si, d'un coup d'un seul, ils avaient été allemands, annihilés par une pensée unique et manipulatrice ? Ils se seraient soumis comme tout le monde. Cette idée de résignation laisse Estelle songeuse. De plus en plus, ces personnes âgées françaises ou allemandes lui apparaissent comme des rêves déçus, des ambitions mortes, des injustices consolidées par le temps. Que ce soient Paris ou Karlsruhe, les villes sont des dépotoirs où les révoltés et les dociles se retrouvent côte à côte, une fois le rêve brisé.

Comme on lit l'âge de la terre dans la couche des sédiments superposés, on peut imaginer le passé de la France en regardant les êtres jeunes, mûrs ou cacochymes qui ont tous en commun un héritage de la Seconde Guerre mondiale. Le goût de la fatalité est ancré au cœur des peuples. Et pourtant, le sujet reste encore tabou en Allemagne, comme si le pays ne s'était pas encore pardonné à lui-même l'erreur commise. Pour avoir un pied dans les deux patries, Estelle ressent profondément la différence. Pourquoi Karl a-t-il dénoncé son meilleur ami ? Était-il un agent double ? Ou tout simplement n'avait-il pas eu le choix ? Margaretha se canalise sur la signature de l'acte de décès. Mais est-ce vraiment un élément déterminant ? Cette pensée effleure pour la première fois Estelle. Sans doute trouvera-t-elle LA réponse auprès d'Helmut ? La réponse… Car, malgré la faiblesse de ses moyens mais grâce à Josserand, Estelle croit à la vertu de l'entêtement. Qui était son père ? D'où vient-elle ? A-t-elle été désirée ? Pourquoi Charlotte a-t-elle caché si longtemps son secret à Margaretha ? Certes, Estelle a un début d'explication, mais elle n'a pas LA réponse, les détails du passé. Le récit de Margaretha a bouleversé l'éditrice au point qu'elle prend pour elle-même les critiques qui sont faites à Karl. Sur sa figure se lit un désespoir sans bornes. Remuée jusqu'au ventre, elle s'arrête, essoufflée. Elle sait que tant qu'elle n'aura pas trouvé une explication rationnelle, elle ne pourra vivre sereinement, ni avec Josserand ni avec un autre. Il n'y aura pas de place, pas d'espace. Elle ne s'autorisera pas à vivre. Par méconnaissance d'elle-même. La quête n'autorise ni les étrangers ni les parasites. Subitement, elle est gênée de se trouver seule avec Josserand en plein Paris. L'air, entre eux, paraît chargé d'effluves électriques. Tout, autour d'elle, semble sec, inhabituel, menaçant, comme à l'approche de l'orage.

– Estelle, tu ne veux pas rentrer ? Tu n'es pas bien… Je le vois. Tu peux me dire la vérité, à moi.

– Qu'est-ce que tu racontes ! Je dois encore passer à la librairie Surbet.

– Bon, d'accord.

– Tu seras heureux de voir que ton livre est bien en place.

Elle exagère son contentement comme si elle s'était penchée, une tasse de bouillon à la main, vers un malade qui refuse de se nourrir. Estelle s'entend prononcer des mots, mais ne voit rien, attentive à quelques écroulements intérieurs. Pour la tirer de son hébétude, il lui parle de la promotion future, de son passage à la télévision, de sa maladresse devant les caméras. Elle l'accable en retour de recommandations qu'il écoute distraitement, plus occupé à suivre les gestes d'Estelle et à lire dans ses pensées. Cette femme a été son éditrice, sa maîtresse, la confidente de ses fatigues, de ses craintes, de ses espoirs, sa protectrice et sa protégée. Pourquoi ne parvient-elle pas à mettre des mots sur son ressenti ? Pourquoi ne peut-elle pas laisser entrevoir tout le chagrin qu'elle éprouve de ses interrogations sans prendre le moindre risque de le torturer ? Elle est là, devant lui, avec tant de forces professionnelles et tant de faiblesses personnelles !

Estelle sent monter un malaise dans sa poitrine…

– Ma chérie, je vois bien que tu n'es pas bien. On va rentrer.

Les cheveux de Josserand, coupés trop courts, ses pommettes saillantes, son iris d'un bleu-violet indéfinissable lui confèrent un visage grave. Elle tressaille, relève légèrement la tête. Ses yeux s'agrandissent. Ils expriment si intensément la désolation, la terreur, la tendresse que Josserand est comme roulé par une vague.

– D'accord, murmure-t-elle.

Du ciel gris et bas, quelques gouttes se détachent. Un vent froid souffle et fait courir un frisson sur les bras d'Estelle. Elle se pelotonne dans son manteau. Et dans un geste fou, saisissant la main de son amie, Josserand la porte à ses lèvres. Puis il hèle un taxi. Une fois installée, elle ne peut s'empêcher de regarder par la vitre arrière. Une brusque impression de vide la saisit au niveau du cœur. Là-bas, au milieu de la chaussée, un petit groupe de touristes contemple les monuments. Parmi eux, une silhouette d'homme, plus haute que les autres, les épaules carrées, les cheveux jaune paille. Sans doute un Allemand venu expliquer à sa classe toutes les affres de la guerre. Entre lui qui reste et elle qui fuit, un lien s'allonge, s'étire, va se rompre. Soudain, elle est délivrée. Le taxi tourne le coin de la rue et accélère, comme happé par le destin.

Revenus à l'appartement, ils gardent longtemps le silence. À leur insu même, l'escapade parisienne les a rapprochés. Estelle est fière de la confiance que lui témoigne son ami. Quant à Josserand, il s'étonne de la trouble douceur que suscitent en lui la vue de ce visage, le son de cette voix dont il aimerait être à jamais prisonnier. Il a envie, tout à coup – et c'est là une pensée chronique chez lui –, de ne plus être seul, d'avoir une famille, des souvenirs, des habitudes, un avenir comme tout le monde. Il pense au futur alors même qu'Estelle est engluée dans le passé, en luttes stériles. Bien entendu, il est toujours persuadé qu'elle doit terminer sa quête. Mais aussi s'octroyer le droit de vivre. « Finalement, pense-t-il, l'idéal pour nous deux est toujours aussi loin, derrière des rideaux de nuages. » Ses yeux se portent sur la photo de Karl qu'Estelle a fait reproduire et encadrer.

– Quelle profondeur dans ce regard, murmure-t-il. On a l'impression qu'il nous défie.

– Oui, répond Estelle. Dommage que mon enfance brille par son absence. J'aurais tant aimé qu'il soit là le dimanche pour m'emmener au parc.

Elle sourit à ce rêve d'une manière désenchantée et vieillotte. Un élan généreux gonfle le cœur de Josserand. Estelle est si noble dans ses sentiments. Et lui demeure là, les bras ballants dans son pull-over marron clair.

– Je t'ai poussée à connaître la vérité. Aujourd'hui, tu dois avoir une rancœur envers moi. Je me suis desservi, affirme-t-il.

– Explique-toi !

– Tu dois te dire, finalement, que mieux valait-il ne rien savoir plutôt que d'avoir en tête l'image brossée par Margaretha.

– Tu te trompes, Josserand. Je ne suis pas responsable de Karl, je n'ai pas à juger. Cependant, je persiste… Les conclusions de Margaretha sont infondées. Même si Karl a signé l'acte de décès de Ferdinand, où est la preuve que c'est lui qui l'a exécuté ?

* *
*

Le texte est criblé de fautes. Avec patience, Pétrus rectifie l'orthographe, rétablit la ponctuation, épouille le texte de ses coquilles. Parfois, il éprouve le besoin de renforcer l'expression originale de sa pensée. Tout le début du roman lui semble d'ailleurs trop abstrait. Ayant réfléchi un moment, il rature un paragraphe de tête et inscrit : *Gérard s'éveille lentement, rejoint Martine, sa femme, à la cuisine et ses premières paroles étonnent par leur profonde sagesse…* Cette phrase est-elle utile ? Égaye-t-elle le ton général de l'introduction ? Que faire ? Pétrus relève le front, considère son bureau, avec ses murs parsemés de tableaux, ses chaises de bois blanc, son guéridon du début du siècle. Des mégots sont écrasés devant lui, dans une soucoupe. Derrière les vitres respire une nuit d'avril, pluvieuse et démoralisante. La flamme d'un réverbère au bout de l'allée palpite et s'éteint. *Gérard s'éveille lentement...* Il doit être 3 heures du matin. Pétrus a sommeil. Mais il a promis de livrer sa copie à Estelle à l'aube.

Autrefois, il goûtait un plaisir douloureux de travailler pour ses ouvrages jusqu'à la limite de ses forces. Mais, depuis quelques mois, une lassitude médiocre lui gâche sa joie. Il se verse un verre de thé tiède, y jette quelques rondelles de pomme et lape distraitement le breuvage. Oui, il a changé. Et le monde autour de lui a changé aussi. Depuis son affaire avec cette fille, il est boudé de ses confrères. Le téléphone ne sonne plus pour le féliciter de son dernier ouvrage, plus de lettres, plus de télégrammes. La révélation a atterré la profession.

Pétrus réfléchit à ce Gérard fictif et tente de l'imaginer, avec son buisson de barbe, son nez gonflé, ses grandes mains sarmenteuses. Il existe quelque part dans son imagination. Il faut que le lecteur puisse maintenant se l'imaginer. Pour cela, l'écrivain doit le faire vivre, l'incarner, lui prêter des pensées et des sentiments, le faire évoluer dans son univers. N'est-ce pas le métier de Pétrus Lagarde, l'auteur le plus vendu ? Cette pensée lui est atroce. Un métier. Non plus un sacerdoce passionné, mais une profession avec ses ennuis, ses intrigues, ses erreurs, sa monotonie. Charger son stylo d'encre, vérifier le stock de papier, écrire l'histoire qui plaira à son lectorat, sourire aux caméras, tout cela paraît à Pétrus aussi habituel et morne que les incidents d'une vie de bureau. Accoutumé à cette routine, il a perdu le goût de l'inattendu. Pétrus ne fête plus la parution de ses livres avec le même enthousiasme. Par moments même, il en oublie le jour. Ce soir, Pétrus se souvient avec nostalgie de l'époque lointaine où la seule maquette de couverture l'enflammait d'une ardeur religieuse. Aujourd'hui, il n'y prend même plus garde. Sa passion s'est assoupie dans une vie blasée.

Pétrus allume une nouvelle cigarette et repousse les papiers qui encombrent sa table. Le froid pique l'atmosphère de la nuit. Un silence mort emprisonne la propriété jusqu'à ce bureau où il réfléchit et tente encore d'exister.

– Je ne peux plus continuer comme ça, murmure-t-il.

La pendule sonne la demie de 3 heures telle une sentence.

– Je ne peux plus continuer comme ça…

Son cœur lâche comme si un poids l'emportait au fond d'un gouffre. L'écriture l'avait d'abord attiré par tout ce qu'elle exigeait de renoncement et de courage. Il avait aimé les tourments de conscience qu'elle lui imposait, ce jeu de terrain gagné, lâché et reconquis, ce va-et-vient, ces triomphes dont il avait été le champion, et ces défaites dont il était victime. Pendant longtemps, il s'était battu comme un forcené contre les mythes sacrés de ses éditeurs : « Ne pas changer de genre, ne pas choquer par des sujets tabous. » Pendant longtemps, il s'était refusé d'être un écrivaillon à la plume bienveillante. Il avait fait sa révolution. Et, finalement, on lui rappelle que dans son « métier » mieux vaut-il se perfectionner soi-même que de vouloir perfectionner le monde. Au bout de l'allée, les réverbères se sont éteints. Pétrus revient à ses papiers :

Gérard s'éveille lentement…

Non, il ne peut pas écrire. Il le dira demain à Estelle. Ce travail n'est plus le sien. D'autres prendront la relève tandis que lui s'enfoncera doucement dans le monde des inconnus. Il respire profondément, peigne d'une main lourde sa chevelure en désordre. Le thé trop sucré lui fait une bouche pâteuse. Ses yeux brûlent par l'insomnie. Il approche d'un rayon de livres, saisit un ouvrage de Colette, *La Naissance du jour*, et l'ouvre au hasard : *Solitaire… C'est un mot à belle figure, son S dressé comme un serpent protecteur.*

Une tranquillité merveilleuse envahit la chair de Pétrus. Il se rassoit devant la table et pose son front sur ses mains ouvertes. Demain, il téléphonera à Estelle.

* *
*

La rue dort, engourdie de froid et de silence. Les blocs de maisons sont saisis dans le bleu éclatant du ciel, comme dans la pâte d'une céramique. Une odeur de poussière et d'essence double l'arôme têtu des feuilles de printemps. Avril est exceptionnellement rigoureux dans toute l'Europe. Quelques rares passants suivent le trottoir qui mène à la porte de Brandenburg en cette soirée tardive. Helmut monte dans un taxi, déboutonne sa veste, enfonce son chapeau sur les yeux. Il est satisfait de la soirée qu'il a passée chez les Kormann et leurs invités. Il y avait l'acteur Hector Lubstein, un raté qui achève une série de représentations au théâtre de Berlin. Une veuve taillée en tonnelet s'est amourachée de ce bellâtre et finira par son insistance à coucher avec lui. « Lorsqu'on est cochon, il n'y a pas de volupté plus grande que de pousser les autres à le devenir », songe Helmut. Cependant, pour l'instant, il a mieux à penser qu'à Lubstein. Demain après-midi, il donnera une conférence au glorieux régiment de l'armée de terre de Berlin, lui un ancien officier allemand, résistant au régime nazi et décoré après guerre par la croix de Malte. Évidemment, il ne parlera pas de l'« Étoile de mer », dont l'existence est aujourd'hui réduite à néant. Il se contentera de commenter sa propre bravoure. Son grain de beauté vibre au coin de sa lèvre. Ses cheveux luisent à la lumière du plafond de la voiture comme du miel roussi. Il cambre les reins pour redresser sa taille.

– Malgré le mur, quelle paix dans cette ville. Les générations actuelles ont de la chance de vivre une telle ère. Hier, la guerre et les tueries. Aujourd'hui, le plaisir de vivre. Pourquoi ?

À mesure qu'il avance en âge, Helmut perd lentement de son insouciance et ses inquiétudes funèbres le secouent en pleine nuit ou dans son jardin tandis qu'il soigne ses fleurs tel un jardinier philosophe.

– Je vieillis, je vieillis, murmure-t-il en souriant.

Il descend du taxi et monte les quelques marches qui le hissent devant sa porte d'entrée. Une enveloppe y est accrochée avec une punaise. Ses yeux prennent une expression concentrée. Il décachette et lit :

Bonjour,

Nous avons préféré passer un week-end à Berlin pour vous voir plutôt que de vous rappeler. Nous sommes descendus au Royal Hôtel. *Si vous êtes là demain matin, n'hésitez pas à nous téléphoner au 45 19 32, chambre 29. Nous viendrions le matin. Sinon on se parlera à votre conférence l'après-midi. Nous sommes ravis de vous revoir.*

Estelle et Josserand.

Helmut sourit mélancoliquement, comme si cette dernière phrase rencontrait en lui plus de doute que d'espoir. Son front est moite. Ses narines pâles battent. Sa bouche s'ouvre dans un mouvement de poisson cherchant l'air.

« J'aurais préféré le téléphone à l'entrevue », pense-t-il.

D'un pas assuré, il cherche le dossier de Karl dans le secrétaire du salon. Le feu allumé par la femme de ménage vers 19 heures crépite encore faiblement. Il le recharge, s'assoit dans un fauteuil, s'enveloppe les jambes d'un plaid écossais et ouvre la chemise vert bouteille. Les bûches craquent, un vent bat les carreaux, le silence a des pulsations régulières à celles de son sang dans les veines. Sous le regard d'Helmut, le texte qu'il lit part en effilochure.

Cette nuit énorme, autour de lui, c'est la venue d'Estelle, c'est le passé qui revient en sa mémoire, c'est la guerre toujours présente, c'est lui-même perdu entre l'espoir le plus fou et la crainte la plus précise. Tout est en marche dans sa tête alors que le monde dort. Un bruit de bottes innombrables martèle le sol. Les soldats SS apparaissent à ses yeux comme s'ils étaient là, dans le salon. Surgissent de sa mémoire des drapeaux nazis. Helmut ferme les yeux et les rouvre avec effort sur la flamme de la cheminée encore allumée en ce mois printanier. Les grands rideaux du salon sont rouges comme l'intérieur de ses paupières. Il essaie de tenir la tête droite. Le dossier lui glisse des mains. Il pêche à la ligne au bord d'une rivière, en Forêt-Noire. Il a douze ans. Sa sœur, à côté, boude parce qu'elle n'a pas encore pris de poisson. Les bouchons dansent dans le courant aux larges remous lumineux. Mais pourquoi pousse-t-elle soudain ce cri horrible ? Comme si Helmut tirait de l'eau un monstre terrifiant. Il a un mouvement de recul. Helmut relève les paupières. Le cartel, sur la cheminée, marque 4 heures du matin.

Il ramasse le dossier, le pose soigneusement sur la table et gagne sa chambre. Il s'allonge. Son visage osseux flotte sur la pâleur des oreillers. Ses mains toujours froides sont abandonnées aux plis de la couverture. Il ferme les yeux. Il a l'impression d'être au bord du gouffre, un gouffre qui bouge doucement sous ses pieds. Un tiraillement nerveux serre et desserre ses joues. La salive se fait rare sous sa langue. Il rouvre les paupières et touche des doigts les plis du drap. Demain, sans nul doute, sera la journée la plus éprouvante de toute sa vie.

XVII

LA TACHE EST PARTIE. Mais le plus délicat reste à faire. Helmut tremble d'approcher le fer à repasser de la nappe. La femme de ménage ne vient pas tous les jours et cette besogne lui incombe ce matin. Pour vérifier la température du fer, il l'élève à la hauteur de son visage. Une chaleur rayonne jusqu'à sa joue. C'est le moment d'y aller. Il pulvérise avec ses doigts une fine pluie sur l'étoffe. Avec un chuintement de fureur, la masse lourde du fer entre en contact avec la nappe, l'écrase, l'étale, mord sur les broderies. Incontestablement, c'est la plus belle pièce de la maison. Sa mère avait mis le prix. Le fer va et vient entre des fleurs géométriques et des ramifications filiformes. Quelques minutes plus tard, le dossier Hartmann est posé sur le tissu repassé comme une décoration supplémentaire.

Lorsque le taxi dépose Estelle et Josserand devant la demeure, Helmut rajuste sa cravate comme pour se préparer à un combat. Fiévreux, la tête lourde, la gorge sèche, il tente de dominer son angoisse. Il reçoit ses visiteurs sur les marches avec un étonnement faussement joué :

– Je ne voulais pas vous inciter à faire ce déplacement.

– On vous avait promis de revenir, lance Estelle.

– Justement !

Il rit et ajoute :

– Que voulez-vous ? Je ne crois jamais aux promesses ! Pas plus à celles des autres qu'aux miennes ! Ainsi, je n'ai que des bonnes surprises dans la vie ! Entrez ! Entrez hôtes inattendus.

Il ouvre les bras dans un geste théâtral. Le couple le suit dans le salon « oriental ». Helmut sert le thé, propose une eau-de-vie à la cerise que chacun refuse, et invite Estelle à s'asseoir confortablement. Aussitôt, Helmut tire à lui le dossier Hartmann.

– Je suis finalement très heureux que vous soyez venus tous les deux. Ce que j'ai à vous annoncer est… comment dire… très délicat.

– Venons-en au fait, s'impatiente Estelle, une tasse à la main.

– Après la guerre, comme je vous l'ai montré, j'ai réalisé des recherches très poussées sur chacun des protagonistes du réseau « Étoile de mer ». J'ai travaillé dur pour glaner quelques informations, d'autant plus que les changements d'identité étaient courants à la fin de la guerre. Les papiers des soldats inconnus ont servi à certains. D'autres se sont refait une vie en Normandie, ont fondé une famille.

– Josserand a écrit un livre là-dessus. On vous en a rapporté un exemplaire, vous l'aurez dédicacé, sourit Estelle.

Subitement, Estelle redevient plus sérieuse et semble calculer quelque chose de lointain et de compliqué dans les yeux d'Helmut. Sous ce regard quasi paternel, elle éprouve une sensation d'engourdissement et de bien-être, comme aux étuves quand la chaleur est trop forte.

– Un jour, je suis tombé sur un membre qui avait changé son identité, tout simplement en prenant son deuxième prénom et le nom de sa mère.

– Pourquoi a-t-il fait ça ?

– Pour une raison majeure : les soldats prisonniers étaient relégués aux travaux forcés…

– Et les officiers au tribunal de guerre, conclut Josserand passionné.

– Exactement.

– Je ne comprends pas, intervient Estelle. Si l'officier en question pouvait prouver son appartenance au réseau, il ne risquait absolument rien.

– Certes. Mais quand on a connu des années de guerre, que le monde entier se retourne vers les coupables, on ne se pose pas de questions. Pour éviter des mois, voire des années d'emprisonnement, des officiers ont décidé de faire table rase de leur passé, de quitter l'Europe et de faire peau neuve.

Ils demeurent un long moment assis, sans échanger de paroles. Par la fenêtre, Estelle aperçoit la façade d'une épicerie. Des femmes entrent, sortent, chargent leur cabas péniblement. Elle se lève et se met à frotter ses mains l'une contre l'autre d'un geste machinal. Toutes les formules de politesse dépassées, il ne lui reste plus au cœur qu'un sentiment d'angoisse. Elle sent ce qu'Helmut tente de lui expliquer, mais s'y refuse.

– Qu'essayez-vous de me faire comprendre ? demande-t-elle.

– J'ai réalisé un travail de recensement important. J'ai confondu les deuxièmes et troisièmes prénoms avec les noms de jeune fille des mères.

– Et ?

– J'ai trouvé un Rolf Ulrich, *alias* Karl Hartmann, sur une île, au large de la Guadeloupe… La Désirade.

Les yeux d'Estelle pétillent d'un éclat joyeux. L'émotion lui enflamme les joues.

– Vous voulez dire que…

– Que votre père est encore en vie, Estelle.

Elle soutient ce regard trop bleu, trop tendre. Raidie dans sa surprise, elle ne parvient pas à réagir. Les yeux secs et brûlants, une douleur entre les côtes, elle souffre de ne pouvoir, par sa nature, s'abandonner entièrement aux sentiments qui l'assaillent. Brusquement, il lui est impossible de rester inactive, avec cette pensée dure comme la pierre que Karl Hartmann, le père qu'elle a incarné dans ses rêves, se trouve quelque part, au beau milieu des Caraïbes. Dans sa tête, les phrases s'enchaînent mal. Josserand lance tendrement :

– C'est formidable. Tu dois être si impatiente.

Il devine qu'il lui fait mal. Et pourtant, il donnerait n'importe quoi pour qu'elle paraisse heureuse, pour que cette épopée interminable, où elle usait son énergie sans savoir qu'elle toucherait un jour au but, soit pour elle et lui une très belle aventure. Le clapotis de l'eau sur la vitre les enveloppe dans une atmosphère pesante. Estelle sent la main de Josserand près de la sienne. Elle a un visage de souffrance et s'écarte légèrement, comme si elle désirait affronter seule ce que, finalement, elle avait toujours cherché.

– Je le savais déjà lorsque vous êtes venus la première fois, affirme Helmut. Je ne pouvais pas vous en parler. J'attendais le feu vert de Karl. Il me l'a donné dans un courrier reçu la semaine dernière. Je vous ai appelés immédiatement. Êtes-vous heureuse, Estelle ?

– Oui… Déboussolée aussi.

Helmut s'incline, frotte ses longues mains sèches.

– L'existence est trop courte pour ne pas saisir toutes les chances de bonheur ! J'ai connu, quand j'étais gamin, en Bavière, un coq des bois, qui pèse jusqu'à trente livres, avec un plumage gris et noir, des sourcils rouges, un bec crochu.

Au printemps, il appelle ses femelles, du haut d'un arbre, par un long roucoulement suivi d'un cri bref. Pendant ce roucoulement, l'oiseau – les ailes à demi ouvertes, la queue déployée, le cou tendu vers le ciel, dans l'extase – perd la notion du danger au point de ne pas entendre le chasseur qui s'approche et va tirer sur lui. Nous surnommons cet oiseau « le sourdaud », parce qu'il est sourd à tout ce qui n'est pas sa joie. Il faut parfois être sourdaud dans la vie.

Estelle regarde Helmut avec inquiétude. Elle sourit.

– Votre histoire est très jolie, dit-elle. Si j'ai bien compris, les sourdauds sont presque toujours victimes de leur aveuglement ?

– Oui... mais ils profitent jusqu'à l'ultime moment du plaisir ! Entre les deux, vous devriez trouver un compromis. Karl vous attend. Je vous ai écrit l'adresse sur ce morceau de papier. Je vous souhaite de vous retrouver. Vous avez certainement beaucoup de choses à vous raconter.

Estelle et Josserand remercient Helmut pour son accueil. L'éditrice saisit le papier sur la table :

Rolf Ulrich, section Baie-Mahault, 97127 La Désirade, Guadeloupe.

– L'île n'est pas bien grande, essentiellement habitée par des pêcheurs. Le courrier met une quinzaine de jours. Retenez une chose : Karl veut garder une discrétion absolue. Rassurez-le sur ce point. Bonne chance Estelle, murmure encore Helmut.

Elle plie le morceau de papier d'un doigt ferme, avec la sensation d'engager son destin plus gravement que le jour où elle avait décidé de quitter l'Allemagne.

* *
*

La tenue improvisée d'Estelle excite la curiosité des passants. Certains se retournent sur elle. Josserand les foudroie du regard. Il marche à côté d'elle, les bras ballants, fort et ombrageux, prêt à la défendre contre quiconque oserait l'importuner. Elle s'amuse de son air de chevalier servant. Depuis qu'elle a quitté le domicile d'Helmut, elle n'a qu'une seule idée en tête : retourner à Paris le plus rapidement possible. Elle s'est rabattue sur un train de nuit qui part de Berlin à 16 heures ! Josserand a passé tout le début d'après-midi à s'occuper de ce départ précipité : prendre des billets dans une cabine couple et annuler la chambre d'hôtel. Estelle trouve qu'il sent le savon. Elle pense qu'elle aurait pu lui offrir un costume, ou des boutons de manchettes, souvenir de ce passage si étrange dans la ville, mais cette idée ne la retient qu'un instant. Ce qu'il faut, avant tout, c'est se procurer des provisions de voyage. Elle s'en occupe. Josserand porte les paquets dans un sac, sur son dos.

Quelques heures plus tard, ils se retrouvent tous deux dans leur compartiment. Assise sur sa banquette, Estelle se fait l'effet d'une reine des anciens temps, promenée rudement en litière, tant le cahot du train est important. Près d'elle, Josserand ne la quitte pas des yeux, le regard suppliant comme s'il voulait s'excuser des secousses. Un petit vent vif met du désordre dans le paysage, coiffant les prairies à rebrousse-poil, tournant les jeunes feuillages de printemps à l'envers et ridant l'eau dans le mauvais sens. Estelle pense alors que ce paysage est à l'image de son cerveau. Le glissement du train sur les rails donne à Estelle l'impression de voguer vers un mirage. Au loin émerge la dentelure rose et bleue d'un récif montagneux. Le train passe sur un petit pont, puis sur les abords d'un village où quelques enfants à vélo regardent passer le convoi, immobiles, muets, comme saisis par l'étrangeté de leur passage.

– Nous voici partis pour quatorze heures de voyage ! s'exclame Josserand.

Elle le regarde tristement.

– Oui.

– Tu es impatiente d'arriver à Paris ?

– Comme toujours, mais aujourd'hui plus que jamais.

– Tu es sceptique, Estelle.

– Non. Enfin… Je dirais plutôt dubitative. Toute leur vie, les gens normaux ont peur de voir leur père mourir, moi j'ai la trouille de le voir vivant.

La voie longe un fleuve qui s'élève par lacets paresseux au flanc de montagne. Estelle demeure dans cet état d'esprit un long moment. La présence de Josserand la rassure, comme si, face à ces secousses de la vie, il faisait office d'ange gardien.

L'ombre est claire maintenant, les nuages ont fui le ciel piqué d'étoiles. De temps à autre, Estelle se retourne vers son ami. Il ne dort pas. Il la protège en silence. Elle distingue la lueur attentive de ses yeux. À quoi pense-t-il en la regardant ? Enfermée dans son mutisme, elle a conscience que son amour s'est décuplé grâce à cette quête commune. Par respect pour lui, elle ne lui en a jamais parlé. Comme s'il y avait une indécence à mélanger le charme de la recherche à la perversité d'un acte charnel. Elle, qui jadis ne pouvait avoir une relation suivie, s'étonne des audaces où l'entraîne la vie. Plus la connaissance de son passé l'apaise, plus elle devient disponible pour s'octroyer un peu de bonheur. Une trappe s'est ouverte dans son cerveau, libérant tous ses désirs qu'elle étouffait depuis des années. Elle sait qu'elle n'est pas la première passion de Josserand, qu'il aime toujours sa femme accidentellement disparue, qu'il la rejoint souvent en pensée et, cependant, dans le cahotement du train, Estelle ne peut s'empêcher de remercier la félicité d'avoir conduit cet homme jusqu'à elle. Par le secret révélé, elle gagne un père et un mari, et ce qui devait être une torture est devenu, avec le recul, une bénédiction.

Au moment où elle réalise ce constat, un parfum la touche, si intime, si émouvant qu'elle en perd le fil de ses idées. Ou bien c'est un mot, l'inflexion d'une voix, un début de sourire… Elle se retourne vers Josserand. Il somnole, la joue appuyée contre la banquette, la couverture des chemins de fer tirée sur ses jambes. Son visage est un œuf magique, déposé dans un nid de duvet par l'oiseau de feu des légendes populaires. Elle se trouve aux côtés du bien le plus précieux du monde. Elle se jure à cet instant de le protéger comme il l'a déjà fait pour elle en la poussant dans ses retranchements. Elle dit tout haut :

– C'est extraordinaire, j'aime…

Le feu des sentiments court dans ses veines. Et Josserand ne l'entend même pas. Le bruit du train couvre la voix d'Estelle. Elle préfère d'ailleurs. Des larmes brouillent ses yeux. Que se passe-t-il là-bas, à l'horizon ? Quelles sont ces lumières ? Ah ! Un arrêt prévu dans une gare de province. Son exaltation baisse. Comme l'oiseau, ivre de ciel, doit tout de même se poser pour reprendre ses forces, aussi éprouve-t-il du soulagement à redescendre au niveau du sol. Il est né pour atteindre les plus hautes ferveurs, non pour s'y tenir. Si Estelle veut pouvoir continuer d'aimer follement, il faut qu'elle soit, parfois, délivrée de l'amour.

Elle étend doucement Josserand sur sa couche et gagne la sienne.

Le lendemain, au réveil, Estelle s'étire et regarde par la fenêtre. Château-Thierry. Elle compte les kilomètres qui la séparent de Paris. Cet après-midi, elle écrira à son père. À mesure qu'elle s'approche de la capitale, les fantasmagories du voyage se dissipent en elle pour faire place à une juste vision de la réalité. Tendue d'impatience, elle ne remarque pas le visage fatigué de Josserand et s'inquiète surtout de savoir s'il y aura des porteurs en gare en ce dimanche matin. À Meaux, le contrôleur toque à la porte. Grand et gros, avec un uniforme gris et une casquette à trois étoiles, il sourit de voir ses clients réveillés. Il referme le battant. Estelle passe un coton imbibé de lotion sur le visage. Le train passe à côté d'un centre équestre. Amusés par le passage du convoi, des chevaux l'accompagnent au petit galop, les reins souples, la crinière libre, la prunelle joueuse, puis s'arrêtent soudain, distraits par un brin d'herbe qui bouge dans le vent.

Après avoir traversé encore quelques terres boisées et longé les murs de la banlieue dortoir de Paris, le train s'engage dans sa dernière ligne droite et entre en gare. Une foule de parents, d'amis, d'hôtes attendent devant les bancs ou près de la locomotive. À l'ouverture des portes, ils se reculent instinctivement pour laisser passer le flot. Le quai résonne sous les pas des voyageurs. Estelle hèle un porteur tandis que Josserand fait la queue à la station de taxis. Dans les yeux de la jeune femme, les plages dorées des Caraïbes brillent comme de multiples diamants au-dessus de l'océan.

* *
*

Paris, dimanche 25 avril 1982.

Cher Monsieur,

Cette lettre ne vous surprendra pas puisque vous avez autorisé votre correspondant Helmut à me communiquer votre adresse afin que nous rentrions en contact.

Je m'appelle Estelle Furdmann. Je suis votre fille.

Je ne sais comment vous dire à quel point je suis heureuse de vous avoir retrouvé et angoissée à l'idée de vous rencontrer. Tant d'années nous séparent. Le déroulement de l'histoire nous a été fatal. Et pourtant, malgré les entêtements du destin, nous avons une chance de nous revoir. Ma mère, Margaretha, Helmut m'ont expliqué des bribes de votre vie. J'ai hâte d'avoir les éléments qui constituent le puzzle de notre séparation. Une séparation qui fut et demeure pour moi une terrible tragédie.

Je vous propose de faire connaissance en toute discrétion chez vous à La Désirade, durant mes vacances d'août (deuxième quinzaine), si cela vous convient. Seul mon futur mari connaît votre secret qui est désormais le nôtre.

Afin de réserver au plus vite une place dans l'avion pour Pointe-à-Pitre, je vous remercie de me confirmer votre accord. Je louerai un gîte sur l'île de manière à ne pas déranger votre quotidien. J'en profiterai pour visiter la Guadeloupe que je ne connais pas. Je me réjouis.

Bien à vous,

Estelle.

Josserand lit la lettre par-dessus l'épaule de son amie.

– Qu'en penses-tu ? demande-t-elle.

– C'est bien. Sobre et direct. Il ne tardera pas à répondre, je pense.

Ils restent muets, elle, assise dans un fauteuil, lui debout, appuyé au dossier. L'ombre de Karl s'étend devant eux. Estelle tente de l'imaginer. À plus de soixante-dix ans, elle le voit avec un visage raviné, aux favoris touffus, aux prunelles luisantes sous la broussaille basse des sourcils. Il aura certainement des souvenirs de Charlotte, de leur relation, de leur amour. Estelle l'imagine dans une case, au bord d'un cocotier, une vieille main veineuse crispée sur le pommeau d'une canne, autant d'images dont elle est seule à connaître le pouvoir sur son âme. Elle a vite accepté la nouvelle de l'existence de son père, elle commence à peine à en accepter le fait. Une sensation de vide. Comme si les lignes de fantassins qui marchaient devant lui étaient tombées, et qu'il se trouvait subitement à découvert devant l'ennemi.

Elle ne peut supporter l'idée que cet homme, si jeune sur la photo, si dynamique par ses activités au sein du réseau « Étoile de mer », qui, sans le vouloir, a tout gâché dans son entourage, soit un vieux monsieur retiré sur une petite île lointaine.

Josserand lui prend la main comme pour l'aider à franchir un passage difficile.

Elle se lève, bouleversée, les yeux humides, agrandis par une pensée intense.

– J'ai peur d'être déçue, Josserand.

– Mais non, ma douce, pourquoi dis-tu cela ?

– Il ne voudra peut-être même pas me voir.

– Ne dis pas de bêtise.

Jusqu'au soir, elle demeure dans un état de rêverie voisin de la prostration. Le lendemain, il parvient à la distraire en lui parlant des achats qu'il compte faire pour son émission de télévision, une veste bleue, un pantalon à pinces... Elle approuve tout. En l'intéressant à ces détails infimes, il la rattache au courant des jours.

Il aura fallu attendre un mois pour qu'elle reprenne vie, le jour où elle reçoit une missive estampillée La Désirade. Elle décachette l'enveloppe et lit :

Ma bien chère Estelle,

J'ai attendu ton courrier toute ma vie. Tu ne peux pas savoir l'émotion que j'ai ressentie en te lisant. Évidemment que je te reçois, quand tu le désires, ta date sera la mienne. Mon grand âge m'empêchera de venir te chercher à l'aéroport de Pointe-à-Pitre. Je serai là à ton arrivée au port de La Désirade. Tu verras, l'île est magnifique et les gens très gentils. Il y a un gîte à cinquante mètres avec piscine. C'est un Belge marié à une autochtone qui le gère. Tu n'as qu'une route à traverser pour te retrouver à la plage. Enfin, ma fille, je vais pouvoir te prendre dans mes bras.

Viens avec Josserand, c'est très important.

Je t'embrasse affectueusement.

Rolf.

En pliant la lettre, Estelle se demande comment son père connaît l'identité de Josserand. Serait-ce Helmut qui lui en a parlé ? Épuisée par des semaines d'attente, elle place machinalement le courrier dans le tiroir du bureau, non sans inquiétude.

XVIII

IMPORTANT RENDEZ-VOUS ce matin pour Pétrus Lagarde. Il porte la suite de son texte à Estelle à la maison d'édition. Deux chapitres rédigés le mois précédent. Ils sont dans son cartable en cuir. L'auteur s'est penché sur le monde équestre, un monde difficile et parfois violent. Par moments, il lui semble que ses pages rayonnent à travers le cuir de son cartable et le signalent à l'intention des passants : « Oui, c'est moi Pétrus Lagarde. Vous pouvez me demander un autographe. »

Il fait beau en ce mois de mai. Des hirondelles volent par bandes entre les arbres qui bordent l'avenue. Il regarde les devantures des boutiques de mode. Il lui semble que toutes ces choses à vendre, symboles de la liberté des mœurs, chemises affriolantes aux couleurs vives, costumes provocants, sont le symbole d'une vie inconcevable, inaccessible, tellement éloignée de son quotidien. Puis son cœur se met à battre plus vite. Est-ce parce qu'il ne comprend plus son époque qu'il ne parvient plus à écrire ?

Il plonge dans une rue transversale, marche pour s'éloigner de cette mauvaise pensée. Il n'est plus Pétrus Lagarde, l'auteur à succès, mais un adolescent apportant sa copie à son professeur. Il se retient presque avant de pénétrer dans la maison d'édition, de vérifier si le papier est toujours là, dans son cartable, et ouvre la porte. Une sonnette retentit. Derrière le comptoir se tient une femme censée accueillir le public, mais engagée pour le refouler. Chaque jour, des personnes se présentent pour rencontrer Estelle en personne. Aussi faut-il un « barrage » pour remercier gentiment les auteurs en quête d'éditeur.

– Bonjour monsieur Lagarde. Je vous annonce ?

– Oui, merci.

Il la regarde composer le numéro. Elle est grande, maigre, avec un ruban de velours noir dans ses cheveux blonds. Autour d'elle, sur les murs, s'alignent sur des étagères les ultimes nouveautés de la maison. Évidemment, le dernier Lagarde est bien en vue.

– Allez-y, dit-elle en raccrochant, on vous attend.

Quelques secondes plus tard, l'ascenseur s'ouvre sur le visage d'Estelle.

– Bonjour Pétrus, comment allez-vous ?

– Bien, je suis venu vous apporter la suite de mon travail.

– Venez, on va l'étudier dans mon bureau.

Ils longent un long couloir étroit et se retrouvent bientôt autour d'une table ronde, un café à la main.

– Alors, que pensez-vous de mon sujet ? demande Pétrus.

– C'est pas mal.

– Vous m'aviez habitué à des compliments plus élogieux.

– Pétrus, je ne veux pas vous heurter. Une histoire d'amour au cœur du monde équestre, c'est une bonne idée. Le problème n'est pas là.

– Ah !

– Où est passée votre personnalité ? J'ai lu un texte aseptisé. On dirait que vous avez jeté tous les ingrédients du succès dans un plat. Ce livre ne décevra pas vos lecteurs. Vous les connaissez suffisamment pour leur servir ce qu'ils aiment. Mais vous, Pétrus, dans cette histoire, vous ne prenez aucun plaisir et ça se sent.

– Vous avez raison, Estelle. En ce moment, il ne faut pas trop m'en demander.

– Que se passe-t-il ?

– La fille a repris son chantage. Je vis un calvaire ; j'ai du mal à me mettre au travail.

– Je comprends. Dites-vous que vous avez un métier certes particulier, mais aussi les mêmes obligations que les autres salariés. Un bon conseil, lorsque vous vous mettez devant l'ordinateur, laissez vos ennuis devant la porte.

– Facile à dire, marmonne-t-il en tendant les feuilles.

– On va déjà revoir celles que vous m'avez apportées.

Ils se mettent à l'ouvrage. Estelle pointe du doigt les répétitions, les tics de langage, les « mais » trop nombreux. Le jeu alerte de ses mains volant au-dessus du manuscrit fascine Pétrus comme une pratique de sorcellerie. Les remarques s'ajoutent aux remarques, les paragraphes se remplissent de rouge. Pétrus rêve au destin de ces pages. Dans un an, le livre se trouvera sur les tables des libraires qui le glisseront dans les mains de leurs clients. Dans le couloir, une secrétaire s'étouffe dans une quinte de toux avant de frapper à la porte.

– Madame, je ne voulais pas vous déranger.

– C'est fait.

– Vous m'avez demandé de vous prévenir dès que M. Chipon serait là. Il attend dans le couloir.

– Faites-le patienter deux minutes. J'arrive. Offrez-lui un café.

Estelle se lève d'un bond, abandonnant sur la table les feuilles ensanglantées.

– Si vous vous investissez dans votre manuscrit, Pétrus, nous parviendrons à retrouver la qualité d'antan.

– Je suivrai vos conseils, vous le savez. Dites-moi, Chipon, c'est le vieux ringard qui a réalisé les corrections de mon dernier livre ?

– Oui. Enfin, pas si ringard que ça. On va publier son premier roman qui, à mon avis, est très bien parti. Je sens le succès ! J'ai le flair pour ça, vous le savez mieux que quiconque… Il est d'ailleurs incroyable car son roman est à l'inverse de sa personne : plein de fantaisie, ample et intense. Le potentiel est énorme.

– Et son manuscrit plus travaillé que le mien…

– Enfin, Pétrus, je vous en prie, je n'ai jamais dit cela. Encore une fois, la balle est dans votre camp. Concentrez-vous, bon sang ! Je vais faire entrer notre ami Chipon. Vous aurez ainsi le temps de bavarder un petit moment.

Elle sort. Pétrus n'a même pas eu le temps de répondre. Mis devant le fait accompli des décisions d'Estelle, il ne peut que subir la situation. Il l'entend revenir d'un pas assuré. Chemin faisant, elle rectifie l'aplomb d'un cadre et soupire :

– Ah ! Pourquoi ces gravures pendent-elles toujours de travers ?

Elle précède Chipon dans le bureau. Pétrus ramasse sa copie et la dépose dans son sac.

– Pétrus, voici Patrick Chipon.

– Nous nous connaissons !

– Parfait, continue Estelle. Notre correcteur maison publie son premier roman. Un pur bijou.

La discussion commence. Pétrus se rassoit et laisse l'étonnement s'arrondir en nuages dans sa tête. Estelle parle avec Chipon comme s'il n'avait pas été là. D'une phrase à l'autre, par recoupements, il sent que l'éditrice n'a pas organisé cet entretien pour rien, qu'elle désire faire de nouveau reprendre son manuscrit par le correcteur. Lagarde se tait et promène sur ses interlocuteurs un regard à l'éclat cruel et intransigeant. La colère le pénètre jusqu'aux os. Qu'Estelle corrige ses écrits, c'est une chose, mais que ce Chipon continue à y toucher… Recommencer cette mauvaise aventure serait aussi grave pour lui que de le tuer.

– Je vais vous laisser, dit Lagarde. Nous nous verrons une autre fois, Estelle.

Sa voix est douce. Il parle en se levant puis marche à pas lents vers la porte. L'éditrice le suit en ajoutant :

– Bien sûr, Pétrus. Appelez-moi quand vous le désirez, je suis à votre disposition.

Un brouillard glacé tombe sur sa tête. Son regard se durcit. Il se précipite dans le couloir et sort de l'immeuble.

La montre du tableau de bord marque 20 heures lorsque Pétrus, conduisant sa voiture, quitte l'autoroute pour prendre la direction de Senlis. Après son départ de la maison d'édition, il a rejoint une vieille connaissance qui l'a félicité pour son nouvel ouvrage et a insisté pour lire le prochain en avant-première. Ils ont bavardé longuement autour d'un cocktail. Maintenant, il lui semble qu'une force élastique l'attire à travers la nuit vers sa maison. Prévoyant qu'il rentrerait tard, il a demandé à sa femme de ménage de lui préparer le repas. Le portail du jardin est fermé à clef. Il l'ouvre, le referme derrière lui et, reprenant le volant, roule dans l'allée à travers le sommeil vertical des arbres. Dans la maison, tout est noir. Il pénètre dans la salle à manger et allume la lampe. Les ténèbres, le silence, l'odeur des oignons frits. Le repas est préparé. Posé sur la table en face de la télévision.

Dans la pièce – si vaste tout à coup, et si vainement solennelle –, l'assiette, le verre, le plat de viande froide forment une oasis serrée au bord du désert blanc et glacé de la nappe. Les chaises sont poussées contre le mur et leur dossier de cuir garde l'empreinte des épaules qui s'y sont jadis appuyées. Car, depuis l'affaire Sabrina, il reçoit de moins en moins d'invités. Et plus personne ne sonne à sa porte. On dit un peu partout dans Paris qu'il est fini, qu'il ne pourra pas rebondir après une telle affaire. Et si, en plus, la fille ne tient pas ses engagements, c'est dans le pathétique qu'il va sombrer. La chute est annoncée.

Pétrus regarde le vide. On dirait un repas de fantôme, où chacun a conservé sa place. Et c'est bien cela en effet. Il est cramponné, pauvre larve humaine, à l'extrême pointe du néant. La pièce est trop grande pour toutes ces absences. Le silence est trop profond pour toutes ces voix intérieures. Un flot de souvenirs déferle pour surcharger sa détresse. Dans une confusion de rêves, il imagine qu'il aurait pu partager sa vie avec Estelle. Il l'aurait protégée des pièges, elle l'aurait aidé à écrire. Il serait devenu fidèle. Elle aurait trouvé la sérénité. Une douceur triste remonte dans la gorge de Pétrus. Comme ses songes et la réalité se trouvent loin du compte. Aujourd'hui, Estelle n'a pas compris sa détresse. Elle n'avait qu'un nom en tête : Patrick Chipon. Que fait-elle à présent ? Dîne-t-elle avec lui ? Il essaie d'admettre cette perspective atroce : l'avenir sans Estelle. La maison morte. Les repas solitaires. Le silence. Attendre. Mais attendre quoi ? Écrire ? Mais écrire quoi ? Sa main ne suit plus sa pensée. Il revoit en mémoire les meilleurs moments de sa carrière.

Il se verse de l'eau et la carafe, heurtant le verre, fait un son pur et cristallin qui l'irrite.

Le silence revient, ce silence ouaté qui absorbe toutes les approches autour de lui, qui le confine au bout du monde, qui le tue lentement. Pétrus n'a ni l'envie ni le courage de manger. Il repousse l'assiette, se lève. Dans le corridor, il ouvre une des portes des chambres. Partout, il allume les lampes. Et, pendant quelques minutes, la maison lui paraît habitée. Estelle est là. Elle va surgir au tournant du couloir.

Il entend sa voix, son rire. « Une ceinture torsadée t'engonce la taille, Estelle… » Aucun signe humain ne dérange le décor.

La conscience de son isolement l'atteint à nouveau dans un ressac horrible. Personne ne peut assumer son désarroi, comme personne ne peut manger, boire, aimer, vivre pour lui. « La vie ne s'obtient pas, elle s'accepte. » Comment accepter ce qu'on n'espère plus ?

Il éteint une à une toutes les lumières. Comme s'il voulait créer derrière lui un abîme de ténèbres et de désolation. Il songe qu'il est semblable à ces gardiens de cimetière qui passent de tombe en tombe avant de regagner, au fond de la nuit, la petite bicoque aux vitres de clarté huileuse. Il entre dans sa chambre. Il doit être 11 heures. La fenêtre est ouverte et on entend aboyer au loin. Sur la table, il retrouve le dernier roman de Jean des Cars.

C'est le dénouement d'une histoire banale. Il saisit un bloc-notes et écrit :

Ma chère Estelle,

Permettez-moi de continuer à vous vouvoyer dans cet ultime moment comme une marque de respect qui restera indélébile. Je n'ai plus la force de continuer et suis certain que vous comprendrez : cette fille qui refait surface, mon absence d'idées, la prison qui pointe à nouveau le bout de son nez. Non, vraiment, je ne veux plus de cette vie.

Au-delà de ce constat, je dois vous mettre en garde contre Patrick Chipon. Partout, on parle d'une personne peu recommandable. Et ce n'est ni la jalousie ni la diffamation qui me commandent de vous prévenir. Je ne comprends d'ailleurs pas comment vous avez pu vous laisser séduire par ce raté dont toutes les maisons se méfient. Il a du talent, certes. Alors pourquoi n'a-t-il pas fait carrière ? J'ai même entendu dire qu'il fréquentait assidûment un détective privé… Bien implanté dans le milieu éditorial.

Prenez soin de vous. De là où je serai, je veillerai toujours sur vous. Promis. Je vous aime.

Pétrus.

Brusquement, des larmes jaillissent de ses yeux. Il plie le courrier et le pose sur la table de chevet. Il s'allonge sur le lit après avoir rangé correctement ses papiers et ses livres.

Il a avalé deux boîtes de tranquillisants avec trois verres de whisky. À présent, étendu sur le dos, les bras le long du corps, le regard fixe, il attend. Un goût amer poisse sa bouche. Il ferme les yeux et les rouvre. Il contemple en face de lui le dos sage des livres. Le calmant l'emmène soudain vers une autre destinée. C'est l'heure où les auteurs arrivent sur le salon de Bruxelles par le train, les dizaines de lectrices qui se battent pour l'embrasser, les coupes de champagne aux soirées, les filles faciles.

Pétrus dégoutte de sueur. Des crampes le nouent et le détendent tour à tour. Plusieurs fois, sans qu'il ne s'en aperçoive, le corps se bande, prenant appui sur la tête et sur les talons. La température baisse, le pouls se ralentit et la faiblesse devient extrême. Jusqu'à 4 heures du matin, heure du décès.

* *
*

Selon l'usage, toute l'assistance est debout dans l'église, derrière le cercueil. Tandis que l'office des morts déploie ses fastes, Estelle perd peu à peu contact avec la réalité. Les paroles sacrées du prêtre, ses allées et venues solennelles, les chants graves du chœur, la flamme mince des cierges, tout cet appareil de dorures et d'encens la pousse à réfléchir calmement aux derniers mots que le défunt lui a adressés. Sous la violence du choc, elle avait perdu pied à l'annonce du décès de Pétrus. Sa petite existence d'éditrice lui parut comme un tissu de mensonges et de mesquineries. Les auteurs s'entretuaient de jalousie. Le deuil et le dégoût l'écrasaient. Pétrus mort, Chipon empêtré dans de nébuleuses affaires ! N'y avait-il pas une relation tragique entre ces deux hommes ? La paranoïa l'envahissait. Et puis la violence du suicide de Pétrus était incompréhensible. Elle le savait désemparé par son absence d'inspiration, humilié par une prostituée qui s'était jouée de lui, abattu par l'aide qu'Estelle avait dû solliciter à Chipon sur le dernier roman, mais pas au point de se suicider. Ne s'était-il trouvé personne pour le consoler, pour le conseiller au moment où il perdait pied, où il criait à l'aide ? Pourquoi ne l'avait-il pas appelée, elle ? Elle qui lui avait permis de gravir les échelons du succès et qui était devenue une amie. Pétrus Lagarde mort, c'était comme si, d'un seul coup, on amputait Estelle de plusieurs années de bonheur. Indéniablement, Pétrus était jaloux de Chipon, qu'Estelle ne voyait pas comme un voyou en collusion avec un détective privé. Sans doute même l'auteur phare des éditions La Martingale avait soupçonné Chipon d'avoir placé la dangereuse Sabrina dans ses bras afin de faire éclater un scandale dont il ne se relèverait pas. Et lui, de nature orgueilleuse, avait pris sa décision sous l'empire de la fureur. Estelle lui démontrerait qu'elle ne s'est pas trompée avec Patrick Chipon dont la sincérité lui paraît indéniable. Elle imagine au beau milieu de l'église avoir une conversation avec Pétrus dans l'au-delà. Elle l'obligerait à l'entendre, même s'il la recevrait comme une étrangère, comme une ennemie, elle trouverait les mots capables de le faire fléchir.

Le « je vous aime » revient à la mémoire d'Estelle et la remet sur terre. L'amour de Pétrus avait-il été aussi un élément déclencheur ? Le refus de l'éditrice n'avait-il pas accéléré la dépression du suicidé ? Lui, qui avait possédé tant de visages légers, de corps aux fières attitudes, d'âmes ardentes et de fragiles beautés, s'était réveillé soudain dans le vide...

Une musique vibre dans l'édifice. Estelle se concentre sur la cérémonie. Elle constate que les pompes funèbres ont eu le budget nécessaire : il y a beaucoup de fleurs autour du catafalque et le service se déroule sans accrocs. En tournant légèrement la tête, elle cherche des visages de connaissances parmi la foule d'amis qui se sont rappelés de l'existence de Pétrus Lagarde. Ils sont d'ailleurs dans leur plus belle tenue. Au cas où un photographe les surprendrait.

Puis le prêtre lui fait signe. C'est à elle. Estelle se retrouve devant le cercueil de celui qu'elle a fait naître. Elle a tenu à rendre un dernier hommage à son protégé. Avec émotion, elle lit le texte qu'elle a préparé :

– Éditrice de Pétrus Lagarde depuis ses premiers grands succès, je me sens investie par les milliers de lecteurs pour rendre hommage à l'énorme talent que nous venons de perdre. Avec sobriété, avec une incroyable économie d'effets, Pétrus Lagarde savait mettre en scène avec infiniment de délicatesse les personnages les plus sympathiques comme les plus pervers, sans jamais tomber dans le dérapage de l'apitoiement ou l'exhibitionnisme de mauvais goût. Son regard sur notre société était impitoyable et d'une extrême justesse. Par sa sensibilité, son classicisme, sa force sévère et sa tendresse sous-jacente, Pétrus a séduit des millions de lecteurs. Son œuvre tout entière mérite l'admiration. Je voudrais ajouter à ce constat un mot personnel : je perds un auteur et surtout un ami très cher. Nous avons fait un bout de chemin ensemble. Nous n'avons pas été toujours d'accord mais, dans les plus grandes difficultés, les faux amis s'envolent et les vrais restent. Il faisait partie de ceux-là.

Estelle retourne à sa place. Après avoir descendu les marches de l'autel, elle relève la tête et elle aperçoit au fond de l'église un homme de taille moyenne, affublé d'un triste manteau gris : Patrick Chipon.

Il est loin mais elle est certaine d'apercevoir deux billes qui pétillent de malice. Elle va vite se rasseoir à sa chaise, près de la statue de saint Christophe. Chipon à l'enterrement de Pétrus Lagarde ! Elle ne parvient pas à réagir à l'absurdité de la situation. Qu'est-ce qu'il fait là ? Les mots du défunt retentissent dans sa tête comme des cloches. Est-ce un pied de nez que Chipon a voulu faire à son rival ? Est-ce par politesse que le nègre rend un ultime hommage au promoteur de ses textes ? Dans les deux cas, la présence de Chipon est déplacée.

Estelle fléchit la tête. La tristesse monte en elle tandis que le *Requiem* de Mozart la submerge de toute son intensité. Puis, par une bizarre alchimie, un peu de réconfort se mêle à son désespoir : la cérémonie est digne de Pétrus. Elle s'abandonne à ce sentiment doux-amer, à cette paix mélancolique, comme en donne parfois la contemplation d'un grand espace dénudé.

* *
*

Après l'enterrement, les objets de Pétrus Lagarde furent dispersés aux enchères, à l'hôtel Drouot. Quant à la maison, une cousine la mit en vente après l'avoir fait nettoyer de fond en comble par une entreprise spécialisée. Les clients défilèrent dans les pièces nues, où seules les traces plus claires de quelques cadres sur le papier des murs témoignaient du passage en ces lieux d'un certain Pétrus Lagarde. Les visiteurs critiquèrent la disposition des chambres, l'aménagement de la cuisine, l'exiguïté de la salle de bains et cherchèrent ainsi à faire baisser le prix. Mais la cousine, qui avait le sens des affaires, demeura inébranlable. Ce fut une fidèle lectrice qui finit par acheter la demeure, trop heureuse de savoir par la cousine que le dernier livre de Pétrus – son préféré – avait été rédigé dans le bureau.

L'anecdote relatée dans la presse fit sourire Patrick Chipon.

XIX

Estelle s'est effondrée sur une banquette de l'aéroport d'Orly-Ouest en ce 15 août 1982. En larmes. Avec Josserand à ses côtés. Ils se rendent à Pointe-à-Pitre et, de là, à la Désirade, île située au large de la pointe des Châteaux, pour enfin voir, sentir et entendre ce père qu'elle a recherché longtemps. Depuis des mois, elle vit avec Josserand dans les ouvrages de documentation. Elle s'était réjouie, à moult reprises, de faire le voyage, pour la grande finalité de son histoire, découvrir le visage de son père, voir son habitat, respirer l'air de la mer.

Et, au moment du départ, elle est bloquée. Elle a un visage pâle et froid, d'une pureté tragique.

– Estelle, je sais que c'est difficile pour toi. Karl est un vieux monsieur habitant sur une île lointaine, un homme qui t'a laissée seule une bonne partie de ta vie.

Elle hésite une seconde et profère entre ses dents :

– Tu ne peux pas comprendre.

Soudain, Josserand a pitié d'elle. Il tente de la rassurer et évite toute parole qui pourrait mener au conflit. Le voyage risque d'être difficile. Les affronts de parole, loin de les séparer, lui semble-t-il, ont créé entre eux une sorte de respect dans l'incompréhension, d'intimité dans la discorde.

– Estelle, lâche-t-il enfin, j'admets que je ne peux me mettre à ta place, mais si tu refuses ma bienveillance.

– Je n'ai pas dit ça. Connais-tu le sentiment que cela peut procurer d'aller rencontrer ton père à presque quarante ans et de te dire qu'il a été nazi ?

– On peut admettre que les anciens combattants français détestent les Allemands à cause de l'uniforme qu'ils portaient et les morts qu'ils pleurent encore. Toi qui es de la nouvelle génération, tu es capable de comprendre que, dans la guerre, l'individu doit se fondre à la nation et suivre aveuglément ses chefs. Le premier bienfait de la paix n'est-il pas de permettre que chacun retrouve ses propres raisons de vivre ? Tant que les Français se battaient, les Allemands leur apparaissaient comme une race ennemie. Maintenant, je ne vois parmi eux que des hommes, des femmes, des enfants exactement semblables à nous, ni meilleurs ni pires.

Il s'interrompt pour suivre l'effet de son discours sur le visage d'Estelle. Elle ne bronche pas, la tête dressée sur son long cou, la bouche entrouverte, respirant à peine, regardant au loin.

– Cette métamorphose, tu la connaîtras bientôt. Tu vis le syndrome de « fille de nazi » avec des années de retard. Bientôt, tu prôneras la fraternité entre les peuples.

Les sourcils d'Estelle se rejoignent.

– Laisse-moi, Josserand, je suis perturbée.

– Je regrette que tu le prennes ainsi. Mais je parviendrai à te persuader.

– De quoi ?

– Du fait que ton père n'est pas un ogre. Le jeune officier nazi est devenu un vieux monsieur de plus de soixante-dix ans qui a combattu contre son propre camp, en position de traître. Tu as un père, peut-être même des frères et sœurs. Leur passé leur appartient. Ce qui est important, c'est de l'avoir retrouvé.

Il est temps de partir. Josserand embrasse Estelle sur le front. Tous deux se dirigent vers la salle d'embarquement. Un 747 les attend pour la traversée. Qui sait si elle ne sera pas déçue lorsque Karl lui apparaîtra dans une tenue banale. Marchant parmi la foule, elle a l'impression de ne pas être tout à fait dans sa peau. Sa taille bouge à l'aise dans des étoffes molles. Ses pieds ont comme des ailes. Sa cuisse gauche s'étonne de ne plus sentir à chaque pas le frôlement de son sac à main. Ce mélange d'attirance vers son père et d'instinct de protection est extrêmement déstabilisant. Elle pleure de ne pouvoir avoir la force et elle sourit à l'idée que l'avion décolle.

Quand elle pénètre dans la salle d'embarquement, après les formalités de police, il lui semble s'engager dans un labyrinthe. Ses pensées heurtent toujours un mur. Alors, en attendant que les hôtesses appellent les numéros de siège, elle s'occupe. Elle passe aux toilettes et s'observe dans la glace, comme si la contemplation de son propre visage devait lui procurer un peu de répit. Mais cette figure lui fait peur. Elle ne se reconnaît pas. Elle aperçoit devant elle une femme soucieuse, au regard perplexe : l'image même des moments qui l'attendent. Puis elle se rend vers la grande baie vitrée qui donne sur les pistes. Le tarmac est rempli d'avions sous un ciel quelque peu nuageux. Pourtant, elle trouve cette vision triste.

– Vol Air France 620, nous embarquons désormais les passagers dont les numéros de siège sont compris entre 25 et 45 ! crie une hôtesse pâlotte dans un micro.

Estelle a un soubresaut. Une douleur vraiment physique s'étend dans son estomac. Dans son affolement, elle psalmodie :

– Josserand ! Josserand, où es-tu ?

En prononçant ce prénom, il paraît à Estelle que cet appel monocorde endort son chagrin.

– Je suis là, ma chérie. C'est à nous. Ne t'inquiète pas, je ne te lâcherai pas.

Il lui prend la main affectueusement. Elle devient plus raisonnable. Ses idées s'ordonnent selon une logique bienfaisante. Elle se dit que, désormais, elle ne peut plus faire demi-tour. L'indécision n'est plus possible. Une larme brille au bord de ses paupières. Elle l'essuie de l'index et toussote comme pour se donner une contenance.

– Allez, on y va, lance-t-elle, comme un chanteur qui rentre sur scène.

Un quart d'heure après, installée à sa place à côté du hublot, les jambes enroulées dans une couverture, elle regarde l'avion s'élancer sur la piste. Le sol s'impose bientôt à sa vue. En cinq minutes, Paris a déjà disparu. La plaine coule à la vitesse d'un fleuve, d'un seul flux égal et triste. Parfois, un coup de vent ouvre son sillage sur la carlingue qui secoue légèrement. L'appareil pénètre de gros caillots de nuages, soudés avec force. Dans cette atmosphère ouatée, Estelle ne cherche ni à se reposer ni à se distraire. Les images qui défilent dans sa tête ne sont pas celles du rêve mais de la mémoire. Elle revoit ses voyages en Normandie à la quête du père disparu et présumé enterré au cimetière de La Cambe. Sa voiture parcourait la campagne normande. Il neigeait. Un pâle soleil mourait dans le brouillard laiteux. Seuls les poteaux télégraphiques marquaient le tracé incertain de la route. Au milieu de ce paysage, le visage de Karl. Alors Estelle ne voyait plus que lui. Elle s'imaginait un timbre de voix, fluet et chaud. La vie fuyait dans ses veines. Elle se rappelle les paroles de Charlotte, les paroles de son adolescence :

– Oublie que tu as un père, Estelle, recommandait-elle.

– Mais je ne pourrai pas ! gémissait-elle. Ce que tu me demandes là dépasse mes forces. J'ai besoin de savoir, maman. Qui était-il ? M'a-t-il désirée ?

– Je n'ai rien à te dire, c'est du passé, murmurait Charlotte entre ses dents.

– Pourquoi ?

– Je n'ai pas à me justifier.

Estelle avait eu un haut-le-corps, avait essayé de répondre, mais elle avait rencontré le regard de sa mère et s'était tue. Le désespoir, l'absolue nécessité de se taire qu'elle avait lus dans ses yeux l'avaient incitée à la prudence. C'est à cette période qu'Estelle avait décidé de quitter l'Allemagne dès que possible.

Aujourd'hui, elle a parcouru un long chemin. Josserand repose à côté d'elle. L'éditrice sent contre elle la chaleur d'un corps vaincu. Elle entend sa respiration sifflante. À plusieurs reprises, elle songe à le réveiller pour discuter avec lui. Mais qu'aurait-il pu dire de plus ? C'est seule qu'elle affronte son destin, c'est seule qu'elle part à la quête de son passé. Elle a l'impression de se trouver sur la descente d'un grand huit. Interminable. Pour apaiser sa fièvre, elle essaie de se rappeler l'unique photo de Karl en sa possession, son beau visage régulier, sa pose élégante. À cette évocation, son cœur fond de tendresse. Elle lui a apporté quelques ouvrages de feu Pétrus Lagarde, celui de Josserand et le premier roman de Patrick Chipon, paru au début du mois de juin. Il faut que, le surlendemain, elle se montre à la hauteur de la situation. « J'irai le voir vers 9 heures du matin, pour être sûre de le trouver à son domicile. Il doit se lever tard, prendre son petit déjeuner. Je sonnerai à la porte, il m'ouvrira ! »

Estelle éprouve une commotion dans la tête. Le nom de Karl fait remonter en elle toute une masse de souvenirs grouillants. N'est-il pas étrange que ce père tant espéré surgisse de nouveau en travers de sa route ? Elle s'astreint à respirer lentement pour apaiser les battements de son cœur. Mais le calme ne vient pas. Son esprit tournoie, tel un oiseau pris dans l'orage et qui perd la direction du vol. Subitement, un éclair ébranle le creux de sa poitrine. Et si Karl la reçoit comme une étrangère ? Son mépris lui serait perceptible comme une disgrâce physique. De toutes ses forces, elle tente de penser aux arguments contradictoires : la lettre reçue en mai laisse supposer qu'il la considère. Mais dans le cas contraire, que pourrait-elle invoquer pour se défendre : « Tant d'années ont passé, je comprends… On a vieilli, on a changé… Nos chemins se retrouvent. »

Pauvres excuses. La vérité est là, inscrite dans le marbre de l'histoire. Si Karl l'a abandonnée une première fois, il peut le faire une deuxième. Rien ne finit donc jamais. Chaque décision de la vie se prolonge dans les consciences et dans les corps. Elle est toujours la petite fille abandonnée, à la recherche de la vérité. Elle ne supporterait pas l'indifférence, un regard vindicatif, un sourire narquois. Des mots courent dans sa bouche : « Papa… Papa… Je t'ai tant cherché… » Et s'il ne réagissait pas à sa demande ? Elle ne le supporterait pas. Alors elle se retirerait et laisserait le destin s'accomplir. Réflexion faite, Karl reconnaîtrait ses torts. Alors elle se présenterait à lui, non plus comme une fille en quête mais comme une femme triomphante. Elle ne songerait plus à se justifier, à se vendre, mais à le consoler. « Tout s'arrangera. Cependant, il faut agir avec patience. Attendre que Karl convienne de son erreur… »

À l'idée de reprendre le dessus quoi qu'il en soit, Estelle se sent mieux. Son esprit se tranquillise, s'apaise comme un lac après la tempête. Elle ne sait d'ailleurs pas si elle est éveillée ou si elle dort. Soudain, elle entend quelque part au-dessus de son visage :

– Estelle ! Estelle ! Qu'as-tu, ma chérie ?

Elle ouvre les paupières. La figure de Josserand se tend dans une expression d'inquiétude.

– Tu as crié en rêvant, reprend-il. J'ai eu peur.

– Ça va, madame ? demande l'hôtesse.

– Oui. Ne vous inquiétez pas.

Estelle sert la main de Josserand et murmure :

– Ce n'est rien. Un cauchemar absurde.

Et elle se promet de ne plus se rendormir jusqu'à l'arrivée.

* *
*

– C'est une de nos plus belles chambres ! dit le tenancier de l'hôtel *Chez Lucien*.

Estelle grimace un sourire de remerciement. Son regard rencontre celui de Josserand. Lui aussi paraît consterné. La fatigue du voyage jusqu'à Pointe-à-Pitre et la route en taxi jusqu'à Saint-François, où, le lendemain, ils prendront le bateau pour la Désirade, les ont mal préparés à la déception. Devinant l'embarras des voyageurs, le tenancier poursuit dans un français à l'accent créole :

– C'est à prendre ou à laisser. Ici, on paie d'avance. Je vous ai également prévenue au téléphone qu'il n'y aurait pas de service de petit déjeuner demain matin.

– En effet, marmonne Estelle.

Elle ne se souvient pourtant pas de cette mise en garde. En vérité, elle n'avait pas eu le choix. *Chez Lucien* est le seul hôtel à côté du port. Estelle règle et referme la porte derrière son interlocuteur.

– Pas très accueillante cette chambre, lance Josserand.

– Oui. Enfin, ce n'est que pour une nuit.

Elle va du lit à la salle de bains, se change.

– Allez, on va faire un tour, tant qu'il fait encore jour. On ne va pas rester ici.

Josserand aurait aimé se rafraîchir, se changer, se détendre les jambes après le voyage. Bien que la dernière étape, de l'aéroport jusqu'à Saint-François, n'eût été que d'une trentaine de kilomètres, c'est toute la route parcourue depuis Paris dont il ressent la tension dans ses reins. Les trous d'air, les sièges étroits, le sommeil sur un repose-tête, le froid de la climatisation de l'avion, les courbatures composent autour de lui une espèce de gangue qui l'empêche de retrouver l'aisance de ses mouvements. Il a l'impression d'avoir passé deux journées en une. Estelle lui tend un short et un chapeau. Elle est infatigable. Quelle leçon lui donne-t-elle ! Il l'embrasse. Quelques instants plus tard, ils sortent. Le soleil les éblouit. Pas un nuage ne vient perturber la météo. L'hôtel se trouve sur une sorte de place en rond-point. Une allée rectiligne, déserte, juchée de trous, flanquée de deux rangées de palmiers, se perd d'un côté dans la ville et de l'autre aboutit à un édifice sévère surmonté d'une flèche.

– Ce doit être là qu'on achète les billets.

Elle entraîne Josserand vers le port. Une saintoise rentre de la pêche. Elle frappe les vagues en mesure. Peu après, l'esquif, à la proue décorée d'une tête de méduse, débouche sur le port, large, gris, véritable bras de mer avec ses navires à l'ancre, son va-et-vient de nacelles légères, sa sourde rumeur et, au loin, les immeubles de touristes chargés de balcons. Détaché de la terre ferme, le pêcheur arrête son moteur. Un nuage de moustiques l'entoure, mais il ne paraît pas se soucier de leurs piqûres. Il apporte sa cargaison du jour au mareyeur puis retourne à son bateau. Peut-être ce pêcheur est-il désiradien ? Estelle continue sa promenade découverte.

Des chantiers sont ouverts à gauche, à droite, entourés d'un joyeux vacarme de coups de marteau et de grincements de scie. La ville est en pleine expansion touristique. Des excroissances lui poussent de partout. Un bâtiment à l'architecture parisienne à côté d'une masure en bois, un restaurant tenu par des métropolitains à côté d'un vendeur de *bokit,* ces fameux sandwichs, un marchand de légumes situé devant un magasin de chaussures de luxe. À certains endroits, on se croirait sur la Côte d'Azur, à d'autres en Afrique. Estelle a ses pensées qui voguent dans un monde factice. De la poussière flotte dans l'air. Elle se dit que, contrairement à une grande ville européenne, le contraste est fort. Ici, le neuf côtoie le vieux, et non le rénové. Elle a l'impression que le tourisme écrase des générations de Guadeloupéens pour faire de Saint-François une ville sans fond et sans racines.

Après avoir réalisé le tour du port, Estelle et Josserand aperçoivent une guérite affichant les destinations assurées par la compagnie : les Saintes, la Désirade, Marie-Galante. Une doudou tient le comptoir : c'est une personne rondelette, proprette, émerillonnée qui rit à chaque fin de phrase et qui tutoie tout le monde. Estelle s'ouvre de ses intentions de gagner la Désirade à cette femme qui l'approuve mollement :

– Quoi ? Qu'est-ce que tu vas faire, toi, là-bas ? Les Saintes, c'est plus joli et plus sympa.

– Non. Je ne change pas ma destination.

– Bon, comme tu veux, dit-elle en riant. Le bateau part à 7 h 15 d'ici demain matin, et le retour aura lieu le soir à 15 h 45.

– J'y resterai quelques jours.

– À la Désirade ? Mais il n'y a rien, même pas l'eau courante. C'est une ancienne île de lépreux.

– Je… je vais dans la famille.

– Alors c'est différent. Tu connais. Deux places ?

– Oui.

Estelle porte une robe à fleurs multicolores et pincée à la taille que Josserand ne lui a vue qu'une seule fois. Elle a mis un rouge à lèvres. Elle paie et s'éloigne, tout en sentant ses jambes cotonneuses l'abandonner.

– Estelle, ça va ? demande Josserand.

Il la trouve blanche comme un sac de farine.

– C'est la chaleur, répond-elle. Je n'ai pas l'habitude.

Josserand s'inquiète. Elle le rassure d'un sourire. Pourtant, elle tient à peine debout. Il la soutient jusqu'à l'hôtel. Une fois dans la chambre, elle se couche, demande une tisane, en boit trois gorgées et ferme les yeux. Assis à son chevet, Josserand pense à une crise d'angoisse. Malgré la gravité du moment, il ne parvient pas à réaliser sa présence ici dans un endroit miteux, à des milliers de kilomètres de la métropole. À travers ses idées flottantes, la voix d'Estelle le frappe :

– Josserand, je ne voulais pas encore te l'annoncer. Mais je n'ai pas le choix… Mon malaise est naturel. Je suis enceinte.

Il tressaille. Les brumes s'envolent. Il ne parvient pas à réaliser.

– J'ai oublié de prendre ma pilule à plusieurs reprises. C'est un incident. Un beau cadeau pour sceller notre couple. Et une bonne nouvelle pour papa demain.

Josserand faiblit. Le corps féminin a toujours recélé pour lui d'insondables mystères. Estelle a-t-elle désiré cet enfant pour annoncer à son père qu'il pourrait se rattraper avec la génération suivante et oublier ainsi les affres du passé et ses décisions douloureuses ? Ou serait-ce une rupture avec une vie d'instabilités et de doutes ? La réponse à ces questions l'empêche de savourer son propre bonheur.

Estelle laisse retomber la tête. L'important pour elle, maintenant, est de ne pas vomir. Le bateau qui tangue sur la mer des Caraïbes, les odeurs de grillades de poulet boucané, le sourire niais de Josserand qui ne réalise pas encore la nouvelle qui vient de lui être annoncée. Cette chambre hideuse, avec ces valises qu'elle n'a pas voulu ouvrir pour une nuit, et les murs blancs, blancs, blancs, qui emplissent le cerveau de lait, de craie, de neige.

– C'est la plus grande preuve d'amour que tu pouvais me donner, dit-il.

– Oh, Josserand, je suis certaine que ce sera un garçon. On l'appellera Karl.

Cette affirmation ne fait que confirmer ce qu'il croyait. Estelle reporte sur ce futur enfant l'amour paternel inassouvi. Au point de lui donner le même prénom. Comme si elle était certaine de ne pas être déçue de l'homme qui l'attend dans l'île voisine. Ses idées sont des certitudes. Ses certitudes, un chemin de vie.

Soudain, Josserand repense à son passé. Appeler son fils Karl… Oui… Pourquoi pas ? Mais pas pour les mêmes raisons. Instinctivement, il recule, ému, les larmes aux paupières, l'estomac noué. L'heure de vérité a sonné pour Estelle. Et aussi pour lui.

Les yeux de la jeune femme sont comme étoilés. Elle saisit la main de Josserand avec force.

– Alors, qu'est-ce que tu en dis ?

Cette question le sort de la torpeur.

– Oui, si tu veux, bredouille-t-il.

– Tu es bon, conclut-elle, avant de s'assoupir.

XX

LE VOYAGE EST UN SUPPLICE. Enfermée dans le ventre du bateau avec les autochtones, Estelle souffre de la chaleur et de la mer déchaînée. Malgré sa robe légère qu'elle a pris soin de revêtir avant de partir, elle transpire de tous ses membres. De brusques secousses lui brisent les reins. L'air qu'elle respire a un goût salé. Les vitres sont recouvertes de buée et les vagues survoltées l'empêchent de distinguer le paysage. La carcasse l'entraîne dans une contrée de rêve. Le commandant affronte la vague, coupe le moteur, attendant la descente pour le redémarrer. Estelle a lu dans un guide que la traversée est difficile, surtout à la fameuse pointe des Châteaux où la mer des Caraïbes rencontre l'océan Atlantique. Pas étonnant que l'île ait été désirée par les marins de Christophe Colomb au point de lui donner le nom de Désirade. Estelle a également appris que ce petit bijou de l'arc antillais, formé il y a cent quarante-cinq millions d'années lors de la séparation des Amériques du continent africain, a tout le charme des endroits que le tourisme de masse n'a pas dévasté : un paysage de toute beauté, un contraste de bleu, de vert et de marron. La Désirade a une géologie aussi riche qu'intéressante pour les spécialistes.

Estelle n'a pas le mal de mer mais doit s'accrocher au dossier du siège pour dominer sa peur. Écrasé sous le poids de l'instabilité, l'esprit cherche à se rassurer. L'hostilité de la mer paralyse toute pensée. Il semble à Estelle que depuis son départ de Saint-François, elle a avancé dans le temps, non dans l'espace. Embarquée sur un océan sans rivages, elle a perdu toute notion. L'œil fixe, elle contemple jusqu'à la fascination l'eau dégouliner par mouvements réguliers sur le vitrage. Josserand éprouve dans sa chair les souffrances d'Estelle. Et plus il la devine nerveuse, plus il éprouve dans sa chair la souffrance qu'elle doit endurer. Assis à côté d'elle, il se surprend à la regarder différemment. Sans doute la nouvelle de la veille le rend plus prévenant. Des matelots courent à leur tâche, affairés et mystérieux. Ils distribuent des sachets pour les vomissements. À côté, une Antillaise parle d'un ton sourd, en baissant les yeux. Toute la superstition des Antilles passe dans sa voix. Le cœur d'Estelle se serre d'un regret amer et doux. Elle se rappelle les recommandations de sa mère : pour lutter contre le mal de mer, il faut respirer de la menthe en ravalant la salive et en retenant la respiration. Ainsi chante à son oreille l'enfance profonde. Le passé cogne de ses images le cerveau d'Estelle comme les vagues sur le bateau. Elle a l'impression en cet instant de désobéir à Charlotte.

Pour s'occuper l'esprit, elle essaie de lire un guide de la Guadeloupe où cinq lignes sont consacrées à la Désirade. Mais ses yeux papillonnent et elle ne peut fixer son attention sur le texte, d'ailleurs insipide. Dehors, elle entend le déchaînement de la nature. Une chaîne grince quelque part, tourmentée par les alizés. Une porte claque. Une chèvre béguète dans la soute tout à côté. Et de nouveau cette atmosphère d'un autre monde. Le moteur rugit en envoyant une fumée noirâtre qui se mélange à l'odeur du sel. Estelle revoit le visage de Charlotte sur son lit de mort, entend les recommandations. Il lui semble qu'elle l'appelle : « Estelle ! Estelle ! » Elle aimerait accourir. Elle lui tendrait les bras. Charlotte la consolerait et l'encouragerait. Le rêve happe Estelle dans une semi-réalité. Les cloches sonnent à la volée. Tout le monde est vêtu de noir. Un cercueil au milieu de l'église. Et soudain, un éclat de rire. Sur une piste neigeuse apparaît Charlotte qui agite une clochette : « Le temps a sonné, va, ma fille, je suis partie mais ton père t'attend. »

Estelle s'éveille en sueur. La mer s'est calmée. Le bateau arrive à la Désirade qui ressemble étrangement à une barque renversée. Le cœur d'Estelle bat à rompre sa poitrine. Dans moins de cinq minutes, elle sera en face de son père. Déception, c'est une jeune femme qui se présente à la descente du bateau.

– Bonjour, je m'appelle Héloïse Gérion, je suis la propriétaire des gîtes *Désirada* où vous logerez le temps que vous désirez. Karl m'a demandé de vous accueillir. Vous devez être fatigués. Vous pourrez le voir dès demain matin. Ma voiture est là-bas, dit-elle en pointant du doigt une Méhari.

D'un geste souple de la main, Héloïse invite le couple à prendre place dans le véhicule. Estelle darde son regard sur cette femme d'une quarantaine d'années, d'une beauté incroyable, au visage souriant et aux yeux vifs, dont dépend sans doute le reste des événements.

À la sortie du bourg, la route part dans un poudroiement lumineux entre la mer bleu azur à droite et la montagne aride à gauche. Les palmiers dansent sous un petit vent, dans une odeur d'iode et de poisson. Héloïse conduit avec attention, sans dépasser les cinquante kilomètres par heure. Le décor défile dans une chaleur de fournaise. Dans cet air asséché et salé, la moindre brindille d'herbe, le moindre caillou se dessinent avec une précision fascinante. Mais Estelle n'a même plus la force de s'intéresser au paysage. Depuis qu'elle a quitté Paris, une idée fixe la guide : Karl serait présent au port de La Désirade. Fermant les paupières, elle a l'impression que cette voiture l'emporte dans le vide, qu'il n'y aura pas de terme à ce voyage, qu'elle débouchera brusquement, seule, dans un univers sans couleur, sans odeur, sans écho. Une voix grave la touche dans sa rêverie :

– Estelle ? Estelle ? Qu'as-tu ?

Elle rouvre les yeux et contemple avec reconnaissance le visage hâlé de Josserand. Il est si prévenant et si discret à la fois qu'elle n'aurait pas pu souhaiter un meilleur compagnon de voyage.

– Un peu de fatigue, dit-elle.

– Tu es si pâle.

– Vous voulez que l'on s'arrête ? demande Héloïse.

– Non... ce n'est rien. Continuons !

La route s'étire dans un paysage paradisiaque. Par échappées, le regard plonge vers la plage. Puis vient un paysage plus rocailleux, parsemé d'arbustes d'un vert vif, presque désaltérant. Au milieu des pierres tremble le pointillé multicolore des fleurs dont le gaïac, une espèce protégée et rare. Sur le bord de la route, des anciens conversent en fumant, se retournent sur la voiture qu'ils regardent passer. Un panneau indique le hameau du Souffleur : des cases de pêcheurs déhanchées, mangées par les herbes hautes, un puits à bascule, une petite église badigeonnée de blanc, coiffée d'un toit de tôle. Un prêtre se retourne, barbu comme un Roi mage, étonné comme un enfant. Et déjà, il n'y a plus de village.

Le temps d'avaler encore une étendue de mer et le hameau suivant pointe à l'horizon.

– Nous voici à Baie-Mahault, au bout de l'île. C'est l'endroit où il y avait les léproseries autrefois. Notre maison est ici, dit Héloïse en garant la voiture. Karl habite à cent mètres sur la gauche. Venez, vous allez pouvoir vous reposer un moment.

La bâtisse est surélevée de quelques marches, avec un auvent pour protéger l'entrée.

– Votre logement est un peu plus haut, on l'appelle « le pavillon ». Vous serez bien là-bas. Vous aurez de l'espace. Je vous ai préparé un repas. Il vous attend sur la table de la terrasse. Mon frère, Frantz, va vous aider à porter vos bagages. Je vous souhaite un excellent séjour.

Estelle et Josserand gagnent leur logis, surpris de tant de considération. En effet, sur la table de la terrasse sont disposés des œufs durs, des fruits, du pain, de la confiture du pays, du jus de mangue et des cajous confits. Estelle fait chauffer de l'eau et se repose quelques instants avec Josserand. Ce dernier est d'un rose brique déteint, ce qui donne plus de lumière encore, par contraste, à ses yeux. Le soleil d'une journée a bruni ses pommettes, éclairé ses cheveux, ses sourcils, desséché ses lèvres. Le thé servi, Josserand dévore. À peine s'est-il essuyé la bouche avec une serviette en papier qu'Estelle déclare :

– Je ne vais pas attendre demain pour aller voir mon père. Tu te rends compte, il est 10 heures du matin, la journée est devant nous.

Josserand jette un regard inquiet à une Estelle déterminée. Elle a tant lutté contre la fatigue, les angoisses, contre elle-même qu'il lui est difficile d'attendre dans un cadre paradisiaque l'entrevue tant désirée. Malgré les rudesses du voyage, la tension lui donne des ailes. Comment dormir dans ce lieu avec son père juste à côté ? Josserand le conçoit. Elle l'aperçoit qui la détaille du coin de l'œil et sourit. L'admiration et le respect dont il l'enveloppe lui sont doux.

– Le paysage est magnifique, fait-elle remarquer.

Au loin, la mer d'un bleu turquoise s'étend à l'infini. Le soleil éclate dans un flamboiement d'émeraude. Josserand se lève et prend Estelle dans ses bras. Il reçoit le poids d'une tête chaude sur son épaule. Ici, loin de Paris, il se sent pleinement en phase avec elle. Dans l'extraordinaire aventure où ils se sont lancés tous les deux, les rapports de force se sont transformés en moments d'échange puis de symbiose. Il la regarde. Demain, les choses seront différentes. Quelles idées, quels rêves cheminent derrière ce front suintant de transpiration ? Si elle savait lire en lui par transparence, n'y aurait-elle pas vu sa propre image comme reflétée dans l'eau d'un puits ?

Estelle perçoit sur son corsage, sur sa main, une haleine tiède. Un vent léger brouille ses impressions agréables. Pour un peu, elle aurait demandé à Josserand de rentrer.

– Je te demande, lance-t-il, de me consacrer cette journée. Tu iras voir ton père demain. Rien ne peut désormais contrecarrer tes plans.

– Mais enfin…

– Estelle, je t'en supplie. Non.

Elle trouve sa demande curieuse, y concède à contrecœur. Résignée, elle émet le besoin de se rafraîchir. Dans un coin du logement, elle trouve une salle de bains improvisée. Une espèce de fontaine en cuivre est suspendue au mur. Le fond du récipient est traversé par un petit levier, terminé par une boule formant soupape. Chaque fois qu'Estelle soulève cette tige, l'ouverture crachote un filet d'eau sur ses mains. Nue, elle se lave comme elle peut. Il est incroyable pour elle qu'en cette année 1982, dans un département français, l'eau courante ne soit pas encore installée.

De son côté, Josserand tente de tempérer son insistance. Ne pas éveiller les soupçons. Feindre. La vérité n'a pas encore éclaté au grand jour. L'heure est à la jouissance du moment présent. Pendant qu'Estelle se lave, Josserand pleure, les mains sur les genoux. Un enfant à qui on va confisquer ses jouets ? Un fou ? Non. Un homme qui prend conscience qu'il va tout perdre. Demain.

* *
*

Un grain perturbe le départ d'Estelle. Pour cette première entrevue, Josserand a déclaré vouloir la laisser en tête à tête avec Karl. Elle ouvre un parapluie et s'avance sous des trombes d'eau. Héloïse a expliqué la veille que les averses sont toujours fortes dans le pays, mais ne durent jamais bien longtemps. Quelques minutes tout au plus. Au bout du chemin surgissent trois maisons dont une seule paraît habitée. Estelle tente de trouver une boîte aux lettres, en vain. Tremblante, elle s'avance vers la maison, frappe à la porte. Le battant s'ouvre presque immédiatement sur un petit homme, à la chair jaune, huileuse, avec deux fentes obliques à la face des yeux, pas de sourcils, pas de moustache, pas de barbe et une bouche hilare où branle une dent. Il est coiffé d'un chapeau de paille et habillé d'un pantalon et d'une chemise.

– Estelle ?

– Oui.

– Je savais que c'était toi.

Paralysés par l'émotion, ils se regardent un moment dans les détails comme une mère découvrant son enfant à la naissance. Estelle sent dans sa gorge l'émotion la gagner.

– Avec cette frimousse, tu ne pouvais n'être qu'une Hartmann. Tu as les traits de maman, lance Karl, aveuglé par les larmes. Que je suis heureux de te voir. Cette maison est la tienne aussi longtemps qu'il te plaira. Entre.

Estelle remercie d'un mouvement de la tête, précède Karl et pénètre dans la maison. Une odeur de morue séchée la prend à la gorge. Aux murs, des photos d'après guerre. Et le visage de Charlotte en noir et blanc au-dessus du buffet. Estelle ne connaît pas ce portrait.

– Viens dans mes bras ma belle, supplie Karl.

Ils s'embrassent dans une effusion mi-gênée, mi-sincère. Estelle est déçue de l'apparence de Karl. Elle s'était imaginé un homme vieillissant certes, mais n'avait jamais eu devant les yeux un sénile marchant sur des jambes allumettes.

– Assieds-toi. Je vais préparer un décollage. On en aura besoin pour se raconter toutes ces années…

Estelle a entendu parler de ce breuvage constitué d'eau de coco frais et de rhum blanc bu cul sec. Karl cherche une noix, la coupe par le dessus, verse le liquide blanc dans des verres et dispose l'alcool juste à côté. Estelle n'ose refuser, mais elle n'a aucune envie de tremper les lèvres dans ce breuvage. Karl avale d'un trait la préparation. Estelle l'imite. Elle sent le liquide traverser la trachée. Elle a le feu aux joues. Ce goût de coco n'est pas supportable et elle demande un peu d'eau pour se rafraîchir la bouche.

– Je suis très heureux de t'avoir trouvée, ma petite Estelle, mon étoile.

Elle le regarde en souriant.

– Jusqu'à preuve du contraire, c'est moi qui ai fait la démarche.

Karl effleure le front d'Estelle de ses lèvres. Elle sait que ce baiser scelle leur lien, un lien dont elle ne pourra jamais plus se dédire.

– Justement, c'est ce que tu crois. Mais tu te trompes. Nous allons en parler, longuement. Tu m'en voudras peut-être, mais je n'avais que cette piste-là pour avoir la chance de te rencontrer un jour.

– Je ne comprends rien.

– Je vais tout te raconter, Estelle, même si je crains que mon récit ne te déstabilise vraiment.

Estelle avale sa salive. Elle frémit. La tête lui tourne. Devant, la terrasse avec un ciel dégagé de ses nuages. Héloïse avait raison. Dans ce décor, Karl ressemble de plus en plus à une peinture byzantine usée, craquelée. Les lèvres d'Estelle tremblent. Un mystère plane dans la pièce.

– Je suis prête à entendre.

– Avant de commencer mon récit, je voudrais te demander de m'écouter jusqu'au bout.

– D'accord.

– Bien.

– Néanmoins, je connais beaucoup de choses sur toi, ton appartenance au réseau « Étoile de mer », ton rapport avec le frère de Margaretha.

– Je suis au courant, Estelle. Mais ce que je vais t'expliquer, tu ne le sais pas. Je serai soulagé de te l'avoir dit et tu en feras ce que tu veux après. Cette conversation est aussi un gage d'honnêteté de ma part. J'aurais très bien pu ne jamais t'en parler.

– Soit, papa, je t'écoute.

Elle a lâché le mot « papa » naturellement. Une lueur d'espoir élargit les yeux de Karl qui ressent cette preuve de tendresse comme un encouragement. Il prend place en face d'elle.

– Je suis rentré dans le réseau « Étoile de mer » avec Ferdinand, par conviction. Nous étions persuadés tous deux que, pour lutter contre le nazisme, mieux valait-il se trouver dans l'œil du cyclone. Évidemment, notre vie était régie par les précautions. Nous savions que si l'un d'entre nous se faisait prendre, on devait tout faire pour avaler une capsule de cyanure que nous avions toujours dans notre poche.

Nous avons passé des informations de la plus haute importance aux Alliés. Et, surtout, nous nous occupions de sauver les enfants juifs des camps de concentration. Au compte-gouttes évidemment. On leur donnait de nouveaux papiers. Les gamins retrouvaient une famille grâce au réseau. Tout se passait très bien. On faisait faire les documents par un faussaire qui nous les livrait toujours au même endroit. Ferdinand et moi allions les chercher seuls, la nuit. Nous aimions cette complicité qui nous liait. Ferdinand était mon meilleur ami, le frère que je n'ai pas eu.

Les lèvres de Karl frémissent. Ses yeux brillent, jettent du feu, droit devant lui.

– Un jour, continue-t-il, nous avons eu un cas particulier. Un enfant de déportés. Complètement fermé, incapable de prononcer un mot. Ni bonjour. Ni merci. Ni au revoir. Rien. Le médecin du réseau l'a examiné. Cliniquement, il n'était atteint d'aucune maladie. Il était simplement en état de choc, mais un état de choc qui durait. Le temps pressait. Nous devions faire les papiers de ce gamin. Je n'étais pas tranquille pour lui. Je l'ai revu de nombreuses fois, me suis attaché à sa fragilité. Les événements vécus lui avaient coupé la parole. Cependant, j'ai réussi à le faire progresser. Ferdinand était heureux pour moi mais, en même temps, il trouvait cet attachement dangereux. Nous ne devions pas nous laisser entraîner par nos sentiments. Nous étions avant tout des militaires exécutants. Ne jamais laisser paraître une quelconque pensée. Le gamin était placé dans la banlieue de Karlsruhe. J'allais le voir dès que je pouvais.

– C'est une belle histoire…

– Je n'en suis pas si certain. Quelqu'un a dû me dénoncer ou trouver des détails sur nos agissements respectifs. Un jour, j'étais en déplacement en dehors de la ville et suis arrivé plus tard que prévu. J'ai immédiatement remarqué des voitures de la Kommandantur. La peur au ventre, je me suis dit que nous avions été vendus…

Paralysé par le récit, Karl ne parvient pas à continuer. Estelle lui prend la main. Il ressent cette caresse au plus profond de lui-même et un souffle tiède, parfumé descend dans son estomac. Lui qui vit dans un silence depuis tant d'années, dans un cercueil ouvert situé sur une île paradisiaque, trouve aujourd'hui ce point de contact entre sa chair et celle de sa fille qui l'encourage à continuer les aveux. Il respire profondément.

– En voyant les véhicules, j'ai su qu'on ne pouvait s'en sortir. Je suis tout de même allé sur place. Ferdinand était déjà dans les mains de deux SS supervisés par un chef. Je me trouvais être le plus gradé. Ma position était extrêmement complexe. Intervenir en faveur de Ferdinand était impossible. Le laisser interroger aussi. J'ai pensé à la capsule de cyanure. Mais il avait déjà les poings liés et je risquais moi aussi de me faire repérer. Comment justifier ma présence sur les lieux si ce n'était pas pour confondre le ou les coupables ? Ferdinand était pris au piège, indéniablement. On connaissait nos liens, notre profonde amitié. Des cris retentirent derrière moi. J'ai reconnu la voix du lieutenant Berwillmann qui était de permanence ce soir-là. Ce Berwillmann, un ivrogne borné, avait gagné son grade dans la surveillance des camps de concentration et en avait conservé les méthodes. J'ai immédiatement compris que sa présence rendait la situation plus complexe encore. Je l'ai vu arriver avec fureur. Il a renversé Ferdinand, l'a roué de coups. En quelques instants, son visage était couvert de sang. Je n'avais plus d'issue. S'il ramenait Ferdinand à la Kommandantur, la torture aurait eu raison de lui… et de moi. La mort nous attendait au tournant. Berwillmann l'a fait relever. J'avais mon ami devant moi… Aussi proche que tu l'es maintenant. J'ai croisé son regard… Il avait plu. Un brouillard humide pleurait sur la ville. J'ai vu les yeux exorbités de Ferdinand qui me suppliaient de faire le bon choix. J'avais envie de m'élancer vers lui, de l'enlacer. L'issue était fatale et nous le savions tous les deux. Je sentais sur mon visage un vent picotant et froid, comme si le ciel descendait sur moi. Il me semblait que Ferdinand criait mon nom alors même qu'il était muet. Les SS voulurent l'emporter. « Un instant ! » ai-je crié. Le temps s'est arrêté. Berwillmann a protesté. La bouteille l'appelait. Des souvenirs absurdes me visitaient en quelques secondes. Un après-midi au cinéma, des repas pris en commun, le visage de Margaretha embrassant son frère. J'englobais dans mon dilemme les membres de la famille. Puis j'ai tiré mon arme de mon étui. Je l'ai pointée sur Ferdinand en prenant la position la plus confortable, jambes écartées. J'ai gonflé ma poitrine d'air, j'ai visé en bandant les muscles. Ferdinand souriait comme pour me remercier de la très bonne idée que je venais d'avoir. Il était condamné. En agissant de la sorte, je le sauvais de la torture, et je montrais toute la bravoure d'un officier capable de tuer froidement un ami considéré comme traître. Mon Dieu ! Que le coup était long à venir. Le cœur dans un étau, les nerfs contractés, j'ai jeté toute mon affection vers Ferdinand qui connaissait par mon geste le glissement d'un monde à l'autre.

Karl arrête son récit. Le silence emprisonne la pièce comme une nappe d'huile. Partagée entre l'horreur de ce que son père a fait et l'horreur qu'il a subie, la pièce devient le lieu d'un débat sans issue. Écouter. C'est tout ce que peut faire Estelle. Elle redresse la taille. Quoi qu'il en soit, elle reste du côté de son père. Une vague d'orgueil emplit sa poitrine. « Il a tué, guidé par la nécessité, pense-t-elle. Celle de sauver sa peau et le réseau. »

– J'ai retrouvé dans les affaires de maman l'acte de décès de Ferdinand signé de ta main.

– Oui. J'ai assumé jusqu'au bout. Il le fallait pour tous ces enfants que nous avions retirés des griffes du nazisme. Surtout pour ce dernier enfant dont je m'étais occupé. Sa présence ensuite m'a aidé à surmonter ma culpabilité. Et aujourd'hui encore, surtout la nuit, je sens la présence de Ferdinand à mes côtés. Il me semble que quelqu'un se dresse derrière moi.

Sur le buffet, le tic-tac d'une horloge renforce la solennité du moment présent. Estelle demeure le dos raide, le cou tendu par le récit de son père. Ses idées tournent en rond dans sa tête. Elle ose interroger :

– Que s'est-il passé ensuite ?

– Charlotte avait découvert le papier officiel signé de ma main. Elle l'avait subtilisé dans la boîte aux lettres de Margaretha. J'ai eu beau m'expliquer, elle ne m'entendait pas. J'ai proposé de discuter avec Margaretha du décès de Ferdinand. Charlotte a hurlé. Je me suis tu et j'ai ainsi réalisé la pire erreur de ma vie. Quelques semaines plus tard, je partais en France. Je n'ai plus jamais reparlé de l'incident avec ta mère. Je sais qu'elle ne me l'a jamais pardonné. Je lui ai envoyé, pour preuve de mon désespoir, mon étoile de mer.

Karl parle un français avec un fort accent allemand. Des yeux rongés par la cataracte brillent comme deux billes polies.

– Aujourd'hui, papa, c'est moi qui possède ton étoile. Je l'ai avec moi, ici même.

Il serre ses dents comme pour dominer une douleur physique. Sans doute à l'idée de revoir le bijou, le désespoir longtemps contenu s'engouffre dans sa tête. Que fait-il sur cette île, parmi tous ces Antillais à la culture si différente ? Il a raté sa vie, oublié d'affronter l'essentiel pour gagner son bonheur. Charlotte !... Il y pense si souvent. Estelle !... Il ne l'a pas vue grandir.

– Garde bien ce bijou, lance-t-il. Il t'appartient.

– Il est abîmé, tu sais.

– Oui, je le sais. J'ai fondu moi-même deux pointes sur cinq.

– Pourquoi ?

– Chacune représente une valeur du réseau : l'amitié, la résistance, la fidélité, la paix et le silence. Je n'étais plus digne de porter l'étoile intacte. Je l'ai envoyée à Charlotte en ôtant la fidélité et l'amitié.

Estelle s'étonne.

– Tu ne veux pas revoir l'étoile ?

– Non. Elle fait partie d'un passé que j'ai envie d'oublier. Quelque temps après le décès de Ferdinand, continue-t-il, j'ai eu une nomination et je suis parti pour la Normandie, en ayant pris la précaution de me faire établir un faux passeport. Le débarquement a eu lieu dans la débâcle la plus complète. Voyant que ça tournait mal, j'ai abandonné mes papiers sur un corps rapatrié sur la zone arrière et j'ai quitté la France. Il fallait me faire oublier. Mon accent ne me rendait pas service. Seules les îles lointaines pouvaient m'accueillir. J'ai passé dix ans sur l'île de Montserrat avant de rejoindre la Désirade.

– De quoi as-tu vécu ?

– J'ai fait des petits boulots, chez l'un, chez l'autre. Et j'ai surtout reçu l'aide précieuse de l'enfant que j'avais sauvé. Il avait grandi le bougre et m'envoyait régulièrement de l'argent. Il ne m'a jamais oublié.

– C'est normal… Pourquoi n'es-tu pas resté en France ? À cause du procès réservé aux criminels de guerre ?

– Oui et non. Je pense que j'aurais pu démontrer ma bonne foi. Mais j'avais envie de changer de vie, d'oublier le meurtrier que j'avais été, de me laisser une seconde chance.

– Et… maman et moi ?

Estelle est surprise du son de sa propre voix, direct et gonflé de reproches. Comment peut-on à la fois se détester autant et tenir si fermement à la vie, au point de végéter loin des siens ? Il n'y a pas un pouce du visage, du corps de Karl qui trouve grâce à ses propres yeux et, cependant, pour rien au monde il ne changerait de peau. Si elle était croyante, elle attribuerait cette attitude à la tendresse bien connue du Christ pour les ratés. Elle prend conscience de l'incroyable océan de différences qui les sépare. Estelle préfère souffrir plutôt que d'être dupe, alors que Karl a tout quitté pour éviter d'affronter l'essentiel. En sacrifiant sa fille au passage. D'ailleurs, Estelle se demande pourquoi il l'a recherchée ? Pour se donner bonne conscience ? Une expression traquée vieillit plus encore le visage de Karl.

– Je vous aurais fait plus de mal que de bien. Imaginez le procès, mon retour à Karlsruhe, auprès de Charlotte et de Margaretha. Je n'étais plus le même après cette affaire. Il fallait une rupture. Je ne la regrette pas.

– Comment peux-tu dire une chose pareille ? J'ai eu une enfance sans père. Maman m'a confié sur son lit de mort : « Je l'ai aimé toute ma vie. » Ton absence a été un crève-cœur permanent pour nous deux. Et toi, tu as vécu au soleil en attendant que le temps passe, dit-elle en haussant le ton.

– Tu me juges trop facilement, mais je ne t'en veux pas. Nous aurons l'occasion d'en reparler. Le principal est que nous nous soyons retrouvés, grâce à mon protégé.

– Il faudra me le présenter.

– C'est bien là le problème, Estelle.

– Pourquoi ?

– Parce que le petit Juif sauvé des camps de concentration, c'est Josserand.

XXI

ESTELLE S'ATTENDAIT À TOUT sauf à cette nouvelle. La surprise lui coupe les jambes. Une bombe vient d'éclater dans ce décor de palmiers et de sable fin. Estelle est sur la route du retour. Elle marche doucement vers son bungalow. Sa figure est douloureuse, comme après une gifle. Prise de vertige, elle ferme un instant les yeux. La température est encore chaude en cette fin d'après-midi. Elle a parlé avec son père toute la journée. Elle sait tout désormais.

À la mort de Charlotte, Karl a mandaté Josserand pour tenter de la retrouver. Un jeu d'enfants pour ce dernier qui a proposé au vieil homme de coucher tous ses souvenirs sur papier. Karl ne s'est pas fait prier. Voilà des années qu'il accumulait les documents sur la Seconde Guerre mondiale et ses souvenirs étaient un puits intarissable que l'on pouvait exploiter. Rentré à Paris, avec le dossier, Josserand a contacté un nègre bien connu des éditeurs : un certain Patrick Chipon, au talent incontestable et à la discrétion assurée. Moyennant une belle somme d'argent, il a réalisé une magnifique compilation dans la plus grande urgence, que Josserand a mise sous les yeux du directeur des éditions La Martingale. Le tour était joué. Josserand est devenu le dépositaire de Karl, de son nom, de son passé, de son secret, de son sang. Il avait pour mission de défendre, envers et contre tout, les intérêts de ces morts sans gloire. Chargé de ce mandat, il ne pouvait qu'accueillir Estelle dans son lit pour la convaincre complètement.

Elle se voit encore assise avec Josserand dans un restaurant avant de gagner Berlin, souriante, versant un verre de vin. Le passé se mêle au présent. Durant une seconde, elle croit encore à la sincérité de Josserand. Mais il s'est moqué d'elle. Lui comme Karl. Sur toute la ligne. Elle n'a été qu'une poupée qu'on habille et qu'on déshabille au gré des envies. Elle n'achève pas sa pensée. Le sentiment d'une erreur se glisse en elle, vague et insinuant, comme l'annonce d'un nouveau vertige. Elle veut se défendre contre cette impression nauséeuse et évoque, une fois de plus, le souvenir de son père dans sa tête d'enfant. Il était plus beau que maintenant, moins machiavélique qu'elle n'aurait pu le supposer. Elle aurait tant aimé qu'il soit comme dans ses rêves. Qu'il se contente d'être comme elle l'avait imaginé. Au lieu de ça, elle a eu devant les yeux un vieillard qui dit ne rien regretter pour se persuader d'avoir pris la bonne décision. Alors même qu'il est rongé par les remords. Une petite peur lui pince le diaphragme. Josserand l'attend. Elle accélère le pas et remonte la rue. Un ouragan la pousse dans le dos. En quatre pas, elle franchit le portail du gîte. Il va l'entendre ! Chacun son tour ! Brutalement, elle ouvre la porte. La stupeur la cloue sur place. Personne. Ni dans le séjour ni dans la chambre. Un courrier est placé en évidence sur la table de la cuisine. Elle l'ouvre avec appréhension.

Ma chère Estelle,

Je n'ai pas le courage, je l'avoue, de subir tes reproches. Je pars sur le bateau de 15 h 45… Je rentre à Paris. Je suppose que tu allais me faire une scène et me condamner d'avoir travaillé comme un détective privé et joué tel un acteur. Je voulais juste te dire qu'il est vrai, au début, j'ai fourni l'occasion à Karl de prendre ses responsabilités, vis-à-vis de toi mais aussi de Margaretha qui a tant besoin de connaître la vérité. Vas-tu me le reprocher ? Karl m'a sauvé la vie. Et il m'a permis de te rencontrer. J'ai appris à t'aimer, Estelle. Je suis fou de toi. Tu portes notre enfant que je désire tant.

Tu as la sensation d'avoir été bernée ? Je le conçois. C'est pour cette raison que je ne suis pas resté. Je ne voulais pas entendre : « Tout est fini entre nous… » Chaque mot m'aurait écorché vif. Je me découvre responsable d'une catastrophe sans nom. Tout, dans ma conduite jusqu'à cet instant, n'est que l'œuvre d'un homme rendant à son ami qui lui a sauvé la vie le service qu'il mérite. Aujourd'hui, je ne peux pas tolérer l'idée de te décevoir. La violence de ma conviction est telle que les larmes me montent aux yeux. Que faire ? De quelle façon réparer le mal ? C'est comme une effusion hors de ma chair anéantie de mille gouttes d'eau et de sang. Je t'en supplie, Estelle, je veux être ton étoile. Elle a toutes ses pointes. Tu sais comment me contacter. Prends le temps nécessaire pour faire connaissance avec ton père et pour éventuellement me pardonner. Je te laisse réfléchir. Ne doute jamais de la sincérité de mes sentiments actuels.

Josserand.

Jusqu'à la fin de la lettre, Estelle a le sentiment de n'être pas tout à fait éveillée. L'atmosphère de cauchemar la saisit.

Le visage de Josserand apparaît à ses yeux. Ment-il encore une fois ? Est-il sincère ? Jamais elle ne percerait la vérité. Ivre de chagrin et de dégoût, elle ferme la porte du bungalow et s'écroule, en larmes, sur le lit.

– Je ne pourrai lui pardonner, dit-elle tout haut. Qu'il aille au diable !

Épilogue

Les semaines suivantes sont marquées pour Patrick Chipon par un regain d'activité, sinon littéraire du moins amicale. Il s'est expliqué avec Estelle. Il avait été payé pour remettre en forme un document sur la Seconde Guerre et de garder le secret. Il a rempli sa mission sans savoir la moindre once de l'histoire de l'éditrice. Depuis le retour d'Estelle, il va la voir tous les jours par crainte qu'elle ne fasse une bêtise dans une crise de dépression. Il a aussi tenté à plusieurs reprises de la convaincre de reprendre contact avec Josserand. « Une femme seule avec un enfant… Ce n'est pas une vie, Estelle, lui avait-il dit. Laissez-lui une chance. »

Mais rien à faire. Estelle reste fière. Abusée par son amant, elle ne veut plus plaire à personne. Sa vie de femme est finie. En vain Chipon la supplie-t-il de réagir contre ce reniement malsain des innocentes fiertés de son sexe. Chaque matin, elle se lave le visage à l'eau et au savon, ne farde plus ses lèvres, se contente d'un coup de peigne dans ses cheveux en désordre. Chipon a pris du temps pour l'écouter. Elle s'est sentie en confiance et raconte régulièrement des bribes de ses malheurs. Elle n'est pas un cas banal. Un soir, il a soudain une illumination. Pourquoi ne tirerait-il pas un roman de l'édifiante histoire d'Estelle ? Ne serait-ce pas là le moyen de la guérir de son idée fixe ?

En lui faisant part de son projet, il s'attend à un refus immédiat, mais il espère aussi qu'à la longue elle acceptera. Or, dès les premiers mots, elle explose d'enthousiasme. C'est exactement ce qu'elle souhaite sans le savoir : utiliser le talent du nègre pour traduire la rancune qu'elle nourrit envers son père et Josserand. Au lieu de ravaler sa bile, elle la transformera en un flot d'encre noire, afin qu'un écrivain y trempe sa plume. Les ingrats n'auront qu'à bien se tenir. Bien entendu, dans ce roman, on ne citera aucun nom. Et la fin devra être plus gaie que celle vécue par Estelle.

Dès le début du travail de rédaction, Chipon se passionne pour cette intrigue mi-transposée, mi-véridique et développe, comme par miracle, une aisance d'écriture qu'il n'aurait jamais soupçonnée. Chaque jour, il en lit un morceau à son éditrice dont le ventre s'arrondit. Ce va-et-vient entre les deux appartements devient si fastidieux que, pour plus de commodité, il transpose chez elle son manuscrit, ses notes et ses quelques livres de référence et finit par s'installer à demeure. Estelle aménage à son intention sa chambre d'amis. Il en fait son bureau. Enfermé dans sa retraite et réchauffé par une présence bienveillante derrière les murs, il a soudain l'illusion de commencer une nouvelle existence. Il est à la fois chez lui et en visite. Tour à tour maître des lieux et invité, il plaisante Estelle sur le rôle ambigu qu'il remplit à ses côtés. Tantôt il a envie de se laisser aller devant elle à une lassitude qui serait excusable pour son âge, tantôt il veut la surprendre par une vivacité d'esprit et un entrain demeurés intacts malgré les années. D'ailleurs, vivant dans l'intimité de son éditrice, il surveille davantage sa tenue vestimentaire. Un jour, elle le complimente parce qu'il arbore une chemise vert amande, à col ouvert. Lui aussi la félicite parfois sur son maquillage ou sur une robe. Un matin, il attaque la discussion au petit déjeuner :

– Estelle, ne faites pas l'énorme erreur que j'ai faite. Recontactez l'homme que vous aimez et laissez votre orgueil de côté.

– Qu'en savez-vous que je l'aime ?

– Ça crève les yeux. Vous regardez ses photos dix fois par jour.

– Dites-moi, Patrick, si vous me donnez des conseils, j'ai le droit d'être indiscrète ?

– Allez-y.

– Quelle était votre erreur ?

– À vingt-deux ans, j'ai aimé un homme à en crever. Mais je n'étais pas prêt à affronter la société et ma mère. J'ai renoncé. Il s'est marié, et moi je ne me suis plus jamais laissé une chance. Aujourd'hui, je regrette amèrement, mais il est trop tard. Vous, Estelle, vous n'avez que le téléphone à décrocher.

Cette délicieuse amitié est encore renforcée chez Patrick par l'idée du livre qu'il a entrepris d'écrire afin de faire oublier à Estelle un mauvais passage de la vie. Caché derrière les personnages fictifs de la ravissante et spirituelle Catherine de Paepe, du petit Juif devenu grand séducteur Pierre Comte, il jubile en abattant page après page. Son élan lui rappelle l'enthousiasme et la verdeur de ses débuts. L'univers entier est à réinventer. Est-ce le sujet qui l'inspire ou l'idée qu'il n'a qu'à ouvrir la porte pour poser une question à l'intéressée ? Quand il a suffisamment peiné sur un chapitre, il la convoque pour le lui lire, « sorti tout chaud du fourneau », selon son expression. À la fois héroïne du roman et juge de sa qualité, elle écoute religieusement le récit de ses infortunes, approuve la plupart du temps la version qu'en donne son historiographe, suggère une nuance ou ajoute une particularité savoureuse pour pimenter l'ensemble.

En se consacrant à cette besogne de mise au point, il a la sensation d'œuvrer à la fois pour le bien d'Estelle et pour le sien propre. Et, de fait, il s'accorde la satisfaction de faire un beau livre, un livre vrai, écrit avec ses tripes. Pour avoir encore plus de cœur à l'ouvrage, il songe que peu d'hommes ont eu, avant lui, la chance d'être redresseurs de torts en littérature comme en amour. Lorsque Estelle et lui se retrouvent à table pour leurs habituels petits repas en tête à tête, leur conversation est celle de deux complices. Propulsé par l'émulation de deux cerveaux, le roman avance par bonds de géant. D'un commun accord, ils en ont arrêté le titre : *Une si bonne étoile* !

La preuve que, dans le cas d'Estelle, cette thérapie par l'écriture est plus efficace que tous les discours sentencieux et tous les tranquillisants pharmaceutiques : Estelle a accepté de retourner chez le coiffeur. Elle en est revenue transfigurée. Ce n'est pas seulement ses cheveux, c'est son âme qui a été « shampouinée », recolorée et remise en plis. À dater de ce jour, Patrick peut se dire qu'il a rendu la vie à son éditrice.

La rédaction va si bon train qu'au bout de deux mois et demi Patrick Chipon peut remettre aux éditions La Martingale le manuscrit complet d'*Une si bonne étoile*. L'ayant dévoré en quarante-huit heures, le directeur le juge très émouvant, « très public », mais il craint que l'impudeur de certaines révélations ne choque la sensibilité des lectrices, toujours plus nombreuses.

– Il est toujours dangereux de publier un roman à clefs ! dit-il finalement.

– Même si ces clefs sont enfouies au fond des poches ! rétorque Patrick.

– Vous savez bien qu'aucune poche ne résiste à une main féminine un peu fureteuse ! Je vous mets en garde, comme c'est mon devoir d'éditeur. L'affaire me paraît « jouable » mais ce n'est pas de tout repos. Et la concurrence sera rude.

Une si bonne étoile est mis en vente sur les chapeaux de roues au début du mois de décembre. Les premiers articles sont d'une tiédeur aimable. On loue certes le style élégant de Patrick Chipon et sa connaissance des subtilités de l'amour dans un couple, mais aucun chroniqueur ne s'avise de crier à la révélation. C'est le bouche à oreille qui déclenche mystérieusement l'enthousiasme des foules. La nouvelle qu'un chef-d'œuvre vient de naître et que l'auteur a su, en quelques pages, rendre hommage à un enfant de soldat allemand qui a combattu contre son camp, au prix de sa famille, se répand avec la rapidité d'une traînée de poudre dans tout le pays. Partout, des milliers de personnes se passionnent pour cette histoire pas comme les autres. Des dizaines de lecteurs assiègent les librairies où, déjà, on manque de volumes.

Alors qu'*Une si bonne étoile* de Patrick Chipon escalade la liste des best-sellers, Estelle savoure le succès comme si c'était le sien. Le directeur des éditions La Martingale se frotte les mains et les attachés de presse ne savent plus qu'inventer pour faire mousser un livre « qui marche tout seul ». Quant à Patrick, après quelques jours d'un vertige euphorique, il n'en croit toujours pas ses oreilles. On parle de lui partout. On met en lumière son style, la psychologie de ses personnages, l'invention, la perspicacité et le parfum de scandale qui se dégage de ce livre qui parle pour la première fois des enfants de nazis, qui plus est d'une enfant de nazi résistant à son propre régime. Tout en souhaitant se faire entendre du plus grand nombre, Patrick Chipon quête l'approbation de la multitude. Alors qu'Estelle se réjouit des ventes phénoménales du livre et de la présence inébranlable du titre dans le palmarès des best-sellers, Patrick n'ose lui avouer à quel point il a peur d'affronter le suivant.

Une si bonne étoile se vend comme des petits pains. De semaine en semaine, il grimpe dans le palmarès des librairies. Vers la mi-janvier, Estelle frappe à la porte de l'appartement de Patrick, qui pour le coup est rentré auprès de sa mère, galvanisée par le succès de son fils. Le battant ouvert, elle brandit une liasse de journaux et de magazines. Son visage rayonne d'une détermination guerrière. C'est Minerve revenant d'un combat triomphal. Dressée devant Patrick Chipon, elle dit d'une voix altérée par l'émotion :

– Ça y est, vous êtes numéro un.

Foudroyé sur place, Patrick se lève et fait un pas en s'appuyant lourdement d'une main au dossier de son fauteuil. Un excès de panique, mêlé de crainte, submerge son cerveau. Il porte la main à son cœur, ouvre la bouche comme pour aspirer en une seule goulée tout l'air de la pièce et s'écroule, les jambes coupées, au milieu de son salon.

Épouvantée, Estelle essaie de réanimer celui qui lui a redonné vie. Appelée à la rescousse, la mère de Patrick, tremblante, ne peut que glisser un coussin sous la tête de Chipon et le recouvrir d'un plaid pour éviter qu'il ne prenne froid.

Alertés par téléphone, les employés du S.A.M.U. transportent le malade en ambulance jusqu'à l'hôpital Necker. Patrick Chipon y succombe à une seconde crise cardiaque sans avoir repris connaissance.

* *
*

Les funérailles sont superbes. Le Tout-Paris littéraire se presse dans l'église pour rendre un dernier hommage à un écrivain de talent reconnu sur le tard et parti trop tôt. On peut y voir Bernard Pivot, P.P.D.A., Yves Mourousi et les journalistes de toute la presse. Le directeur des éditions La

Martingale soutient Estelle qui titube de chagrin. Elle seule est sincère au milieu de ce grand deuil officiel. Elle et la mère de Patrick. Heureusement, Josserand n'a pas eu le mauvais goût de venir aux obsèques.

Les semaines suivantes sont pour Estelle un long tunnel de pénombre et de froid. Nourrie de réminiscences, elle ne s'efforce même plus de varier le menu de ses rêveries. Tous les jours, c'est le même brouet noir de regrets, de hargne et de désillusions. Jusqu'au moment de l'accouchement où elle reçoit comme cadeau un petit garçon du nom de Patrick. En toute simplicité, un après-midi de visite, Josserand franchit le pas de la porte de la chambre de la maternité, un bouquet de roses à la main. Estelle sourit. Les pointes de l'étoile de mer ont vraiment une signification :

L'amitié : Patrick Chipon.

La résistance : Pétrus Lagarde qui a tout tenté pour la séduire.

La fidélité : Josserand, car elle n'a aimé que lui.

La paix : Charlotte. Elle y repose.

Et, enfin, le silence : son père. À jamais.

Chez le même éditeur

Sagas familiales et destins singuliers sont au cœur des romans De Borée. Découvrez-les sans plus attendre.

ANGLADE Jean
Le Chien du seigneur
Les Fables

ARCES (D') Amicie
Les Noces blanches

AUDIDIER Robert
Le Voyage de Pierre Angibaud
Les Sentiers de traverse
Les Trois Frères

AUDOUX Marguerite
Marie-Claire suivi de
L'Atelier de Marie-Claire

AUJOULAT Noël
Le Village perdu

BARDOT Thierry
Le Hameau des Tailles
Les Mauvaises Herbes
Les Méprises
Les Noces chagrines

BARRAL René
L'Enfant secret de la Borie
La Colère des drailles
Ombres et lumières de Costebelle

BÉLARD Paul
La Ferme aux écrevisses
Moissons d'enfance

BÉNÉ Robert
Clémence, une vie ailleurs
La Belle Marguerite
Le Trésor d'Alpaïde

BENOÎT Michel
Le Soleil de la Vallée noire
Les Moissons de sang

BERTHÈS Colette
La Mémoire des chemins
Les Amants de Borde Rouge

BERTHOD Michel
Le Temps des hirondelles

BOBÈCHE Adrien
Au vent des brandes
La Fille de la meunière
Les Confitures du haut de l'armoire

BONTE Pierre
*Bonjour la France**
*Bonjour la France***

BORMANN Christian
Les Coulées douces

BOUCHARDY Christian
La Trace mystérieuse
Le Fugitif de la Saint-Jean

BOUCHET Maurice
L'Inconnu de Roche Rouge
La Fille du pertuis
La Font de l'Ours
Là où disparaît le torrent
Le Chêne foudroyé
Les Souliers ferrés

BOUDOU Josette
La Maison d'école
La Nuit des abeilles
La Ronde des saisons
Les Chemins de toile
Les Craies de couleur
Les Feux de Bois-Colombes
Marie, fille des montagnes

BOURRET Johan
La Diablesse
Quand les loups rôdent

BOUSSUGE Micheline
Le Bois de Bis

BRIAND Charles
Le Foulard de l'aviateur

BUICHE Jean-Pierre
Une petite âme

CANAUD Jacques
Le Temps des maquis

CAPPEAU Marie Nicole
Chantemerle
Désacœur
Un château de famille

CASTELAIN Anne-Marie
La Dentellière de la brume
La Promesse
Le Passant de l'été
Les Raisins du pardon

CAVALIÉ Roger
Le Vieux Cartable

CHALAYER Maurice
La Terre de la discorde
La Tourmente
Le Secret de Jean
Les Promesses du haut pays

CHARMASSON Guy
La Basse Terre de Julia
La Main du maître
Le Sorcier de la combe
Noblesse de paille

COGNÉRAS François
Compagnon du rail
Les Enfants des hautes terres

COLLIN Yvon
Journal d'un instituteur de campagne
L'Écorce amère

CORDOUAN Manuel
Les Amants d'Alger

CORNAILLE Didier
La Photo de classe
Les Indignés de Montservier

COSEM Michel
Justine et les loups
Le Bois des demoiselles

COSMOS Jean
La Dictée

CROIZIER Jean-Pierre
La Bonne Providence

DEBRIFFE Martial
La Fleur de l'ombre
Le Secret de la Villa Marianne
Le Serment de la Saint-Jean
Les Peyrie

DELAGE Alain
Les Secrets de Fontvives

DELOMME Martine
Un été d'ombre et de lumière

DESFORGES Jean-Louis
Pierre des montagnes

DUCLOZ Albert
Julie bon pain
Le Violon d'or
Les Jacinthes sauvages
Une étrange récolte

DUHAMEAU Jacques
Le Vent du Peyradoux

DUPORGE Bernard
La Cabane du berger
Les Amants de la lagune

DUPUY Daniel
Fontcouverte
Le Mystère Fontbrune
Les Quatre Jeudis

ÉCOLE-BOIVIN Catherine
L'Enfant-Loup de Blanche

FABRE Jean-Luc
Le Colporteur des âmes
Les Semeurs d'espérance
Une neige de juillet

FAINDT Roger
Bleuvent

FRONTENAC Yvette
Les Années chantepleure
Les Années châtaignes
Éléonore

GALLOIS Christiane
La Clairière aux genêts
Nanou, les doigts pleins d'encre

GAMARRA Pierre
L'Empreinte de l'ours
Les Coqs de minuit suivi de *Rosalie Brousse*

GAY Marie-Claude
Faustine et le bel amour
Le Secret des Solignac
Le Vallon des sources

GIBERT Sylvie
Derrière les portes
Fleurs Bleues
La Grange au secret

GIMBERT Yveline
L'Ombre des chênes
La Méprise
Le Crépuscule du loup
Le Retour de Rose

GLATT Gérard
Le Destin de Louise
Le Temps de l'oubli

GONZALÈS Daniel
La Demoiselle du port
Le Chemin des amandiers
Le Temps des cigales

GOURÉVITCH Jean-Paul
Villa Maldoror

JAILLER Isabelle
Louise, loin du pays

JEANJEAN Roland
L'Aven de la Dame noire

JUBIEN Aurélie
Un jour d'octobre

JUDENNE Roger
Le Silence des rives
Les Terres brunes
Louison la douce
Une vie de dimanche

LABORIE Christian
L'Appel des Drailles
L'Arbre d'or
Le Brouillard de l'aube
Le Saut-du-Loup
Le Secret des Terres Blanches
Les Bonheurs de Céline
Les Drailles oubliées
Les Hauts de Bellecoste
Les Sarments de la colère
Terres noires

LACOMBE Michel
La Bonne École
La Vagabonde de Saint-Ours
Le Domaine des Rochettes
Les Brûlots de paille

LAFONTAINE Jacques
Les Jours de gloire

LAOUENAN Roger
Le Pain bleu
Le Repaire du papillon

LAVARENNE Michelle
La Belle Vie d'Anna
Le Rossignol des Tuilières

LEBERT Karine
Le Secret d'Emma
Les Mystères de Camille
Les Sortilèges du Tremblay
Loin de Margaux
Nina et ses sœurs

LEDOUX Ivan
La Guerre des marrons

LEMAIRE Philippe
Compagnons de fortune
Gus
La Belle Absente
La Soureillade
Le Chemin de poussière

MALROUX Antonin
Le Soleil de Monédière

MÉRAUX Philippe
Le Chasse-pendule

MERCADIÉ Louis
L'Enfant du buron

MERCIER Louis
Les Contes de Jean-Pierre en pays roannais

MOSCA Lyliane
La Dame de Champbrise
La Fille de la Buissonnière
Les Amants du moulin
Les Gens de Laborde
Un parfum de trahison

MOUCHEL Jean
La Bonne Fortune de Sébastien

NAVARRO Christine
L'Échappée belle
L'Éventail d'ivoire
La Chevelure d'ébène

PALET (DE) Marie
Amandine
Céline, une vie toute simple
Le Village retrouvé
Les Brumes du causse
Les Femmes de Cardabelle
Mademoiselle Fine
Sidonie des Bastides
Un chemin de rocailles

PECOU Raymond
Allée des Alyscamps

PÉRILHON Jean
Les Racines de mai

PICCINO Sylviane
Les Sabots de peine

PINCE Jacques
L'Ombre du chai
La Colline aux framboises
La Vengeance de Bogis
Le Dernier des Bourdignot
Les Blouses grises

PLAIT Annie
Les Longues Saisons

PLUCHARD Mireille
La Tresse d'or
Le Mas de la Sarrasine
Le Petit Bâtard
Les Diamants noirs
Les Sentes buissonnières

PUIJALON Bernadette
Des monts de tempête
L'Heure de l'alouette
Le Loup d'Orcival

RIBES Georges
Les Gens de la vallée

ROCHE Florence
Des monts de Résistance
L'Héritage maudit
L'Honneur des Bories
Le Dernier des Orsini
La Trahison des Combes
Les Hautes Terres

ROSSET Jean
L'Aube de la liberté
La Limousine d'Hautecombe
Les Derniers Porteurs de terre

ROYER Roger
L'Envol du Choucas
L'Or de Justin
La Colline des Maures
La Colombière

La Dame de la Callune
Le Médecin de Maurevers

SABOURIN Pierre
La Terre des Coteaux
Le Boulanger de Saint-Laurent
Les Fiancés de Saint-Laurent

SAND George
François le Champi
Jean de la Roche
La Mare au diable
La Ville noire
Le Compagnon du Tour de France *
Le Compagnon du Tour de France **
Le Marquis de Villemer
Le Péché de monsieur Antoine *
Le Péché de monsieur Antoine **
Les Contes d'une grand-mère *
Les Contes d'une grand-mère **

SOYEZ Jean-Marc
Julia
La Ramandeuse
La Vigne à Saint-Romain
Les Galoches de Julia

TAMAIN Louis
L'Encre violette
L'Énigme de Fontary
Le Miroir aux alouettes
Le Renard
Le Temps de l'école
Médecin de campagne

TEMPÈRE Jean
Les Sirènes du lac

TESSIER Colette
Les Carnets noirs

THOULON-LANGUET Michèle
Maria du bout du monde

TOUATI Claude-Rose
et Lucien-Guy
La Ronde du destin
Le Cahier bleu
Les Ombres de la palombière
Quand le vent s'apaisera…
Une maison dans les herbes

VAISSIÈRE Marie-Louise
Les Carnets
de Marie-Louise Vaissière
Marie, fille de cocagne

VALADE Corine
Le Printemps d'Aurélien

VÉDRINES Jean-Pierre
Marie des vignes
Soleil de femmes
Un jour d'orage

VERRIER Michel
La Ferme des Pitaval
La Maison au bout du chemin

VINCENT Claude
Le Pain de lune
Les Roses de l'hiver

PEFC
PEFC/10-31-2008

Imprimé en U.E.
Dépôt légal : octobre 2013
ISBN : 978-2-8129-1026-5
ISSN : 1769-1788